JORN STRATEN

Anaïs, Freitag, Ich

ROMAN

Jorn Straten, geboren 1972 in Goslar, ist ein deutscher Schriftsteller. Er lebte mehrere Jahre in München und arbeitete dort für eine Fluggesellschaft, einen privaten Fernsehsender und ein Verlagshaus. Neben diversen Gedichtbänden wie *Feurio* (2021) hat er mehrere Romane publiziert. Auf *Saudade* (2021) folgten *Envie* (2022) und *Im Osten der Insel* (2023).

Alle in diesem Roman vorkommenden Personen, Schauplätze, Ereignisse und Handlungen sind frei erfunden. Etwaige Ähnlichkeiten mit lebenden Personen oder Ereignissen sind rein zufällig. Es werden unter anderem Themen wie Drogenmissbrauch behandelt. Es ist wichtig zu wissen, dass Unterstützung verfügbar ist, und es keine Schande ist, um Hilfe zu bitten. Die bundesweite Sucht- und Drogen-Hotline: 01806 313031 (kostenpflichtig, 0,20 € pro Anruf aus dem deutschen Festnetz/Mobilfunknetz), ist 24 Stunden da, online unter www.sucht-und-drogen-hotline.de. Die deutsche Telefonseelsorge bietet 24h kostenlose und anonyme Beratung rund um die Uhr und kann an geeignete Beratungsstellen weiter verweisen: 0800 111 111 oder per Mail und Chat unter online.telefonseelsorge.de.

La fiction dépasse la réalité. Non. Mais la réalité est toujours vécue en autant que la fiction permette au réel de s'incarner dans l'esprit.

Nicole Brossard

Kurz vor 4

»In den Weiten des Lebens segeln wir auf Wellen des Schicksals, durch Stürme und ruhige Gewässer. Wir sind auf der Flucht, Sklaven unserer Ziele. Doch nur wenige von uns rudern, viele treiben unmerklich dahin. Nahrung, Wasser, Schlaf – nicht alle erreichen das rettende Land. Inmitten dieser endlosen See erheben sich Inseln – Oasen der Ruhe und Refugien des Wahnsinns. Einige davon sind greifbar, andere existieren nur in Gedanken. In unseren Träumen verschwindet der Unterschied zwischen Realität und Fiktion. Wann existiert etwas? Ist die bloße Vorstellung ein Teil unserer Realität?«

Diese Gedanken gingen Finn durch den Kopf, als er seinen Blick über den Tresen schweifen ließ. Gab es hier jemanden, der verstand, was er meinte?

»Hey, was denkst du?«, fragte Finn zögernd einen Hipster am Ende der Theke, »Was bedeutet Realität?«

Der Typ hob eine Augenbraue und lächelte: »Realität? Ist oft überbewertet. Wie wär's, wenn wir unsere eigene schaffen?«

Finn nickte und drehte sich wieder seinem Glas zu. Gedankenverloren starrte er durch die goldene Flüssigkeit seines Tequilas. Für einen Augenblick fühlte es sich an, als läge er am Strand und hätte versehentlich in die gleißende Sonne geschaut. Seit Tagen ging ihm die Melodie von Claude Vasoris »Peruvian« nicht mehr aus dem Kopf. Eine sanfte, lateinamerikanische Melodie mit Jazz-Elementen und einem Hauch von Exotik. Finn summte sie vor sich hin.

Er war jetzt Anfang dreißig, schlank und mit seinem Aussehen zufrieden. Aber das half ihm auch nicht weiter. In der letzten Zeit war nichts Spannendes in seinem Leben passiert. Wartete da noch etwas auf ihn, oder war der Zug schon abgefahren?

Als er nach seinem Glas greifen wollte, spürte er an seiner Seite die Beine einer Frau und feste Brüste, die sie ungeniert an ihn drückte. Ihm gefiel der Duft, der von ihr ausging, obwohl er ihn leicht an die Sonnencreme seiner Ex erinnerte. Finn wollte sich zu ihr umdrehen, da schlängelte sich ein Arm mit warmem, goldbraunem Teint an ihm vorbei. Eine zierliche Hand griff entschlossen nach seinem Tequila. Ihre scharlachroten Nägel verströmten eine raue Aura, als hätten sie zahlreiche Schlachten in den Abgründen des Lebens geschlagen.

Sein Tequila-Glas verschwand mit dieser Hand hinter ihm, um Sekunden später wieder krachend auf dem Tresen zu landen – leer. An ihm lehnte eine schwarzhaarige Schönheit. Sie wirkte benommen – mit geschlossenen Augen rieb sie ihre Wange an seiner Schulter. Ihr Mund bewegte sich dabei leicht, als würde sie etwas Angenehmes träumen. Ihre Haare waren glatt und lang, reflektierten das warme Licht der Bar. Sie trug ein hautenges, kurzes, schwarzes Kleid, das vollends damit beschäftigt war, ihre Brüste und einen knackigen Hintern zu bedecken. Finn konnte seinen Blick nur schwer abwenden, fixierte ihre langen Beine, die sich sanft zur Musik bewegten.

Er durchwühlte seinen benebelten Kopf, woher er sie kennen könnte, kam aber zu keinem Resultat. An solch eine hübsche

Asiatin war er noch nie geraten, das wüsste er. Doch die letzten Jahre waren schnell gelaufen und von so mancher Nacht nur Fragmente geblieben. So wie sie sich an ihn schmiegte, mussten sie sich bereits kennen. Vielleicht hatte sie sich aber auch nur was eingeworfen oder war schlichtweg betrunken? Finn betrachtete sie aufmerksam. Ihre Haut hatte warme, goldbraune Töne, die an poliertes Mahagoni erinnerten. Die sinnlichen Linien ihres Gesichts und die markanten Wangenknochen verlieren ihr eine faszinierende Ausstrahlung. Hatte sie thailändische Wurzeln? Auf jeden Fall sah sie gut aus und es gab bestimmt keinen, der sie zurückgewiesen hätte.

Als sie ihre Augen aufschlug, fühlte sich Finn ertappt und zuckte zusammen. Sie waren dunkelbraun wie Ebenholz und schienen Geschichten von fernen Stränden und geheimnisvollen Nächten zu erzählen. Zumindest fühlte es sich für Finn an diesem durchzechten Abend so an. Ihre Wimpern, dunkel wie die Nacht, umrahmten eine Welt voller Charme und Mystik. Ihr Blick, intensiv und verführerisch, lud zu Abenteuern ein. Finn mochte die Fülle und Farbe ihrer Lippen, ein leuchtendes Korallenrosa. Sie lächelten ihn an, trugen ein Geheimnis in sich. Eine laszive Schönheit – eine Verbindung von Sonnenlicht, Leidenschaft und dem mysteriösen Zauber Südostasiens. Ein Gesicht, wie es Finn noch nie zuvor gesehen hatte.

»Alles okay mit dir?«, fragte Finn einfühlsam. Es war ihm egal, dass sie seinen Tequila getrunken hatte.

»Ich glaub', mir ging's nie besser«, antwortete sie lächelnd, doch in ihrer Stimme schwang etwas mit.

»Wer, wer bist du?«

»Und wer will das wissen?«

»Finn, sorry, ich bin Finn.«

»Dao.«

»Was?«

»Ich heiße Dao. Das bedeutet so viel wie Stern.«

»Dao, hört sich schön an. Und das mit dem Stern passt auch irgendwie.«

Sie zwinkerte, schien zu merken, dass sie ihm in kürzester Zeit den Kopf verdreht hatte.

»Tequila?«, warf er schnell ein, um nicht in Verlegenheit zu geraten. Sie nickte und Finn bestellte per Handzeichen zwei neue Gläser. Cora stand hinter der Bar, wie fast jeden Abend. Sie grinste ihn breit an und machte sich ans Werk.

Das Schlawinchen, auch »Schlawi« genannt, galt als Ort, an dem man sich gepflegt abschießen konnte. Finns Kreuzberger Stammkneipe war rund um die Uhr geöffnet und wenn er da war, traf man ihn meist am Tresen an. Er genoss das vertraute Gefühl, das sich einstellte, sobald er die Bar betrat. Saß er erst mal auf einem der Barhocker, verabschiedete er sich von der Außenwelt. Einer Welt, die ihm schon lange nicht mehr gefiel. Hier, in der Umgebung, die von dunklem Holz und dem leichten Geruch nach kaltem Zigarettenrauch geprägt war, fand Finn nicht nur Gleichgesinnte, sondern auch Ruhe und Freundschaft. Unter der rotbraunen Decke, von der Antiquitäten, ein Kontrabass, Schaukelpferde und Holzschiffe herabhingen, war die Nacht schon oft zum Tag geworden. Alte metallene Werbe- und Hinweisschilder zierten die Wände. Sie erinnerten an längst vergangene Zeiten. Zwischen ihnen hingen allerlei groteske Gemälde, viele mit Kneipenszenen. Finn gefiel die trinkfreudige Umgebung; die klaustrophobische Enge störte ihn nicht besonders. Für ihn war das Schlawi ein Rückzugsort, eine Insel, auf die ihm die Welt da draußen nicht folgen konnte. Hier war man frei von jeglichem Trend, hier war noch alles beim Alten. Künstler und Professoren gaben sich genauso die Klinke in die Hand, wie Touristen oder Sozialhilfeempfänger. In der Luft lag ein anarchischer Vibe.

»Bist du alleine hier?«, fragte Dao.

»Ja, wieso?«

»So ’n Brad Pitt wie du hat keine Freundin?«

»Und du, wo ist dein Freund?«

»Kommst du immer gleich zur Sache?«

»Du doch auch, oder?« Finn gefiel, dass er ihr gegenüber wieder sicherer wurde und reichte ihr den Tequila.

»Bist du Autor?«

»Schön wär’s«, antwortete Finn lächelnd und spürte, wie Dao den Moleskine aus der Gesäßtasche seiner schwarzen Jeans zog. Wie eine Trophäe hielt sie ihn hoch: »Und was ist das hier?«

»Gib ihn her, das sind nur Gedanken«, bat Finn Dao und griff nach dem kleinen Notizbuch. Doch sie war schneller, zog ihren Arm weg und blätterte durch die Seiten.

»›Ich liebe und ich hasse das Meer. Diese verdammten Erinnerungen an die Zeit mit dir. Warmer Sand, smaragdgrünes Wasser, Salz auf deiner Haut. Küsse, die mich an fremde Orte, in einsame Buchten trieben.‹ Das klingt romantisch. Es erinnert mich an meine Heimat, Finn.«

»Woher kommst du denn?«

»Koh Chang, das ist eine Insel im Osten Thailands. Ein wunderschönes Land voller Geheimnisse, rauer Natur. Das Meer, es ist dort so wunderschön.«

Dao blätterte weiter im Moleskine: »›Erinnerungen an dich wurden zum Schmerz. Es wuchs der Wille zum Neuanfang.‹«

Gedankenverloren reichte sie ihm vorsichtig das Notizbuch, als wenn es etwas Kostbares für sie wäre.

»Ich war noch nie in Thailand«, antwortete Finn nachdenklich, während Claude Vasoris »Marie, Marie« aus den Boxen zu hören war; Cora hatte ein Händchen für gute Musik.

»Na, dann lass uns hinfliegen!«

»Was? Ähem, ja und wann?«

»Heute, einfach heute.«

»Es ist drei Uhr morgens, Dao.«

»Dann haben wir noch Zeit. Gegen elf Uhr gehen Flüge.«

»Ich kann doch nicht einfach weg hier. So, mir nichts, dir nichts. Außerdem ...«

»Was, außerdem?«

»Na, wir kennen uns gar nicht.«

»Magst du mich nicht?«, fragte Dao leise und schaute ihn von unten herauf, mit weit aufgeschlagenen Augen an.

»Doch schon, aber ...«

»Was, aber?«

»Wir können nicht einfach ...«

Noch bevor er ausreden konnte, fiel ihm Dao ins Wort: »›Es wuchs der Wille zum Neuanfang.‹ Das hast du doch geschrieben, also muss es dir etwas bedeuten!«

»Ja, doch. Aber das sind nur Gedanken.«

»Aber die hast du doch nicht zum Spaß notiert.«

Zum ersten Mal in seinem Leben schien die Regel gebrochen worden zu sein, dass ein Tag, der beschissen angefangen hatte, auch so enden musste. Finns Tag hatte beschissen begonnen. Alles hatte damit angefangen, dass er sich morgens beim Anzünden einer Kippe am Gasherd beinahe die komplette Frisur abgefackelt hätte. Zum Glück hatte es nur einen Teil seines blonden Scheitels erwischt. Er ärgerte sich über seine Tollpatschigkeit und erinnerte sich an die superschlauen Lebensweisheiten seiner ehemaligen Freunde. Die meinten bei jedem noch so beschissenen Vorfall, dass alles einen Sinn habe, der sich später erst erschließen würde. Die Kollegen bei der Lagerarbeit hätten sich einen abgelacht, wenn seine 90er-Jahre DiCaprio-Frisur abgebrannt wäre. Obwohl er die meiste Zeit gut mit ihnen auskam, ließen sie ihn spüren, dass er keiner von ihnen war.

Nach dem Abi hatte er angefangen zu studieren, aber seine Eltern ließen sich scheiden. Um sein Leben zu finanzieren, musste er abbrechen, sich einen Job suchen und blieb dann im Lager einer Möbelfirma hängen. Nach der Arbeit war er häufig

zu erledigt, um auszugehen. Er kam bei den Frauen gut an, doch sobald sie auf seinen Job zu sprechen kamen, war schnell die Luft raus.
Auf dem Weg ins Schlawi schwor er sich, dass er sein Leben ändern würde. Doch wäre das in seinen zwei Wochen Urlaub überhaupt möglich? In den vergangenen Jahren waren sie immer gleich abgelaufen. Er hatte seinen Rucksack gepackt und war dann 14 Tage in Schweden wandern gewesen. Die Bergroute mit den Übernachtungen in den Schutzhütten kannte er schon in- und auswendig. Dort fand er zu sich, bekam einen klaren Kopf. In diesem Jahr hatte er seinen Rucksack, der fertig gepackt neben dem Bett gestanden hatte, skeptisch angeschaut. Schweden war schön, aber wie wollte er dort sein Leben ändern? Er hatte bis jetzt nicht einmal geschafft, die Sprache zu lernen.

»Also gut, Dao. Ich mach's, ich bin dabei.«
»Du bist so cool, Finn! Habe ich dir das schon gesagt?«
Als er antworten wollte, hielt ihn Dao mit ihrer Hand am Hinterkopf fest und küsste ihn. Finn mochte das Gefühl ihrer weichen Lippen. Als er spürte, wie sich ihre Zunge in seinem Mund bewegte, kam es ihm vor, als ob er aus seinem Dornröschenschlaf erweckt worden wäre. Dao fackelte nicht lange, nahm seine Hand und zog ihn wie ein kleines Kind durch die Kneipe hinter sich her. In der Toilette angekommen, ließ sie ihn kurz stehen und sah sich um. Binnen Sekunden war sie wieder bei ihm.

»Wir sind alleine«, hauchte sie Finn ins Ohr und schob ihn rückwärts in eine der Kabinen. Dao schloss die Tür nicht, sondern küsste Finn unaufhörlich, bis er gegen die Toilette stolperte und sie ihn auf den Deckel drückte. Finn küsste ihren flachen Bauch, der sich hob und senkte. Dann setzte sich Dao auf seinen Schoß. Etwas genervt werkelte sie an seinem Gürtel herum. Finn schwor sich, ihn bei der nächsten Gelegenheit zu entsorgen. Es war nicht das erste Mal, dass ihm dieser Gürtel maßlos auf die Nerven ging.

Als er spürte, wie sein Gürtel endlich nachgab und die Schnalle auf den Rand der Schüssel schlug, nahm er noch ein anderes Geräusch wahr. Hinter Dao stand plötzlich ein Mann. Sein Gesichtsausdruck ließ nichts Gutes vermuten. Der Typ war ein Panzer, ein gottverdammter Schrank. Auf seinem rasierten Schädel trat eine dicke Ader an der Stirn hervor. Er trug eine schwarze Trainingshose mit weißen Streifen und eine viel zu kleine Bomberjacke, die aussah, als ob seine muskelbepackten Arme den Stoff zerfetzen würden.

Als Dao bemerkte, dass Finn nicht mehr mitmachte, blickte sie ihm in die Augen und begriff, dass er an ihr vorbeisah. Erschrocken fuhr sie herum: »Zlatko? Was machst du denn …?«, doch sie brachte ihren Satz nicht mehr zu Ende.

Adrenalin

Mit einer Hand hatte der Hühne Dao an den Haaren gepackt, von Finn heruntergezogen und aus der Kabine geschleift. Sie schrie und weinte vor Schmerzen, versuchte, sich an seinem Handgelenk festzuhalten. Zlatko interessierte das keinen Deut, er blieb kalt. Wie einen Müllsack schleuderte er Dao gegen die Wand, ließ sie liegen und steuerte wie ein Golem auf die Kabine zu. Finn war von der Toilette gerutscht, lag am Boden und wurde nervös, als er das Tränen-Tattoo unter Zlatkos linkem Auge wahrnahm. Ein Symbol dafür, dass der Träger entweder mal im Knast gewesen war oder sogar einen Mord begangen hatte. Seine Brust verengte sich, Finn spürte, wie es ihm die Luft abschnürte. Panisch versuchte er, aufzustehen, rutschte aber mit seinen Schuhen immer wieder von den Fliesen ab.

Der Gesichtsausdruck seines Angreifers war eindeutig. Er war hier noch nicht fertig. Ganz im Gegenteil, er hatte noch nicht einmal richtig angefangen. Zlatko beugte sich zu ihm herunter. Sein Mund verzerrte sich so sehr, dass Finn seine schlechten Zähne sehen konnte. Sekunden später spürte er eine riesige, kräftige Hand, die seinen Hals umschloss und zudrückte. Wie ein Kaninchen hob Zlatko ihn hoch und öffnete mit seinem Fuß den Klodeckel. Finn überkam ein Würgereiz, als er mit dem Kopf brutal in das dreckige Wasser der Toilette getaucht wurde. Er gurgelte panisch, dann zog ihn Zlatko wieder hoch und fing an, auf ihn einzureden. Finn konnte seine Sprache nicht verstehen, aber welchen Unterschied hätte das schon gemacht? Der Typ wollte ihn quälen, ihn im Wasser dieser dreckigen Toilette ertränken. Wieder tauchte er Finns Kopf ins Wasser. Dieses Mal drückte er zusätzlich die Spülung. Finn schluckte Wasser und würgte, seine Luft wurde knapp. Mit einer Hand hielt er sich am Rand der Kloschüssel fest, mit der anderen versuchte er, Zlatkos Griff von seinem Hals zu lösen. Der Typ lachte dreckig, als er seine sinnlosen Versuche bemerkte. Wie ein Fisch auf dem Trockenen zappelte Finn mit seinen Beinen, versuchte sich vom Boden abzustoßen, um zu entkommen, doch er glitt immer wieder auf den nassen Fliesen aus. Zlatko schienen seine Versuche zu amüsieren, er lachte lauthals. Hilflos tastete Finn mit seiner freien Hand über den Fliesenboden, bekam aber nichts in die Finger, mit dem er sich hätte wehren können. Seine Panik steigerte sich ins Unermessliche. Sollte er heute, sollte er hier sterben? In der Toilette seiner Stammkneipe? Das war doch ein schlechter Witz, oder? Endlich bekam er etwas zu fassen. Pures Adrenalin schoss durch seine Adern, gab ihm die notwendige Energie für einen letzten Zug. Er umklammerte den Gegenstand und stieß ihn mit aller Gewalt hinter sich, dorthin, wo er Zlatkos Kopf vermutete.

Es war ihm unmöglich, zu sehen, womit er Zlatko erwischt hatte. Finn wusste nur, dass er ihn kräftig erwischt haben musste, denn Zlatkos Pranken, die eben noch seinen Hals umklammert hatten, ließen plötzlich von ihm ab. Als sich Finn die Haare aus dem Gesicht wischte, sah er Zlatko mit überraschten Augen über sich stehen. Er gab ein skurriles Bild ab. Eine Klobürste steckte tief in seinem Mund. Lediglich ein paar Plastikborsten schauten noch heraus. Benommen torkelte sein Peiniger rückwärts aus der Kabine. Von einem undefinierbaren Schrei begleitet, zog er die Bürste aus seinem Hals und schleuderte sie zu Boden. Mit den Händen auf seine Knie gestützt, kotzte er auf die Fliesen. Das Erbrochene mischte sich mit seinem Blut und verteilte sich bis in die Kabine, wo Finn auf dem Boden saß und mehrmals wegen des unerträglichen Gestanks würgte. Zlatkos Blicke fixierten ihn. Er raste vor Wut, versuchte zu sprechen, brachte krächzende Laute hervor, die sich anhörten wie, »Jetzt bist du tot!«, und zückte sein Springmesser. Finn sah, wie die Klinge aus dem Schaft des Messers schoss. Er schaute hektisch nach links, nach rechts und begriff sofort, dass er in der Falle saß. Es blieb ihm keine Chance, diesem Typen, dessen massiver Körper fast die ganze Kabine einnahm, Paroli zu bieten. Als Zlatko mit seinem Messer ausholte, schrie Finn und hielt abwehrend seine Hände hoch. Die lange Klinge blitzte im kalten Licht und Finn sah das Leben vor seinem inneren Auge vorbeilaufen.

Doch dann passierte etwas, womit Finn nicht gerechnet hatte: Zlatko rutschte auf seiner eigenen Kotze aus und fiel ihm wie ein gefällter Baum entgegen. Im letzten Moment rollte sich Finn zur Seite, sonst wäre er unter ihm begraben worden. Ein lautes Knacken hallte durch den Raum, als Zlatko mit seinem Kopf auf dem Rand der Kloschüssel aufschlug. Es kam Finn fremd, auf unbekannte Weise absolut vor. Gleich darauf erfüllte eine bedrückende Stille den Raum. Außer Musik aus der Kneipe war nichts mehr zu hören.

»Finn, Finn! Oh nein, was ist ...?«

Daos Worte brachen die Stille, während sie ihm besorgt aufhalf.

»Alles gut, Dao«, brachte Finn mit rauer Stimme heraus und hustete mehrfach. Erleichtert wischte sie ihm seine nassen Haare aus dem Gesicht.

»Oh Gott, Finn. Es tut mir leid, so leid.«

Finn nickte, war noch immer benommen. Schließlich sahen sie zu Zlatko, der vor ihnen am Boden lag. Seine Augen waren weit aufgerissen, als hätten sie etwas Grausames gesehen. Reglos starrten sie zur Decke.

»Was, was war das denn? Was wollte der Typ?«

»Das ist Zlatko, ein Laufbursche von meinem Boss. Eine lange Geschichte.«

»Bist du 'ne Hure oder was?«

»Prostituierte heißt das. Aber nein, bin ich nicht. Ich bin Tänzerin in einem Nachtklub.«

»Und was wollte der Typ von dir, von uns?«

»Es scheint ihm was nicht gepasst zu haben. Ich weiß es nicht. Manchmal schickt mein Boss ihn hinter mir her. Er ist so was wie mein Babysitter.«

»Babysitter? Scheiße, der wollte mich erledigen. Wir müssen die Bullen rufen, Dao.«

»Nein, auf keinen Fall. Die Jungs sind gefährlich. Wer zu den Bullen geht, wird bestraft. Das ist ihr Gesetz.«

»Aber der Typ ist tot. Wir können ihn nicht so liegen lassen.«
»Doch, können wir. Er hat uns angegriffen und er ist ausgerutscht. Der wollte dich plattmachen, Mann! Wir haben nichts damit zu tun. Wir haben uns nur gewehrt.« Finn wollte ihr antworten, doch Dao kam ihm zuvor: »Komm, pack mit an.«
»Was hast du vor?«
»Wir schieben ihn mit dem Kopf über die Kloschüssel, dann sieht's aus, als ob er am Kotzen wäre. So riechen tut's hier ja schon.«
Finn gefiel das alles nicht, dennoch half er ihr.
»Scheiße, Dao. Das ist meine Stammkneipe. Ich kann hier so was nicht abziehen.«
»Doch, das kannst du und jetzt reiß dich zusammen! Die Bullen könnten behaupten, dass du ihn angegriffen hast. Die Klobürste wird er sich ja nicht selbst in den Rachen gerammt haben. Und dann sperren sie dich weg. Das geht schneller, als du Piep sagen kannst. Wir müssen abhauen. Jetzt, sofort, hörst du?«
Dao rüttelte Finn an der Schulter.
»Fuck, na gut«, stöhnte er, ging zum Waschbecken und blickte in den Spiegel. So beschissen hatte er schon lange nicht mehr ausgesehen. Nasse Haarsträhnen klebten kreuz und quer auf seinem dreckverschmierten Gesicht. Zum Glück fiel der Dreck auf seinem schwarzen Shirt nicht auf. Finn beugte sich über das Waschbecken und wusch sich. Als er fertig war, trocknete er sich mit ein paar Tüchern aus dem Automaten. Prüfend schaute er sich im Spiegel an. Er fühlte sich ruhiger, vor allem

klarer, als vor einer Minute. Im Spiegel beobachtete er Dao, die ungeduldig von einem Bein auf das andere stieg. Sie schien auf seine Ansage zu warten.

Finn drehte sich zu ihr: »Gut, ich geh' vor, zahle und verlassen den Laden. Du folgst mir etwas später. Wir treffen uns am besten ...«

»Schönleinstraße, auf dem Bahnsteig der U8. Wär' das okay für dich, Finn?«

»Klar, warum nicht. Ist ja gleich um die Ecke.«

»Wir schaffen das, Finn.«

»Was gibt es zu schaffen?«

»Nicht mehr viel.«

Finn sah sie misstrauisch an, bevor er sich von ihr abwandte und die Tür zum Gastraum öffnete. Ein schwermütiges Gefühl legte sich über ihn. Er mochte das Schlawi, seine Kneipe, aber sie würde nie mehr so sein wie früher. Nichts würde mehr sein wie früher.

»Na, Finn, haste 'ne Neue am Start?«, fragte ihn Cora grinsend hinter dem Tresen.

Finn reagierte nicht auf ihren Seitenhieb und griff nach seiner Bomberjacke: »Ich möcht' zahlen!«

»Bezahlste och des Wasser von deiner Alten?«

Finn nahm ihr den Spruch nicht übel. So war Cora nun mal. Finn kam aus Braunschweig, da war man nicht so direkt. Hier durfte man sein, wie man war. Genau das schätzte jeder am Schlawi. Finn nickte Cora zu und reichte ihr 50 €: »Stimmt so!«

»Firma dankt. Dann mach's jut und bis bald, Finn!«, wieder lächelte Cora und machte keinen Hehl daraus, dass sie ahnte, was Finn und seine neue Freundin vorhatten.
Er nickte, versuchte zu grinsen, dann drückte er sich durch die Menge zum Ausgang. Cora schien alles mitbekommen zu haben, was ihm wegen des Vorfalls auf der Toilette nicht gefiel.
Dao, die schöne Wassertrinkerin. Sie musste kräftig einen gehoben haben, bevor sie im Schlawinchen aufgeschlagen war, dachte Finn und grinste.

Am Gleisende der U8 trat Finn nervös von einem Bein auf das andere. Ob Dao überhaupt kommen würde? Eigentlich wusste er nichts von ihr. Tänzerin war sie, aber darüber wollte er sich nicht beschweren. Als Lagerarbeiter hatte auch er kein großes Ansehen in der Gesellschaft.
Es kam ihm wie eine halbe Ewigkeit vor, bis er Dao endlich von Weitem am Bahnsteig entdecken konnte. Sie drehte sich in alle Richtungen, erblickte ihn, zog ihre Schuhe aus und rannte barfuß auf ihn zu. Einige der Nachtfalter drehten sich nach ihr um, was man ihnen nicht übel nehmen konnte. Das kurze schwarze Kleid, die Netzstrumpfhosen, ihr Lächeln. So was wie sie im Schlawi kennenzulernen, hätte er sich nie erträumt. Und dafür hatte er sich nicht mal anstrengen müssen. Er hatte nur an der Theke gesessen. Sie war es, die Kontakt gesucht, ihn aufgerissen hatte. War das alles zu schön, um wahr zu sein? Finn hatte schon einiges erlebt, aber ging das nicht eine Spur zu schnell, zu glatt? Zweifel stiegen in ihm auf. Verfolgte

sie einen Plan? Bei ihm gab es nichts zu holen. Ein Gold Digger war bei ihm an der falschen Adresse.

Finn dachte an das schmerzverzerrte, überraschte Gesicht Zlatkos, der mit einer Klobürste im Rachen rückwärts getaumelt war. Wenn es einen Plan gab, welchen Part hatte Zlatko darin gespielt? Er hatte Finn umlegen wollen, einfach so? Dao meinte, er wäre ihr Beschützer. Was hatte sie getan, bevor sie ins Schlawi gekommen war?

Finn hatte keine Antworten auf seine Fragen. Er wusste nur, dass sie sein Leben verändert hatte. Wollte er den nächsten Schritt gehen? Wie weit war zu weit? Noch war es nicht zu spät. Er konnte sich noch anders entscheiden, sie einfach stehen lassen und zur Polizei gehen. Aber würden sie ihm seine abstruse Geschichte glauben? Es sprach mehr gegen, als für ihn. Vielleicht war es sicherer, mit ihr zu gehen. Vielleicht war die Zeit gekommen, etwas Neues mit seinem Leben anzufangen. Hatte er sich nicht schon im Schlawi entschieden und war auf der Flucht vor der Polizei? Er hatte das Leben nicht gefunden, aber das Leben ihn. Es hatte ihn fest im Griff. Finn war schon immer zu nachlässig gewesen. In entscheidenden Momenten hatten ihm die Kraft und der Mut, Entscheidungen zu treffen, Dinge durchzuziehen, gefehlt.

Dao stöhnte, als sie vor ihm stoppte. Ein feuchter Schimmer lag auf ihrer Stirn:

»Na, Finn, alles glattgelaufen?«

»Ähem, ja klar. Aber die Bedienung, die hat mich seltsam angesehen. Ich sah bestimmt etwas fertig aus. Vielleicht dachte sie, das läge daran, dass ich mit dir auf der Toilette ... «

»Ach so. Sie kennt den lieben Finn also recht gut.«

»Ja, sie kennt mich sogar sehr gut. Aber nicht so, wie du denkst. Und jetzt?«, antwortete Finn.

»Wie und jetzt? Jetzt geht's erst mal nach Thailand, bis Gras über die Sache gewachsen ist.«

»Dao, das ist kein beschissener Film. Das ist Berlin und ein paar hundert Meter von hier liegt ein Toter über eine Kloschüssel gebeugt. Bestimmt haben mich auch ein paar Gäste gesehen.«

»Na und? Ist doch nicht ungewöhnlich, dass jemand das Klo benutzt.«

»Wenn nach meinem Toilettenbesuch ein Toter halb in der Schüssel liegt, schon. Die werden eins und eins ...«

»Jetzt reiß dich zusammen, Finn! Keiner hat etwas mitbekommen. Der Typ ist ausgerutscht und unglücklich gefallen. Das war's«, Dao wirkte plötzlich genervt.

»Ach ja, da liegt aber noch 'ne blutige Klobürste in einer Kotzlache!«, erwiderte Finn, »Ich würde behaupten, wir sind auf der Flucht, Dao.«

»Ja, Mist, okay, vielleicht hast du recht.«

»Scheiße, scheiße, verdammte Scheiße!«

Finn trat gegen einen Mülleimer, der sich verformte.

Dao machte einen Schritt auf ihn zu, hielt ihn fest und küsste ihn. Schon lange war er nicht mehr so geküsst worden. Für einen kurzen Moment kam es Finn vor, als ob er wieder an der Theke im Schlawi stehen würde. Er fühlte sich daran erinnert,

als ihre Lippen zum ersten Mal auf seinen gelegen hatten.
»Und wie geht's jetzt weiter?«
»Wie geplant, wir wollten doch nach Thailand.«
»Und mein Job? Mein Chef, dieser Arsch, wird mich kündigen. Der hat mich eh schon aufm Kieker.«
»Na und? Was macht das schon?«
»Klar, macht nichts, überhaupt nichts! Mein Nummernkonto ist randvoll mit Kohle und unter meinem Palettenbett liegen zur Not zwei Alukoffer mit 'ner Mille Cash«, antwortete Finn zynisch. In diesem Moment fuhr die U-Bahn ein.
»Komm schon! Die fährt in unsere Richtung.«
»In unsere Richtung?«
»Zum Alex, dann mit der U2 zum Senefelderplatz«, antwortete sie, als sich die Türen vor ihnen öffneten, sie einstiegen und einen Sitzplatz suchten. In der U-Bahn krakeelten einige der üblichen Nachtschwärmer, andere schliefen schon. Finn setzte sich auf einen Platz am Fenster. Dao setzte sich neben ihn und zog ihre Schuhe wieder an. Als die Bahn anfuhr, lehnte er seinen Kopf an die Scheibe und beobachtete gedankenverloren die vorbeirauschenden Schachtwände.

Es kam ihm vor, als er hätte er Stunden lang aus dem Fenster der Bahn geschaut, als jemand an seinem Arm rüttelte. Wie durch eine dumpfe Haube hörte er, »Alexanderplatz«, gefolgt von, »Finn, wir müssen hier raus, umsteigen!« Geistesabwesend raffte er sich auf, sie verließen die Bahn und folgten der Ausschilderung zur U2. Mit einem kleinen Sprint erreichten

sie die U-Bahn, die dabei war, einzufahren.
»Nur zwei Stationen, dann haben wir's«, Dao mochte die U-Bahn scheinbar genauso wenig wie er.

Kaum an der Oberfläche kramte Finn nervös seine Zigaretten hervor und zündete zwei davon an. Eine gab er Dao. Als er den Rauch in den dunklen Himmel blies, ging ein schwaches Lächeln über sein Gesicht. Am nicht mehr ganz so tiefschwarzen Himmel funkelte ein Stern, fast wie man es aus schlechten Filmen kannte. Finn kam sich verarscht vor.
»Du heißt Dao?«
»Ja, Dao«, wiederholte sie.
»Glücklicher Stern?«
»Dein glücklicher Stern.«
Finn sah sie an, nahm einen weiteren Zug und sprach: »Also gut, Dao. Wir machen einen auf Bonnie und Clyde.«
»Sind das Freunde von dir?«
»Nein, nicht ganz. Na ja, is' auch egal. Ich meine, wir machen alles so, wie wir es vorhatten. Noch bevor Zlatko dazwischenkam. Wir fliegen nach Thailand.«
Binnen Sekunden veränderte sich Daos Gesicht. Finn sah ihr begeistertes Lächeln, das so nicht einfach zu finden war.
»Du wirst es nicht bereuen, Finn. Aber dafür müssen wir noch kurz was erledigen.«
»Kurz was erledigen?«
»Ja. Wir müssen zu Dragan, meinen Pass holen.«
»Wer bitte ist Dragan?«

»Das ist mein Boss. Ihm gehört das Ruby Dolls, der Klub, wo ich tanze.«

Das gefiel Finn überhaupt nicht. Wenn Zlatko sein Laufbursche gewesen war, was hatten sie von Dragan zu erwarten? Das alles roch förmlich nach Problemen, und so sehr ihm Dao gefiel, musste er doch zugeben, dass die Probleme von ihr ausgingen. Bevor er weiter darüber nachdenken konnte, hing sie schon an seinem Hals und küsste ihn: »Du bist so süß, Finn.«

»Ich glaub's auch bald. Ist dir nicht kalt?«

»Doch, etwas.«

Finn drückte seine Kippe im Aschenbecher eines Mülleimers aus und legte ihr seine Bomberjacke um.

»Besser?«

»Viel besser, mein kleiner Gentleman. Also dann auf zu Dragan.«

»Warte, warte mal. Habe ich das richtig verstanden? Wir gehen in den Klub, fragen nach deinem Pass und verschwinden wieder? Und Dragan, nett und freundlich wie er ist, lädt uns zu einem Drink ein und freut sich, uns in seinen heiligen Hallen begrüßen zu dürfen. Das ist doch nicht dein Ernst, oder?«

»Wir gehen nicht in den Klub. Dragan werden wir auch nicht begegnen. Wir gehen in sein Penthouse, das schaffen wir zu Fuß.«

»Wie jetzt, wir sind die ganze Zeit auf dem Weg zu Dragan?«, fragte Finn irritiert. Er fühlte sich überrumpelt.

»Oh, ich dachte, das wäre klar«, säuselte Dao.

»Äh, nee. Und wie willst du da reinkommen?«

»Hiermit!«, antwortete Dao freudestrahlend und hielt eine Kette mit mehreren Schlüsseln hoch.
»Was sind das für Schlüssel?«
»Die habe ich Zlatko abgenommen. Er ist der Einzige, der Zweitschlüssel zu seinem Penthouse hat. Die trägt er immer, ich meine, er trug sie um seinen Hals.«
»Wir brechen bei Dragan ein? Das ist dein Plan?«
»Ich würde eher sagen, wir laden uns ein und holen, was mir gehört.«
»Scheiße, Dao. Das gefällt mir nicht.«

Es war Dao, die ihn anstieß, um ihm anzudeuten, dass sie am Ziel waren. Mittlerweile war es fast 05:00 Uhr morgens und Finn rätselte, warum er zu dieser nachtschlafenden Zeit vor einem gotischen Backsteinbau mit Kirchturm und Kupferhaube stand. Die straßenseitige Giebelfassade mit ihrer breiten Durchfahrt besaß zwei symmetrisch angeordnete Erker und Balkons mit Galerien. Zugegeben, das Gebäude hatte etwas, aber um diese Uhrzeit?
»Okay, dein Chef betreibt einen Nachtklub und tagsüber schläft er in diesem Kloster.«
Dao lachte und drehte Finn so herum, dass er zur anderen Straßenseite schauen konnte. Mit ihrem Finger zeigte sie zu einem Penthouse mit Glasfront, das sich auf dem Dach eines fünfstöckigen Gebäudes befand. Zur Straßenseite waren beleuchtetes Federborstengras und rosafarbenes Pampasgras zu sehen. Im Penthouse selbst brannte kein Licht.

Als sie schließlich vor dem Eingang zum Treppenhaus standen, hielt Finn Dao zurück.
»Woher willst du wissen, dass er nicht doch da ist?«
»Ganz einfach«, entgegnete ihm Dao und drückte auf die oberste Klingel, auf der »D.« stand.
»Was? Bist du verrückt?«, aber sein Einwand kam zu spät.
Unbekümmert machte Dao ein paar Schritte zurück auf die Straße und schaute nach oben.
»Sag' ich doch, kein Licht«, rief Dao, für Finns Geschmack viel zu laut.
»Psst, leise! Du weckst noch alle auf.«
»Schon gut. Aber jetzt komm! Wir gehen da rein und in ein paar Minuten sind wir wieder raus.«
Finn antwortete ihr nicht, beobachtete Dao, wie sie einen der Schlüssel ausprobierte. Er passte und als sie die Tür aufzog, folgte ihr Finn schweigend. Seine innere Stimme wiederholte Daos Satz wie ein Mantra: »... und in ein paar Minuten sind wir wieder raus.«
Dao drückte auf den Lichtschalter im Foyer. Das Innere des Hauses wirkte totenstill. Es war komplett mit weißem Marmor verkleidet und sah sehr sauber aus. Finn mochte die alte, gusseiserne Treppe, die sich an den Wänden in die Etagen hinauf schlängelte. In ihrer Mitte wartete ein gläserner Fahrstuhl. Dao drückte auf den Rufknopf und die Tür öffnete sich vor ihnen.
»Immer hereinspaziert, der junge Herr.«
Finn gefiel ihr Gehabe nicht besonders. Sie wirkte vollkommen locker, als ob es für sie kein großes Ding wäre, mal eben bei

ihrem Boss einzubrechen. Als Dao den Knopf mit der Anschrift Penthouse drückte, tat sich nichts.

»Der Schlüssel, Dao. Du hast da so einen kleinen Schlüssel an dem Bund.«

Dao entwirrte die Kette mit den Schlüsseln, die sie um ihr Handgelenk gebunden hatte, und probierte den kleinsten Schlüssel aus. Er ließ sich mühelos in ein Schloss schieben, das unter allen Etagenknöpfen angebracht war. Als sie anschließend auf den Knopf des Penthouse drückte, schloss sich die Tür, der Fahrstuhl hob sich sanft an und sie fuhren nach oben.

Dao grinste Finn freudig an. Sie sah in ihrem hautengen Minikleid umwerfend aus. Ihre Kurven und ihre Beine in der Netzstrumpfhose ließen Finn an andere Dinge denken. Ihm war es peinlich, als er aufschaute und mitbekam, dass sie ihn die ganze Zeit beobachtet hatte. Dao lehnte an der Fahrstuhlwand und bewegte sich zu einer Melodie, die Finn gerne gehört hätte. Tänzerin war sie auf jeden Fall. Die Vorstellung, dass sie im Klub viel spärlicher bekleidet tanzte, erregte ihn. Dao schien das nicht zu entgehen. Sie lächelte verführerisch und fuhr mit der Zungenspitze über ihre Lippen. »Gefalle ich dir?«, fragte sie mit einer Stimme, die wie ein Hauch durch den engen Raum schwebte.

»Gefallen? Du bist umwerfend!«, antwortete er paralysiert. Die Zeit schien stillzustehen, als ihre Augen aufeinander ruhten. In diesem Moment stoppte der Fahrstuhl kaum spürbar.

»Schade«, flüsterte Dao und fuhr mit der Hand über die Innenseite seines Oberschenkels. Finn zuckte zusammen, brauchte kurz, um zu begreifen, wo er sich befand.

Nachdem die Fahrstuhltür aufgeglitten war, blickten sie auf eine breite, weiße Tür mit rundem Goldknauf. Dao zögerte nicht, schob einen der Schlüssel ins Schloss. Die Tür war massiv und schien dementsprechend schwer zu sein. Beim Öffnen gab sie ein schmatzendes Geräusch von sich. Dao musste etwas Kraft aufbringen, bis sie langsam aufschwang.

Etwas Unheilvolles durchzog das düstere Penthouse, als Finn und Dao zögernd an der Schwelle standen. Weiter entfernt sahen sie die langen Fensterfronten mit den angestrahlten Ziergräsern und einigen Palmen. Vorsichtig wagten sie einen ersten Schritt. Die Stille, die sie umgab, wurde nur durch das leise Knarzen ihrer sandigen Schuhsohlen unterbrochen. Ein Hauch der Angst lag in der Luft, während sich die Fahrstuhltür hinter ihnen schloss.

Das Penthouse

»Verdammt, ist das dunkel.«

»Ja, aber da hinten. Siehst du das rote Licht?«, flüsterte Finn und wagte einen weiteren Schritt. Im Bruchteil einer Sekunde schreckte er zusammen – warmes Licht erhellte plötzlich den ganzen Raum. Es ging von einem protzigen, goldenen Kronleuchter aus, der in der Mitte des Raumes von der Decke hing. Finn hatte instinktiv einen Satz rückwärts gemacht, während Dao unbeirrt weitergegangen war. Warum hatte sie sich nicht erschreckt? Wie angewurzelt hielt Finn inne und hörte in die Wohnung hinein. Aber da war nichts, rein gar nichts zu hören.

»Bewegungsmelder«, grinste Dao. Finn nickte zustimmend und folgte ihr.

Der Eingangsbereich war pompös. Die Seitenwände von respektabler Zimmerhöhe waren komplett verspiegelt und ließen alles enorm groß erscheinen. Der glänzende, im Licht brillierende, schwarze Marmorboden, sowie die weißer als weiß wirkende Decke verliehen dem Raum eine zeit- und endlose Atmosphäre. Die Tatsache, dass sich im Entree nichts befand, außer ein riesiges, etwa 3 × 3 Meter großes, in einen goldenen Barockrahmen gefasstes Ölgemälde, das an der Stirnseite eine weinrote Wand dominierte, unterstützte diesen Gesamteindruck.

Auf dem Bild war ein muskelbepackter Boxer mit nacktem Oberkörper zu sehen. Der Hühne trug schwarze, glänzende

Shorts und posierte mit bandagierten Händen in typischer Kampfpose, wie es in Fernsehübertragungen üblich war. Sein Oberkörper war straff, durchtrainiert und glänzte genauso vor Schweiß wie sein rasierter Schädel. Auf der Brust des Boxers konnte Finn keine einzige Stelle ausmachen, die nicht tätowiert war. Eines der Tattoos fiel ihm besonders ins Auge. Es zeigte einen rot-schwarzen Drachen, der sich vom Hals bis zu den Wangenknochen hoch schlängelte. Finn wusste, dass der Drache in Asien neben Männlichkeit auch Kraft, Macht, Stärke und Übersinnliches symbolisierte. Der Gesichtsausdruck dieses Narzissten wirkte jedoch, als ob Spiritualität für ihn ein Fremdwort wäre. Vielmehr prägten Aggressivität und Dummheit seine Züge. Die eingeschlagene Boxernase unterstrich das alles. Das Porträt, groß und erhaben, dominierte den Raum.

»Ist das Dragan?«

»Ja, das ist er.«

Finn schluckte und hoffte, dass er ihm nie im Leben begegnen würde. Gleichzeitig fragte er sich, wie es sein konnte, dass sich Dao überhaupt mit so einem Typen abgab. Neben dem riesigen Gemälde führte ein breiter Durchgang in den Wohnbereich. Finn beobachtete Dao durch den Spiegel hindurch. Als sie es bemerkte, fixierte sie Finn, schnitt Grimassen und machte eindeutige Handzeichen. Im Gegensatz zu ihm war sie vollkommen entspannt. Fast so, als ob sie so was nicht zum ersten Mal tun würde.

Wieder schaltete sich automatisch das Licht im Raum vor ihnen an. Sie befanden sich in einem weitläufigen, offenen Wohnbereich mit allem, was dazu gehörte. Wahrscheinlich konnte man hier locker eine Party mit 100 Leuten feiern, dachte sich Finn. Die weinroten Wände und goldfarbenen Decken waren an Protzigkeit nicht mehr zu überbieten. Das Licht war gedimmt und ging von mehreren großen, goldenen Stehlampen mit schwarzen Satin-Schirmen aus. An den Wänden entdeckte Finn erotische Kunst, die zwar kitschig aussah, aber garantiert eine Stange Geld gekostet hatte. An einer Seite der Wand hing ein rechteckiger Spiegel mit goldenem Barockrahmen. Er war einige Meter breit und gab dem Raum einen Effekt, als ob man durch ein Fenster sehen könnte, hinter dem sich ein weiterer Raum befand. Der Wohnbereich führte zu einem großzügigen Bad, einer Küche und einem Gäste-Bad. An der Stirnseite des Raumes befanden sich sehr breite Schiebetüren, die verschlossen waren. Durch die Längsseite, die aus einer durchgehenden Glasfront bestand, konnte man auf das Dach des Penthouse gelangen. Der Boden dort war mit massiven Teakholz-Bohlen ausgelegt. Finn sah eine dunkelbraune Rattan-Sitzgruppe mit roten Kissen, Liegen und einen beleuchteten Pool. Die Ziergräser, Palmen und Kakteen verliehen der Umgebung einen mediterranen Flair. Dragan musste ein Vermögen für diesen protzigen Tempel ausgegeben haben. Er hatte sich eine Oase, einen Zufluchtsort mitten in Berlin, geschaffen.

Nervös blickte sich Finn im Wohnbereich um. Hatte dieser Typ

Sicherheitskameras installiert? Wo würde er sie anbringen? Da fiel ihm ein, dass man das Penthouse ausschließlich durch den Fahrstuhl betreten konnte. Hieß das etwa, dass man sie bereits aufgezeichnet hatte?

Finn schwitzte, er war so abgelenkt, dass er eine Pfütze neben einem Jacuzzi übersah und darin ausrutschte.

»Scheiße, verdammte!«, schrie Finn, »Ich wär beinahe in das Ding gefallen!«

Dao kicherte: »Ich wusste gar nicht, dass du vorhattest, zu baden.«

»Haha, echt witzig«, entgegnete er Dao, die an einer von zwei großen, weinroten, sich gegenüberstehenden Chesterfield-Couchgarnituren stand. In deren Mitte befand sich ein außergewöhnlicher Glastisch: Eine nackte, barbusige Schönheit auf allen Vieren, in weißem Schellack, auf deren Rücken eine gläserne Tischplatte lag.

Plötzlich bemerkte Finn einen süßlichen, aufdringlichen Geruch: »Boah, der Typ benutzt vielleicht ein billiges Raumdeo. Da könnte man denken, man wäre im Puff.«

»Hört, hört, der liebe Finn kennt sich aus. In welchem Etablissement trifft man dich denn so an?«

»Komm schon Dao, du weißt, was ich meine. Wo soll denn jetzt dein Pass sein?« Finn wartete Daos Antwort nicht ab, sondern rief ihr aufgeregt zu: »Ich glaub's ja nicht!«

Vor einem frei hängenden Kamin, wie ihn Finn nur aus Magazinen seiner Zahnärztin kannte, lag ein riesiges Tigerfell mit Kopf auf dem Boden. Der Präparator hatte dem Raubtier tat-

sächlich ein für immer bleibendes, zähnefletschendes Äußeres verpasst.
»What the fuck?«, kam es aus Finn raus.
»Ach ja? Ich dachte, ihr Männer hättet alle solche Fantasien. Mit einer drallen, nackten Blondine auf dem Tigerfell vor dem Kamin. Wär das nicht auch was für den süßen, kleinen Finn?«
»Haha!«, antwortete Finn und zeigte ihr den Mittelfinger.
Dao war mit allen Wassern gewaschen. War sie vielleicht eine Nummer zu groß für ihn? Gleichzeitig überraschten ihn seine Gedanken. Bei seinen One-Night-Stands war ihm doch immer alles egal gewesen. Klar, dieser Abend verlief anders als die anderen, aber er hätte auch jederzeit abhauen können.
»Nett hier, nur zu dick aufgetragen. Aber dieser billige Duft. Oder ist das Parfum?«, entgegnete Finn und ging zu einer kitschigen, goldenen Skulptur in der Nähe der Couchgarnitur: Atlas, ein griechischer Titan, der kniend einen geöffneten Globus mit einer verschwenderisch ausgestatteten Minibar auf seinen Schultern trug. Zwischen funkelnden Kristallgläsern und Flaschen teuerster Spirituosen thronte eine geöffnete Champagnerflasche. Finn ergriff sie und trank direkt daraus. Er war zu gierig, die Kohlensäure des Champagners sorgte dafür, dass es ihm in Strömen aus dem Mund herausschoss. Der halbe Flascheninhalt ergoss sich über den Boden. Normalerweise hätte er sich für sein Benehmen geschämt, aber dieser Angeber mit seinem ganzen Reichtum nervte ihn durch und durch. Mit dem Handrücken wischte er sich den Mund ab und winkte Dao zu sich. Sie ließ nicht lange auf sich warten. Als

sie aus der Flasche trinken wollte, hielt sie Finn lachend in die Höhe und deutete auf den Boden. Zu seiner Verwunderung kniete sie sich vor ihn und legte ihren Kopf in den Nacken. Anfangs noch behutsam ließ Finn den edlen Saft aus einiger Entfernung in ihren Mund fließen. Dabei verteilten sich Spritzer auf ihrem Dekolleté, das sofort nass glänzte. Schließlich hielt er mit einem Daumen die Flasche zu, schüttelte kräftig und spritzte Dao mit dem restlichen Inhalt voll. Ihr anfängliches Kreischen ging in ein Lachen über. Als die Flasche leer war, steckte er sie, mit den Worten »Aber nichts Herrchen sagen!« dem Tiger ins Maul.

Anschließend bediente sich Finn an den Nüssen, die in einer goldenen Schale auf dem Couchtisch standen. Einige fielen auf den Boden, auch das juckte ihn nicht. Was war los mit ihm? Normalerweise benahm er sich nicht so daneben. War es Daos Anwesenheit, die ihn veränderte?

»Was für ein Penner«, rief er Dao zu, die sich derweil an einer Whiskeyflasche bediente, »'Ne fette Hütte und dann serviert mir dieser Wichser billige Aldi-Nüsse in 'ner goldenen Schale? Pistazien wären das Mindeste gewesen. Findest du nicht? Aber das hätte Stil, nicht wahr, mein kleiner Dragi? Ich sag's ja immer, Dao. Stil hat man, den kann man sich nicht kaufen.«

Dao lachte, trank den Whiskey und warf das leere Glas an die Wand, wo es in einem glitzernden Scherbenregen zerplatzte. Sie musste, genau wie er, ziemlich drauf sein, dachte sich Finn grinsend. Dao trat ihre Schuhe quer durch den Raum und näherte sich schwankend der Stereoanlage. Nachdem sie ein paar

Knöpfe gedrückt hatte, leuchteten farbige Dioden auf und sanfte Jazzmusik erklang aus Boxen, die in der Zimmerdecke eingelassenen waren.
»Wenigstens bei der Musik hat er ein gutes Händchen, der kleine Dragi. Und du hast echt mit so einem Wichser zu tun?«
Dao antwortete nicht, sondern näherte sich ihm tänzelnd. Finn spürte ihre Hand an seiner Hose. Den obersten Knopf hatte sie blitzschnell aufbekommen. Das Geräusch seines Reißverschlusses folgte. Einen Augenblick später stand er in Dragans Penthouse, mit heruntergelassener Hose. Finn fragte sich, wieso das mit dem Gürtel diesmal so gut geklappt hatte, da ließ ihn eine imposante, tiefe Stimme, die durch den Raum dröhnte, zusammenschrecken: »Ich hoffe, ich stör' nicht?«
Daos Fingernägel gruben sich tief in Finns Oberschenkel. Erschrocken fuhr sie herum, während Finn beim Versuch, die Hose hochzuziehen, rückwärts stolperte. Er benötigte mehrere Versuche, dann gelang es ihm, den verhassten Gürtel zu schließen.

Die Schiebetüren an der Stirnseite des Raumes standen nun offen und gaben den Blick frei auf ein hell erleuchtetes Schlafzimmer. Finn sah schwarze, mit goldenen Burbonenlilien verzierte Wände und ein riesiges, goldfarbenes, barockes Bett mit schwarzen Seidenbezügen, die bis auf den Boden fielen.
Sein Blick schwenkte zum hünenhaften Mann, der zwischen den Schiebetüren stand. Der fehlenden Haarpracht zufolge war es Dragan, der Besitzer des Penthouse, in das Finn eingebro-

chen war und in dem er fast Sex gehabt hätte. Eine silberfarbene Piloten-Sonnenbrille, wie sie in den 80er-Jahren gerne von Zuhältern und zwielichtigem Gesindel getragen wurde, verbarg seine Augen. Er trug einen roten Bademantel von Versace mit barocken schwarz-goldenen Motiven auf Ärmeln und Bindegürtel. Aus ihm heraus ragten seine stark behaarten Beine und nackten Füße. Seine Hände waren mit massiven Fingerringen beladen.

Finn war mit einem Schlag nüchtern. Verwundert beobachtete er, wie Dao sich langsam vom Boden erhob und zu Dragan ging. Dieser beugte seinen Kopf von einer Seite zur anderen, wodurch ein furchtbares Knacken seiner Knochen zu hören war.

»Wichser, ja? Der kleine Dragi hat keinen Stil mit seinen billigen Aldi-Nüssen? Korrigier mich, sollte ich etwas missverstanden haben«, sprach er vollkommen ruhig.

Finn brach der kalte Schweiß aus.

»Nein, sorry, Scheiße, ich kann das alles erklären«, stammelte er, »Das mit den Nüssen war nicht so gemeint, die waren gut, ausgezeichnet sogar. Hervorragend waren die!«

»Na, das will ich hoffen. Das sind Bio Macadamia aus Neuseeland. Magst du Macadamia?«

»Ja, ich ... hören Sie, ich wollte nicht ...«, brachte Finn nervös hervor, doch Dragan fiel ihm ins Wort.

»Also, ich mag Macadamia. Nein, ich mag die sogar sehr.«

Finn nickte zustimmend. Noch immer stand Dragan bewegungslos im Türrahmen, seine Daumen lässig in den Taschen

des Bademantels eingehakt.
»Zweihundert Gramm!«, fuhr Dragan fort.
Finn zog fragend die Augenbrauen hoch. Er spürte, dass er es tunlichst vermeiden sollte, ihn zu unterbrechen.
»Zweihundert Gramm kosten neunzehn Euro! Dafür bekommst du schon richtig entspannende Sachen auf der Straße.«
Finn hörte heraus, dass sich eine Eskalation ankündigte. Dao stand neben Dragan, streichelte über seine Schulter, seine Arme, hielt aber sofort inne, als sie in sein Gesicht blickte. Sie wirkte sehr angespannt, zitterte. Finn sah, dass ihr eine Träne über die Wange lief.
»Dragan, ich ...«, doch mehr konnte Dao nicht vorbringen. Mit einer unerwarteten Aggressivität schlug ihr Dragan mit dem Handrücken brutal ins Gesicht. Unter der Wucht seines Schlages ging sie zu Boden. In Fötusstellung blieb sie schluchzend vor Dragans Füßen liegen. Finn machte einen Schritt nach vorn, um Dao zu helfen, doch Dragan hielt mahnend seinen Finger hoch. Finn verstand sofort und hielt in der Bewegung inne. Mittlerweile hatte sich Dao schluchzend an Dragans Bein hochgezogen. Mit einem gewissen Grad an Abscheu und Ekel beobachtete Finn, wie sie Dragans nacktes Bein streichelte. Dabei fuhr sie mit ihren Händen immer weiter hoch, bis zu der Stelle, an der Männer besonders ..., abrupt wurde er aus dieser Szene gerissen. Mit der sicheren Beintechnik eines Boxers befreite sich Dragan von ihren Versuchen und trat sie, ohne mit der Wimper zu zucken, von sich weg.

»Hey, es reicht!«, schrie Finn, worauf Dragan entspannt seine Sonnenbrille abnahm, sie zusammenklappte und in die Tasche seines Bademantels gleiten ließ.

»Was haben wir denn hier?«, sprach er mit einem verachtenden Unterton zu Finn und fügte, ohne auf seine Antwort zu warten, hinzu: »Seid ihr etwa ein Pärchen? Du und Dao. Herrgott, wie romantisch!«

Dragan deutete ihm an, dass er näher kommen sollte.

Als Finn langsam auf ihn zuging, musste er mit ansehen, wie sich Dao weinend, auf dem Boden kriechend, entfernte. Doch das reichte der Boxervisage nicht; abschätzig trat er ihr gegen die Beine.

»Dachtest du, mir fällt nicht auf, dass du meine Schlüssel gestohlen hast? Los jetzt, ins Bett mit dir. Ich werd' dir später noch Manieren beibringen. Du verdammte Nutte!«, zischte Dragan mit scharfer, bedrohlicher Stimme. Finn blieb zwei Meter entfernt vor ihm stehen. Sein Herz raste wild.

»Und jetzt zu dir, du Nuttenficker!«

»Nutten ... was?«, antwortete Finn verunsichert.

»Na, die kleine Nutte da. Du hast sie gefickt, oder?«

»Nutte? Ich dachte, sie wäre Tänzerin. Also um ehrlich zu ...«, Finn brachte den Satz nicht mehr zu Ende. Er wunderte sich noch kurz, wie er auf die Idee kommen konnte, dem ihm überlegenen Dragan zu widersprechen; da beförderte ihn dieser mit einem harten Schlag in den Magen zu Boden. Aus Finns Mundwinkel tropften lange Spuckefäden auf den Marmorboden. »Der ist warm und nicht kalt«, dachte er kurz, als er ei-

nen Tritt in die Nieren kassierte. Finn hustete, als er sich vor Schmerzen auf dem Boden wand. Über ihm stehend Dragan und sein komplettes Gehänge, was in ihm einen Brechreiz hervorrief. Oder waren es die unglaublichen Schmerzen, die seinen Körper durchfuhren?
»Ich hab' so was von die Schnauze voll von euch Pennern«, schrie ihn Dragan an. Er schien in Rage gekommen zu sein. Dieses Mal traf Finn ein Faustschlag ins Gesicht. Für ein paar Sekunden wurde es dunkel um ihn. Als er wieder zu sich kam, sah er Dragans Visage so dicht vor sich, dass er seinen Knoblauch geschwängerten Atem riechen konnte. Mit seinen übergroßen Händen hatte er Finn am Kragen gepackt.
»Hier bleiben, du Penner!«, schrie er ihn an und klatschte ihm mit der flachen Hand ins Gesicht, bevor er Finn auf dem Rücken liegend durch die Wohnung zog, »Wie dämlich bist du eigentlich? Du klingelst, bevor du in eine Wohnung einsteigst?«
Finn hörte, wie eine Schiebetür aufgezogen wurde, spürte die Luft einer Sommernacht auf seiner verschwitzten Haut, dann warme Holzbohlen unter den Händen. Er wünschte sich die friedlichen Abende zurück, an denen er auf einer Parkbank mit einer Flasche Wodka in der Hand versucht hatte, die Sterne zu zählen. Es war doch alles nicht so schlimm, oder? Er gelobte Besserung, innerlich meinte er, sich beten zu hören, damit dieser Horror ein gutes Ende finden würde. Dabei war er schon vor Jahren aus der Kirche ausgetreten.
Nachdem ihn Dragan quer über die Holzbohlen seines tropi-

schen Dachgartens geschleift hatte, knallte Finns Hinterkopf kurz auf, bevor er auf den Bauch gedreht wurde. Finn sah etwas leuchtend blaues. War das der Himmel oder das Licht am Ende des Tunnels?

Finn spürte, wie er an den Haaren gepackt, sein Kopf in den Pool getaucht und unter Wasser festgehalten wurde. Er schrie ins Wasser hinein, konnte sich nicht wehren, da ihn Dragan mit seinem Gewicht zu Boden drückte. Als er fast keine Luft mehr hatte, zog ihn Dragan aus dem Wasser. Das Chlor brannte in Finns Augen. Panisch holte er Luft, bevor er wieder unter Wasser gedrückt wurde. Finn strampelte mit seinen Beinen, doch es nutzte nichts. Sein Kopf glühte, als er begriff, dass er hier nicht mehr lebend herauskommen würde. Zu seiner Überraschung zog ihn Dragan ein weiteres Mal an die Oberfläche.

»Was denkst du dir eigentlich, du Penner? Du fickst Dao, brichst hier ein, verwüstest mein Penthouse, beleidigst mich und denkst auch noch, dass ...«, doch Dragan brach mitten im Satz ab. Finn spürte, dass sich der Griff an seinen Haaren lockerte und etwas neben ihm ins hell erleuchtete Wasser klatschte. Vor ihm trieb Dragans regloser Körper vorbei. Eine Wunde an seinem Kopf färbte den Pool blutrot.

Entsetzt stieß sich Finn vom Beckenrand ab und rollte zur Seite, bis er nach Luft japsend neben dem Pool auf dem Rücken lag. Als er in Daos entsetztes Gesicht blickte, wurde ihm bewusst, was passiert war. Ihre Hand umschloss einen riesigen Marmor-Phallus, an dem Blut herunterlief. Sie sah Finn an und ließ den Phallus auf die Holzbohlen fallen.

»Oh Gott, Dao. Was hast du ...?«, doch Finn sparte sich seine Worte, rappelte sich auf und nahm sie in die Arme. Dao zitterte am ganzen Körper.

»Er hätte dich umgebracht, Finn« stotterte Dao, »Das ist klar, oder?«

»Ich, nein, er wollte nur ..., doch du hast recht, er hätte mich erledigt.«

Finn drückte sie noch fester an sich und strich ihr sanft durchs Gesicht.

»Danke, Dao. Ohne dich ...«

»Ohne mich, wärst du tot. Du vergisst das nicht, oder?«

»Das werde ich nie«, antwortete er beruhigend und küsste sie auf die Stirn, »Dao, wir müssen jetzt zu den Bullen.«

»Was? Bist du irre, Finn? Mann, ich bin illegal hier. Wir sind hier eingebrochen und ...«

»Scheiße, wie? Du bist illegal?«

Finns Blick schweifte hektisch über den Pool. Dragan trieb mit dem Gesicht nach unten an ihnen vorbei. Das Wasser hatte sich zur Hälfte rot gefärbt.

»Okay, Dao. Besser, wir hauen ab.«

»Aber nicht ohne das, weshalb wir hergekommen sind.«

»Ja, Dao, sonst war alles umsonst.«

»Gut, dann lass uns meinen Pass holen!«

Dao fasste Finn bei der Hand und zog ihn hinter sich her, als er abrupt stehenblieb.

»Was meinte Dragan mit den Schlüsseln? Ich dachte, du hättest sie Zlatko abgenommen?«

»Das, das hab' ich nur so gesagt.«
»Und du dachtest, du kommst damit durch? Dachtest du wirklich, Dragan hätte nichts mitbekommen?«
»Na ja, ich hab's gehofft. Ich dachte, er würde denken, dass er ihn irgendwo verloren hätte.«
Finn warf ein Blick auf die Kette, die Dao um ihr Handgelenk gewickelt hatte. Sie war aus Gold und wirkte recht stabil.
»Willst du mich verarschen?«
»Was, wie? Nein, Finn!«
»Eine Kette mit Sicherheitsverschluss verliert man nicht so einfach. Dao, der Typ hat sofort gepeilt, dass du ihn beklaut hast!«
»Ja, aber das nutzt ihm jetzt auch nichts mehr.«
»Ich hätte draufgehen können!«
»So einfach stirbt man nicht, Finn.«
»Sag das mal Dragan!«
»Lass uns besser ranhalten. Vielleicht vermisst jemand unseren Dragan und kommt ihn suchen. Sollten die uns hier finden, haben wir ein Problem.«
Finn grummelte vor sich hin und folgte ihr widerwillig. Warum hatte Dao ihn angelogen? Sie musste knietief in der Scheiße stecken. Hatte sie ihn deshalb in der Bar angebaggert? War sie da bereits vor Zlatko auf der Flucht gewesen? Vielleicht hatte er ja den Auftrag gehabt, Dao einzusammeln und wieder zu Dragan zu bringen. Nach allem, was vorgefallen war, nicht gerade unwahrscheinlich.
»Warum mach' ich das hier, Dao?«

»Weil du mich magst, Finn. Und ich mag dich noch mehr«, säuselte sie, zog Finn an sich, berührte mit ihrer Hand fast zufällig seinen Schritt und küsste ihn leidenschaftlich. Schwermütig ließ sich Finn an seiner Hand hinterherziehen. Es wunderte ihn nicht mehr, dass Dao sich im Penthouse scheinbar bestens auskannte. Verheimlichte sie ihm noch mehr und falls ja, warum tat sie das?

Die Flucht

Dao führte ihn in eine Ecke des Schlafzimmers, wo sie mit gezielten Griffen auf einen großen Wandspiegel drückte. Zu Finns Erstaunen schwang er wie eine Tür in ihre Richtung auf. Dahinter kam ein kleiner Raum zum Vorschein, der einem begehbaren Wandschrank glich. Anstelle von Regalen blickten sie auf einen in der Wand eingelassenen Tresor.

»Ein Geheimversteck!«, entfuhr es Finn.

»Dragan ist nicht dumm, was so was anbelangt.«

»War. Er war nicht dumm, Dao.«

»Ja, ähem. Natürlich Finn.«

»Und jetzt, siehst du nicht die Öffnung? Du brauchst die Kombination und einen Schlüssel!«

Finn zeigte auf einen kleinen Schlitz im Tresor.

»Und beides hab' ich.«

Dao grinste, sprang aufs Bett und stellte sich auf die Zehenspitzen. Sie probierte, an einen der Arme des protzigen Kronleuchters zu kommen. Nach ein paar Versuchen gelang es ihr und Finn sah, dass sie etwas zwischen die Finger bekam.

»Voilà«, sagte sie schließlich, hielt grinsend einen Schlüssel hoch, der an einem Klebestreifen klebte, und sprang wieder vom Bett.

»Ich frag' jetzt nicht, woher du die Zahlenkombi und das Versteck kennst, Dao.«

Finn wollte keine weiteren Details dazu wissen. Nur eine Frage lag ihm am Herzen, die er nicht zurückhalten konnte: »Sag mir die Wahrheit. Stimmt es, was Dragan sagte, hast du für ihn angeschafft?«

»Ja, Finn, tut mir leid«, gab Dao kleinlaut zu und erklärte sofort weiter, »aber er hat mich dazu gezwungen. Dragan meinte, dass ich ihm eine Menge Geld schulden würde, weil er mich nach Europa geholt hatte. Ich könne es bei ihm abarbeiten. Das würde schnell gehen und wenn ich alles zurückgezahlt hätte, dann dürfe ich gehen. Das war natürlich alles eine Lüge. Ist schon 'ne Zeit lang her. Gehen durfte ich nie. Außerdem hatte er meinen Pass. Ich war ihm ausgeliefert als Illegale.«

Finn trafen die Neuigkeiten wie ein Schlag ins Gesicht. Was alles gut angefangen hatte, wurde schlimmer und schien nicht mehr zu enden. Gleichzeitig empfand er aber auch Mitleid mit Dao. Sie hatte sich ihr Leben wahrscheinlich anders vorgestellt.

»Finn, das macht mich nicht zu einem schlechteren Menschen, oder? Finn? Komm schon, sag was! Ich mag dich verdammt noch mal!«, fügte Dao hastig hinzu und umschlang ihn. Finn spürte ihre feuchten Lippen an seinem Hals.

»Is' schon gut, Dao. Wir bleiben locker, okay?«

»Okay, Finn. Ich hab' verstanden«, antwortete sie und ließ sofort von ihm ab, »Lass uns das später bereden.«

Daos Bedrücktheit hielt nicht lange an. Sie ging zum Tresor und gab eine Zahlenkombination ein, worauf ein grünes Licht an der Tür des Tresors aufleuchtete. Anschließend benutzte sie den Schlüssel, der sich recht einfach im Schloss drehen ließ.

Als sie das Rad der Tresortür drehte und zog, gab sie nach. Die schwere Tür ließ sich nur langsam öffnen, doch als sie endlich offen stand, weiteten sich Finns Augen. Der Tresor war voll mit teuren Uhren, zu einem Turm gestapelten Reisepässen unterschiedlicher Nationen, sowie mehreren Bündeln Dollarnoten, die mit einer Banderole versehen waren. Auf einem Regal lagen eine Pistole, Munition und kleine abgepackte Plastiktüten, die blaue und rote Pillen enthielten. Im untersten Fach befanden sich zwei handliche schwarze Duffelbags mit einem Tigerlogo an der Seite. Dao griff als Erstes nach der Pistole, doch Finn hielt sie davon ab. Als ihn Dao ansah, schüttelte er den Kopf.

»Na gut, Finn. Die können wir ohnehin nicht auf unserer Reise mitnehmen. Das steht doch noch, oder?«

»Ja, aber keine Waffen, Dao. Auf keinen Fall.«

»Ist ja gut, kein Problem.«

Dao schnappte sich die Duffelbags, öffnete sie und legte sie auf dem Boden vor dem Tresor. Mit schnellen Handgriffen warf sie mehrere Dollarbündel in die Taschen.

Vom Einbruch mit Todesfolge zum schweren Diebstahl mit Todesfolge? Wo war er da nur reingeraten? Normalerweise hätte Finn so was in dieser Art gedacht und sich maßlos aufgeregt, aber mittlerweile war alles anders. Zu seiner Verwunderung grinste er breit und fand Gefallen an der Situation. Da lagen bestimmt an die 100.000 Dollar vor ihnen. Ein Neuanfang, ein Ticket in eine andere Welt. Sollte er sich die Gelegenheit, in die er aus einem Hilferuf heraus hineingeraten war, entgehen lassen? Dragan würde mit seinem Schwarzgeld ohnehin nichts mehr anfangen können. Der machte ja auf unbestimmte Zeit den Freischwimmer im Pool.

Neugierig griff sich Finn einen Stapel der Banknoten und wog ihn in der Hand. Es fühlte sich anders an, wie erwartet: »Verdammt! Das sind tausende Dollar.«

Dao grinste ihn kurz an, war aber gleich wieder mit dem Stapel der Reisepässe beschäftigt. Schließlich hielt sie triumphierend einen thailändischen hoch und lachte Finn an: »Danke, Finn! Jetzt bin ich endlich frei.«

Finn gefiel das Gefühl, jemandem geholfen zu haben. Besonders gefiel ihm aber Daos Lächeln. Für einen Moment sah er sie in einem Bett neben sich liegen. Im Hintergrund transparente, weiße Gardinen, hinter denen schemenhaft Palmen und das Meer zu sehen waren. Ein starker Druck auf seiner Blase holte ihn aus seinen Tagträumen.

»Dao, ich fürchte, ich muss mal für große Sieger.«

»Kein Problem, Finn. Ich mach' hier weiter und dann sehen wir zu, dass wir hier wegkommen. Thailand steht noch, oder?«

»Und wie«, antwortete Finn, gab ihr einen flüchtigen Kuss und beeilte sich, zur Toilette zu kommen.

Als er wieder zurückkam, hatte Dao das Geheimversteck bereits verschlossen und stand vor dem Spiegel. Mit einem ihrer langen, scharlachroten Fingernägeln versuchte sie, sich etwas aus dem Augenwinkel zu kratzen. Neben ihr standen zwei prall gefüllte Duffelbags. Die Reißverschlüsse waren geschlossen, an den Reißverschlussköpfen befanden sich zwei Zahlen-

schlösser mit Cablelock.
»Schon fertig?«
»Alles gut verpackt, verschlossen und zur Abreise bereit, mein Held«, bestätigte Dao mit süßem Unterton und küsste Finn auf den Mund.
»Zahlenschlösser?«
»Ja, die waren in den Taschen. Dragan hatte sie nicht verschlossen, also ging alles leicht.«
»Verstehe. Und was ist mit der Zahlenkombi?«
»007.«
»Nicht dein Ernst, oder?«
»Dragan hatte ein Fable für James Bond. Besonders Roger Moore.«
»Er selbst war aber weit entfernt vom englischen Charme, von Eleganz und Understatement ganz zu schweigen.«
Dao lachte, Finn mochte ihre weißen Zähne, die zum Vorschein kamen und sich von ihren rosafarbenen Lippen und ihrer dunkleren Haut abhoben. Sie bückte sich abgewandt zu ihm und Finn dachte, dass ihr Minikleid jeden Moment über ihren knackigen Arsch rutschen würde.
»Hier!«, Dao hielt Finn eine der Taschen hin.
Sie fühlte sich leichter an als erwartet.
»Ich hab' die Kohle für den Flughafen aufgeteilt, auch wegen der Sicherheit. In Berlin gibt's böse Buben.«
Finn sah Dao an und musste lachen.
»In jeder Tasche sind 500.000 Dollar!«
»Was? Das, das ist 'ne Million? Was zur Hölle macht Dragan

mit so viel Geld in seinem Penthouse?«
»Vielleicht erwartete er eine größere Drogenlieferung? Was weiß ich.«
Finn blickte Dao an und zog eine Augenbraue hoch.
»Keine Ahnung, was er mit dem Geld vorhatte, ehrlich. Ist es zu viel, sollen wir einen Teil hier lassen?«
»Nein, natürlich nicht! Vergiss es! Und jetzt machen wir besser, dass wir schleunigst hier wegkommen.«
Dao bückte sich nach ihrer Tasche und sie gingen seelenruhig, ohne ein Wort zu verlieren, zum Fahrstuhl. Finn drückte den Rufknopf des Aufzugs, die Tür glitt auf und sie betraten die Kabine.

Mit jedem Meter, den der Fahrstuhl nach unten fuhr, fühlte sich Finn besser. Erleichtert atmete er aus, als sich die Tür im Erdgeschoss öffnete und sie ausstiegen. Das Foyer lag still und dunkel vor ihnen.
Finn erschrak, als er durch die milchige Scheibe der Eingangstür die Schatten zweier Gestalten bemerkte. Dao schien nichts davon mitbekommen zu haben. Finn packte sie am Handgelenk.
»Hey ...«, aber da hielt ihr Finn schon den Mund zu. Erschrocken sah ihn Dao an. Als er zur Tür zeigte, spürte Finn, wie Dao am ganzen Körper zusammenzuckte.
»Scheiße verdammt! Dragan wird uns fertig machen. Wir sind zu spät dran«, sagte ein Mann.
»Konnte keiner ahnen, dass wir in eine Kontrolle geraten.«

»Scheiß Bullen. Immer nur Probleme.«

»Warum will uns Dragan sehen?«

»Hat er mir nicht gesagt. Nur, dass es um viel Geld geht.«

Als sie hörten, wie sich einer von ihnen am Schloss der Eingangstür zu schaffen machte, zog Finn Dao hinter sich her. Erst auf der dunklen Treppe, die zum Keller hinab führte, lockerte er seinen Griff.

»Kennst du die?«, flüsterte er.

»Ja, Dragans Leute. Fiese Typen, die erledigen für ihn die Drecksarbeit.«

»Denen gehen wir besser aus dem Weg.«

Dao nickte zustimmend. Im selben Moment wurde die Eingangstür geöffnet. Starr vor Angst blieben sie im Schutz der Dunkelheit stehen. Sie hörten Schritte und das Licht im Foyer ging an.

»Alter, ich hoffe, es lohnt sich.«

»Halt die Klappe! Schau lieber unter dem Deckel nach.«

Finn konnte hören, wie sich die Kerle am Briefkasten zu schaffen machten und etwas Metallenes hervorholten. Als er vorsichtig um das Treppengeländer spähte, fiel ihm sein rundes Plastikfeuerzeug aus der Hosentasche und rollte in die Richtung der beiden Männer.

Wie zwei Wölfe, die Blut gerochen hatten, drehten sich die Typen in seine Richtung. Finn entschied sich augenblicklich für den Weg nach vorn. Er drückte Dao seine Tasche in die Hand, trat aus der Dunkelheit heraus und ging schnurstracks auf die beiden Männer zu.

»Miez, miez!«, rief Finn und schaute erst gar nicht in die Richtung der beiden.
»Hey, stopp! Was machst du hier?«
»Ich?«
»Ist hier noch wer?«
»Ich, ähem, ich, ich such' meine Katze.«
»Du bist so 'n Pussylover?«
»Pussy, was?«, antwortete Finn und stellte sich dumm.
»Ja, schon gut, Mann. Geh uns aus der Sonne!«
Finn nickte und ging weiter in Richtung Eingangstür. »Gleich bin ich draußen«, dachte Finn, »Drei, zwei, ei ...«
»Halt!«, rief ihm einer der Typen hinterher. Finn blieb wie angewurzelt stehen und drehte sich langsam um.
»Hier fang, du Pussy!«
Finn sah gerade noch, wie einer der Typen ihm sein Feuerzeug entgegenwarf. Er schaffte gerade noch, es zu fangen, nickte dankend und machte sich auf den Weg nach draußen. Als er die Eingangstür öffnete, lästerte einer der beiden, »Was für 'ne Pussy!«, und beide fingen an zu lachen.
Draußen drückte sich Finn besorgt an die Hauswand. Er hörte die Tür des Fahrstuhls, kurz darauf ging das Licht aus und dann gleich wieder an.
Sekunden später öffnete sich die Eingangstür. Dao kam eilig herausgestöckelt und sie liefen auf die andere Straßenseite, wo sie kurz stoppten. Erleichtert sah Finn Dao an und schloss sie in die Arme: »Puh, das war knapp. Wir sollten uns ranhalten. Wenn sie Dragan finden, wird hier die Hölle los sein.«

»Du hast recht, beeilen wir uns. Möchte nicht wissen, was die mit uns angestellt hätten. Mich kennen sie und die Taschen mit dem Tigerlogo hätten sie garantiert wiedererkannt.«
»Und jetzt? Wie geht's jetzt weiter?«
»Am besten, wir teilen uns auf.«
»Aufteilen?«
»Na, jeder holt seine Klamotten von zu Hause. Um acht Uhr treffen wir uns dann am Schalter der Thai Airways.«
In Finns Gesicht breitete sich ein Lächeln aus und seine Laune hob sich deutlich – sie meinte es also wirklich ernst.
»Dao, du glaubst nicht, wie froh …«, doch Finn stockte mitten im Satz. Er hatte eine Bewegung auf der Terrasse des Penthouse bemerkt und hochgeschaut. Einer der Männer stand auf der Dachterrasse und blickte suchend zu ihnen hinunter. Gleich darauf erschien sein Kumpel, wild mit den Armen gestikulierend. Als auch Dao begriff, was Sache war, zuckte sie zusammen. In ihren Augen stand das pure Entsetzen. Hatte sie gerade noch Finn an den Armen gehalten, ließ sie ihn abrupt los: »Ach du Scheiße. Wir müssen weg!«
Dao drückte Finn hastig seine Tasche in die Hand, lief los und ließ ihn einfach stehen. Bevor sie um eine Hausecke verschwand, rief sie Finn gehetzt »Bis später!« zu.
Finn stand noch immer wie gelähmt unter dem Licht der Laterne. Sie hatten Dragan gefunden, vermutlich Dao erkannt und jetzt wussten sie auch, wie er aussah. Panik erfasste Finn und er rannte los. Leider musste er in eine andere Richtung, als Dao eingeschlagen hatte.

Von der Dachterrasse des Penthouse waren Schreie zu hören. Oder kamen die schon von der Straße? Waren ihm die beiden Typen bereits auf den Fersen? Finn rannte so schnell er konnte.

Die U-Bahn-Station war nicht weit entfernt. Allerdings würden ihn die beiden mit dem Auto schnell eingeholt haben. Wo sollte er sich hier verstecken? Die Straße, auf der Finn lief, war gut einzusehen und die Tore zu den Innenhöfen waren geschlossen.

Als er auf der Höhe eines Friedhofs eine Seitenstraße überquerte, erwischte ihn der Kotflügel eines Autos. Es war cremefarben und durch die Frontscheibe sah er den Fahrer, der wie ein Wilder gestikulierte. Auf dem Dach ein leuchtendes Zeichen: TAXI. Finn rannte zur Rücksitztür, öffnete sie, warf die Tasche hinein und stieg ein.

»Spinnste, mir eenfach vor de Karre zu rennen?«, schrie ihn der Taxifahrer an. Finn antwortete nicht. Schwer atmend, kramte er in seiner Hose, wo er normalerweise sein Portemonnaie und Schlüssel mit sich führte.

»Tut mir leid, wa? Det war'n Missverständnis. Ick hoffe, det jing klar, Alter«, versuchte der Taxifahrer, die Situation herunterzuspielen. Er war in der Zone 30 bestimmt zu schnell unterwegs gewesen, als er ihn erwischt hatte.

»Ja, is' schon gut. Is' ja nix passiert.«

»Jut, wo soll's hinjehn?«

Finn nannte seine Adresse, dann setzte sich das Taxi mit ihm in Bewegung. An der nächsten Kreuzung sprach er den Fahrer

an: »Hier rein, nicht über die Hauptstraßen.«
»Hauste ab, oder wat? Biste auf'm Sprung, oder wie?«
Finn schwieg wieder. Müde und verschwitzt lehnte er seinen Kopf an die Scheibe. Von hier aus sah die Welt in Ordnung aus. Es war schon witzig, wie wenig es benötigte, um die Sicht auf die Dinge zu verändern. Wo war Dao hingelaufen? Er hatte verpasst, sie zu fragen, wo sie überhaupt wohnte. Als er an sie dachte, fiel ihm auf, dass er fast nichts über sie wusste. Und doch war er bereit gewesen, ihr zu helfen, sogar in das Penthouse einzubrechen.

»Wach ma uff, sonst verpasste det Leben«, rief jemand laut. Der Taxifahrer stand an der hinteren, offenen Tür und schüttelte Finn an der Schulter. Er musste den Rest der Strecke geschlafen haben. Finn gab dem Fahrer ein großzügiges Trinkgeld und verabschiedete sich.
In seiner Wohnung angekommen, schleppte er sich ins Schlafzimmer und ließ sich auf sein Bett fallen. Er schaffte es noch, seinen Wecker zu stellen, bevor er in seinen Klamotten einschlief.
Finn begleiteten die wüstesten Träume. Schweißgebadet wachte er vom Klingeln des Weckers auf. Neben seinem Bett standen sein Rucksack und der schwarze Duffelbag mit dem Tigerlogo. Er hatte das also nicht nur geträumt. Alles war so passiert und gegen acht Uhr würde er Dao am Flughafen treffen. Am nächsten Tag würde er schon in Thailand Sonne tanken. Nach allem würde ihm das richtig guttun.

Gerädert kroch er aus dem Bett und öffnete seinen Rucksack, den er für Schweden gepackt hatte. Die Pullover und langen Hosen tauschte er gegen T-Shirts und leichte Kleidung aus. Finn dachte dabei wieder an Dao und musste sich eingestehen, dass er sich Sorgen machte. War sie gut bei sich angekommen? Wo war das eigentlich? Sie hatte zugegeben, dass sie für Dragan anschaffte. Dann musste sie doch eine Unterkunft in seinem Etablissement haben. Nur würden dort die Typen von der Dachterrasse doch zuerst nach ihr suchen. Panisch lief er in seinem Zimmer auf und ab. Bestimmt war sie anderswo untergetaucht. Ja, es konnte, es durfte nur so sein.
Finn nahm Dragans Tasche, warf sie auf das Bett und machte sich am Reißverschluss zu schaffen.
»007, was für ein Schwachkopf!«, dachte Finn lachend, als er den Reißverschluss der Tasche aufzog. Doch sein Lachen verging ihm schlagartig. Die Tasche war vollgestopft mit Herrenmagazinen unterschiedlichster Art. Finn hatte einige davon auf einem Stapel in Dragans Wohnung gesehen. Lediglich obenauf, in der Mitte der Tasche, befand sich ein Bündel mit Dollarscheinen. Daneben ein Zettel mit dem Abdruck ihrer Lippen. Auf ihm stand: »Kho hai chok di nai phai phak na. Viel Glück in der Zukunft.« Darunter: »Sorry, Finn.«
Diese Worte hallten förmlich in seinem Kopf. Dao hatte ihn nur benutzt und sich, als sie alles hatte, aus dem Staub gemacht. Und er, dieser Dummkopf, hatte brav mitgespielt. Wütend warf er die Tasche gegen die Wand, sodass sich die Magazine über den Boden verteilten.

»Thailands verbotene Früchte«, stand auf einer der Titelseiten. Finn griff sich das Bündel Dollars, verstaute sie im Rucksack, setzte ihn auf und verließ die Wohnung. Auch wenn Dao nicht am Flughafen stehen würde, wovon er ausging, würde er nach Thailand fliegen. Er durfte nicht in der Stadt bleiben, musste von der Bildfläche verschwinden. Schließlich wussten die Typen, wie er aussah.

Thailand

Natürlich war Dao nicht am Flughafen. Ihre Nachricht auf dem Zettel und das fehlende Geld in der Tasche hatten eine deutliche Sprache gesprochen. Das Dollarbündel im Duffelbag war quasi seine Belohnung. Dafür hatte Finn nun die schweren Typen und die Polizei am Hals. Im Penthouse Dragans, der tot im Pool trieb, würden sie seine Fingerabdrücke finden, das stand fest. In seiner Jugend hatte er mal eine Geldstrafe wegen Vandalismus bekommen. Nach einem durchzechten Abend hatten er und seine Freunde nichts anderes im Sinn gehabt, als die Seitenspiegel von geparkten Autos abzuschlagen. Mit ihrer »Politischen Aktion«, wie sie es damals bezeichnet hatten, sollten ausschließlich die reichen Säcke bestraft werden. Sie hatten ein Wohnviertel von besser Betuchten aufgesucht und sich auf teure Autos beschränkt. Bedauerlicherweise war unter diesen auch ein Mercedes, in dem Zivilbullen saßen. Seine Freunde schafften es abzuhauen, er hatte Pech. Finn stolperte tatsächlich über seine offenen Schnürsenkel. Da er die Namen seiner Freunde nicht preisgeben wollte, fiel die Strafe höher aus, als es sein Pflichtanwalt erwartet hatte. Es war nicht unwahrscheinlich, dass sie von damals noch seine Fingerabdrücke im System hatten. Standen die Bullen vielleicht schon in seiner Wohnung?

Finn fing an zu schwitzen und schaute auf die Uhr. Es waren noch knapp zwei Stunden bis zum Boarding. Dao würde nicht mehr kommen, das war so sicher wie das Amen in der Kirche.

»Was kann ich für Sie tun?«, fragte eine Mitarbeiterin der Thai Airways hinter dem Schalter und riss Finn aus seinen Gedanken. Er hatte gar nicht mitbekommen, dass er an der Reihe war.

»Nach Bangkok. Ich möchte nach Bangkok«, antwortete Finn.

»Geschäftlich?«

»Nein. Warum?«

»Weil es so dringlich erschien. Entschuldigen Sie meine Frage.«

»Is schon gut. Ich find' Thailand schön. Die Kultur, die Frauen. Alles super.« Finn entging nicht der abschätzige Blick der Mitarbeiterin, als er das Wort Frauen aussprach. Klasse dachte er, jetzt hielt sie ihn auch noch für einen Sextouristen. Das wurde immer besser.

Nachdem sie ihn über die Länge seines Aufenthaltes, Datum seines Rückfluges und persönliche Daten befragt hatte, ratterte hinter der Mitarbeiterin der Ticketdrucker. Finn bezahlte alles mit Dragans Geld, von dem er zuvor ein paar Banknoten aus dem Rucksack genommen und in seine Hosentasche gesteckt hatte. Er gönnte sich ein Business-Class-Ticket. Mit seinem Rucksack passte er dort nicht rein, aber bevor man ihn doch noch in Bangkok hochnahm, wollte er auch mal von den Früchten des Lebens kosten.

Nur mit Handgepäck zu reisen, bot einige Vorteile: Nach der Ankunft in Bangkok würde er viel Zeit sparen, da er nicht am Gepäckband warten müsste, und könnte den Flughafen schneller verlassen. Durften ihn die deutschen Bullen überhaupt in

Bangkok einkassieren?
»Dann wünsche ich Ihnen einen schönen Flug und Aufenthalt in Thailand.« Mit diesen Worten verabschiedete sich die Mitarbeiterin und wandte sich den anderen Kunden zu.

Auf dem Weg zum Sicherheitsbereich gönnte Finn sich noch ein belegtes Croissant und einen Kaffee, der einmalig schlecht schmeckte. Dafür würde er sich an Bord, in der Business-Class, verwöhnen lassen. Was seine Freunde von damals dazu sagen würden? Er hatte alles auf seine Kappe genommen. Dankbar hatten sie sich nie gezeigt; nach dem »Vorfall« waren alle getrennte Wege gegangen.
Im Sicherheitsbereich war noch nicht viel los. Finn legte seinen Rucksack auf das Fließband, ging durch den Scanner und nahm sein Gepäckstück auf der anderen Seite wieder in Empfang.
Als sich ein Reisender lauthals beschwerte, weil er seinen Gürtel nicht ablegen wollte, fielen Finn zwei schwarz gekleidete Männer auf, die vor dem Sicherheitsbereich standen. Rasch duckte er sich und tat so, als ob er seine Schnürsenkel knoten würde. Es waren die Typen, die er in Dragans Treppenhaus getroffen hatte. Trotz der vielen Leute gingen sie solch ein Risiko ein? Hatten sie etwa Dao in ihrer Gewalt?
Die beiden Männer wandten sich kurz ab und Finn nutzte die Gunst der Stunde. Schnellen Schrittes verschwand er in einem Gang, den man von außen nicht einsehen konnte. Im Abflugterminal angekommen, setzte er sich auf eine der Bänke und

folgte zerstreut einer Nachrichtensendung. Sein Herz pochte, seine Gedanken kreisten um die Männer und um Dao. Es musste also noch um etwas Größeres gehen. Aber neben dem Geld, den Drogen und Pässen war da kaum was anderes gewesen. Außer ein paar Ausdrucke und ein kleiner Moleskine. War es das, worauf sie scharf waren? Als er das Geld aus der Tasche genommen hatte, war er vollkommen geschafft gewesen. Finn erinnerte sich nur schemenhaft. Zwischen den ganzen Zetteln und Zeitschriften, die Dao listig verstaut hatte, hatte er einen schwarzen Moleskine in die Hände bekommen. Neben einigen Namen und Datumsangaben hatte jemand unterschiedliche Dollar-Summen im sechs- bis siebenstelligen Bereich auf den Seiten notiert. Auf der letzten Seite hatte eine Abfolge von mehreren Worten wie Apfel-Ball-Kaktus-Drache-Elefant-Fuchs-Giraffe gestanden. Ganz genau konnte er sich nicht mehr daran erinnern.

Finn stützte seine Arme auf die Knie und raufte sich die Haare. Gedankenverloren sah er wieder hinauf zum Flachbildschirm, auf dem ein lokales Nachrichtenmagazin lief. Die Worte der Moderatorin ließen ihn aufschrecken: »In den frühen Morgenstunden wurde Aleksandar Jovanovic, eine Berliner Unterwelt-Größe, in seinem Penthouse tot aufgefunden. Innerhalb einschlägiger Kreise war er auch unter dem Namen Dragan bekannt. Ein Nachbar hatte ihn von seiner Wohnung aus im Pool des Penthouse treiben sehen. Wenig später musste die Polizei erneut ausrücken. Am Spreeufer hatte ein Fußgänger einen grausigen Fund gemacht. Eine weibliche Leiche, deren Identität noch ungeklärt ist. Ob und wie die Fälle zusammenhängen, ist unklar. Die Polizei bittet die Bevölkerung um Mithilfe.«

Finns Mund blieb offen, als er panisch den Bildern der Moderation folgte. Zunächst wurde ein Park eingeblendet, dann die Abteibrücke, die zur Insel der Jugend hinüberführte. Zu guter Letzt zeigten sie noch verwackelte Handy-Aufnahmen eines Schaulustigen am Tatort. Auf der Liegewiese im Treptower Park hatte die Strömung eine Leiche angespült. Finn begann zu zittern, als sich der Mann mit seinem Handy der Leiche näherte. Als er erkannte, wer da am Boden lag, blieb ihm fast das Herz stehen. Nur mit großer Mühe konnte er einen Schrei unterdrücken, indem er sich die Hand vor den Mund hielt: Es war Dao!

»Sie ist tot, Dao ist tot«, sprach er vor sich hin und wippte auf dem Sitz hin und her, sodass die Fluggäste auf ihn aufmerksam wurden.

»Kann ich Ihnen helfen?«, hörte er einen dickbäuchigen Mann fragen. Er sah ungefähr so aus, wie sich Finn einen Sextouristen vorgestellt hatte.

»Verpiss dich!«

»Wie, was?«

»Mann verpiss dich, Alter!«

»Wie sind Sie denn drauf?«, erwiderte der Mann entsetzt und ging kopfschüttelnd zu seinem Sitzplatz zurück.

»Dao ist tot«, wiederholte Finn ein letztes Mal.

Was war passiert? Die Antwort lag auf der Hand. Die Typen

mussten sie aufgespürt und getötet haben. Seine Adresse hatte Dao nicht gekannt, sonst würde er vermutlich auch am Ufer der Spree liegen. Den größten Teil der Kohle hatten sie also wieder. Was war von so großem Interesse, dass sie ihn trotzdem am Flughafen abfangen wollten? Niedergeschlagen wanderte Finns Blick zurück zum Flachbildschirm. Es wurde ein Report zum Thema Bitcoins angekündigt. Genau in diesem Moment fiel bei Finn der Groschen. Was er im Notizbuch gelesen hatte, war eine sogenannte Mnemonik, eine spezielle Reihenfolge von Wörtern, die als Schlüssel dienten, um auf ein Konto zuzugreifen. Das war es also!
»Sehr geehrte Damen und Herren, wir beginnen nun mit dem Boarding für Flug TG57 nach Bangkok. Bitte halten Sie Ihre Bordkarten und Reisepässe bereit. Passagiere mit besonderen Bedürfnissen, Familien mit kleinen Kindern, Vielflieger und die Business-Class haben jetzt die Möglichkeit, zuerst einzusteigen.« Finn war froh über die Durchsage. Er wollte nichts mehr als verschwinden. Berlin war ein heißes Pflaster geworden.

Kaum hatte er Platz genommen, verteilte die Crew heiße Reinigungstücher. Finn rieb sich das Gesicht, dann ließ er es auf seiner Stirn liegen. Es kam ihm vor, als ob der Schmutz der letzten Nacht von ihm abfallen würde. Das sympathische Bordpersonal begrüßte alle Fluggäste an Bord, führte die Sicherheitspräsentation durch und kaum zwanzig Minuten später befanden sie sich schon in der Luft. Finn trank ein Glas

Champagner und ließ sich einen doppelten Whiskey mit Eis einschenken. Nachdem er das Fenster zugezogen hatte, stellte er seinen Sitz in Liegeposition und schlief sofort ein.
»Hello, Sir?«, bekam Finn wie durch eine Glocke mit.
»Was, wie? Ich hab' nichts getan. Wo bin ich?«
Fragend schaute ihn die Stewardess an, überhörte ihn diskret und hielt ihm eine Speisekarte entgegen: »Would you please choose your meal, Sir?«
Erst jetzt bemerkte Finn, wie hungrig und durstig er war und bestellte gleich mehrere Flaschen Wasser zum Essen. Später, als die Mahlzeit serviert wurde, öffnete er das Schiebefenster. Vor ihm erstreckte sich ein strahlend blauer Himmel, in dem weit unten vereinzelt ein paar lupenreine, weiße Wolken schwebten, bis zum Horizont.
Bei diesem Anblick kam Finn ins Grübeln: Ob Daos Geschichte stimmte? Falls ja, wusste ihre Familie, was vorgefallen war und wie man sie all die Jahre behandelt hatte? Hatte es ihr leidgetan, Finn an der Nase herumgeführt zu haben? Die Gewissheit, keine Antwort auf seine Fragen zu bekommen, ärgerte ihn. Ohne sie hätte er einen Haufen Probleme weniger. Vielleicht sollte er trotz allem dankbar sein. Schließlich befand er sich auf dem Weg in ein neues Leben, ein Abenteuer. Das war es doch, was ihm all die Jahre gefehlt hatte. Endlich passierte etwas in seinem Leben.
Nachdem das Geschirr vom Bordpersonal abgeräumt worden war, schob Finn seinen Sitz wieder in Liegeposition. Das gleichmäßige Geräusch der Flugzeugturbinen ließ ihn rasch

eindämmern und er gönnte sich erst einmal mehrere Stunden wohlverdienten Schlafes. Erst wenige Stunden vor der Landung wurde er vom Duft des Frühstücks, das zubereitet wurde, geweckt.

Nach seiner Ankunft in Bangkok war alles recht schnell gegangen. Zwei Typen, einer davon vermutlich ein Reiseverkäufer, der andere eher ein Frauenhändler, hatten ihn in der Ankunftshalle zugetextet. Der eine zeigte Finn Fotos und Tourismusangebote einer Insel, während der andere mit einem Leporello voller Frauenbilder vor seiner Nase herumfuchtelte. Als Finn die Frauen ablehnte, beschimpfte ihn der Kerl als impotente Schwuchtel und machte sich davon. Auch der Reiseberater nervte, so entschied sich Finn aus einem Bauchgefühl heraus für ein kleines, abgelegenes Hotel inmitten eines Palmenwaldes. Der Privatstrand des Hotels war nur über einen Pfad aus der Anlage zu erreichen, was Finn mehr als recht war. Er war überrascht gewesen, dass sich alle Angebote des Reiseverkäufers auf die Insel Koh Chang bezogen hatten. »Vielleicht ist es ganz nett, Daos Heimat zu besuchen«, hatte sich Finn gedacht. Zuerst hatte der Reiseberater Vorwände gebracht, speziell dieses Hotel nicht zu verkaufen, doch als Finn nicht locker gelassen hatte, war plötzlich alles zügig gegangen.
»Vielleicht etwas zu schnell«, dachte sich Finn, als er in einem kleinen Minivan nach sechsstündiger Fahrt das Fährterminal in Ao Thammachat erreicht hatte.
Die Fahrt dorthin war schön und erlebnisreich, aber auch ver-

flucht anstrengend gewesen. Sechs Stunden auf den Straßen Thailands unterschieden sich von denen in Deutschland. Finn hatte die neuen Impressionen wie ein Schwamm in sich aufgesaugt und war fast überrascht gewesen, dass die Fahrt so lange gedauert hatte.
Am Pier entschied er sich im letzten Moment gegen die überfüllte Fähre. Finn gab einem nervigen, kleinen Einheimischen mittleren Alters nach, der in einen ölverschmierten Blaumann gekleidet war. Er bot an, ihn mit seinem eigenen Boot zur Insel zu bringen. Obwohl er auf einem Auge an grauem Star litt, überzeugte Finn sein ehrlicher Gesichtsausdruck und er schlug ein, denn mit der Menschenmenge auf der Fähre konnte er nichts anfangen.
Das Boot fuhr in etwa den gleichen Weg wie die Fähre zur Insel. Während die Reisenden zum Haupt-Pier im Norden gebracht wurden, tuckerte Finn mit seinem stolzen Kapitän, der eine alte, ausgeblichene und zerrissene Kapitänsmütze trug, in Küstennähe auf der westlichen Seite der Insel Richtung Süden. Als sie an Palmenwäldern, die sich mit malerischen Sandstränden und dem ein oder anderen idyllischen Fischerdorf abwechselten, durch das türkisfarbene Meerwasser glitten, erklärte ihm der Mann, dass ihm auf diese Weise der zeitraubende Inseltransfer erspart bliebe.

Am Kai Bae Strand, im Westen der Insel, legten sie an. Der Kapitän brachte Finn zu einem alten, fast zahnlosen Mann, der weder Deutsch noch Englisch sprach und erklärte, dass dieser ihn zum Hotel bringen könne. Seine dünnen Beine ragten aus dreckigen, beigen Shorts heraus. Er trug Flip-Flops und hatte wahrscheinlich die längsten Fußnägel Thailands. Auf ein Hemd oder Ähnliches hatte er verzichtet. Seine Haut war sonnengegerbt und glich einer Ledertasche. Als Finn ihn begrüßte, lachte er wie ein Wahnsinniger. Zwei gelbe Vorderzähne waren alles, was ihm geblieben war.

Der Kapitän verhandelte den Preis und verabschiedete sich. Als Finn den Fahrer bezahlte, legte dieser seine Handflächen vor seiner Brust zusammen und verbeugte sich kurz. Dann führte er ihn zu einem verrosteten Minibus ohne Türen, dem Finn noch eine Lebensdauer von ein paar Wochen gab. Nachdem der alte Mann mehrere Male versucht hatte, ihn zu starten, knallte es laut und schwarzer Rauch hüllte sie ein. Aber immerhin, als er den ersten Gang einlegte, bewegte sich der Bus sogar. Sie waren kaum fünfzig Meter gefahren, da drückte der Fahrer eine Kassette ins Radio und aus zwei großen Lautsprecher-Boxen spielte Punjabi Musik in ohrenbetäubender Lautstärke. Unterwegs lachte Finns Fahrer alle paar Minuten aus nicht nachvollziehbaren Gründen laut los. Beim ersten Mal hatte sich Finn noch erschreckt, später nur noch müde gelächelt. Der Typ hatte definitiv einen an der Murmel, das stand fest, aber schien seinen Minibus im Griff zu haben.

Als sie von der Hauptstraße abbogen, um einer kleinen, nicht betonierten Straße quer durch den Dschungel zu folgen, schaute sich Finn den Voucher für das Hotel näher an: »Herzlich willkommen im Lagoon Resort! Wir hoffen, Ihr Aufenthalt

wird so angenehm wie eine Gruppe tanzender Elefanten während des Sonnenuntergangs. Achten Sie darauf, Ihre Sandalen am Eingang zu lassen, damit unsere Glücksfeen in Ruhe die Zimmermöbel stärken können. Denken Sie daran, sich am Morgen mit einem freundlichen Lächeln zu wecken und lassen Sie Ihr Krokodil niemals unbeaufsichtigt auf dem Balkon!«
»Klasse, da wurde wohl mal wieder automatisch übersetzt. Das klingt nach einem internationalen Luxus-Resort«, dachte sich Finn, als sie ein kaum lesbares, geschnitztes Schild des Resorts passierten.

Der Fahrer setzte ihn vor dem Eingang der Anlage ab. Kaum, dass er ausgestiegen war, raste der Fahrer wie vom Teufel geritten davon. Finn war allein, niemand begrüßte ihn oder bedankte sich bei ihm für die gute Wahl des Resorts. Mit einer Sterneunterkunft hatte das wenig gemein. Finn betrat die Lobby und sah schon von Weitem, dass die Rezeption verwaist war. Auf einem lackierten Mahagonitresen lagen ein Anmeldeformular, ein Kugelschreiber und rechts davon befand sich eine goldfarbene Klingel. Dahinter ein leeres Regal, in dem einsam ein paar Ordner standen, die aussahen, als ob sie jahrelang nicht mehr in die Hand genommen worden waren. Finn schlug ein paar Mal auf die Klingel, doch außer, dass draußen ein paar Vögel aus den Palmen aufstieben, tat sich nichts.
Er beschloss, das Gelände auf eigene Faust zu erkunden. Vielleicht würde er ja zufällig auf einen Mitarbeiter stoßen. Irgendwo musste doch jemand sein.

Der Weg schlängelte sich an weißen, rund gemauerten Hütten mit braunen, getrockneten Reisstrohdächern vorbei. Sein erster Eindruck der Anlage riss ihn nicht gerade vom Hocker. Alles sah ungepflegt oder besser, verwahrlost aus. Die Handtuchständer vor einigen Hütten waren umgefallen und Blätter von umliegenden Bäumen lagen bis vor die Tür. Nach kurzem Fußmarsch erreichte er einen größeren Gazebo, in dem, auf einem gefliesten Podest, einige Mahagoni-Tische standen.

Er ging weiter und folgte einem Pfad, der sich durch einen luftigen Palmenwald schlängelte und hörte das Rauschen des Meeres. Vor ihm erstreckte sich ein einsamer, verborgener Strand mit freiem Blick auf schimmerndes, smaragdgrünes Wasser. Die Aussicht auf das Meer beruhigte ihn und entschädigte ihn fürs Erste.

Finn warf sein Rucksack auf den Strand und setzte sich auf eine hölzerne Obstkiste, die jemand in den Sand gestellt hatte. Er nahm eine Handvoll des feinkörnigen, hellen Sands und ließ ihn durch seine Finger rieseln. In der Ferne zeichnete sich das südliche Ende der Insel ab. Der Strand, unberührt und naturbelassen, schien aus seinen Träumen entsprungen zu sein – ein Paradies, ohne Spuren menschlicher Existenz. Das Rauschen des Meeres und der Wind, der durch die Palmenblätter strich, schufen eine ganz besondere Atmosphäre. Weit und breit war keine Menschenseele zu sehen. Es gab nur ihn, die Natur und eine Stille, die dieser Ort in sich trug.

Finn musste noch mal an seinen zahnlosen Fahrer denken. Er hatte es verdammt eilig gehabt, diesen Ort wieder zu verlassen. Langsam begann sich Finn Sorgen zu machen, dass er weit von der menschlichen Zivilisation entfernt war. Schließlich hatte er niemanden getroffen und bisher noch keine Stimmen oder menschlichen Geräusche wahrgenommen. War das Hotel vielleicht verlassen worden? Gab es ein Dorf in der Nähe, wo sich Menschen aufhielten? Er wusste es nicht. Finn kannte weder Thailand noch diese Insel, auf die er zufällig geraten war. Lediglich, dass man ihn am Arsch der Welt ausgesetzt hatte, das wusste er. Auf jeden Fall war es einer der schönsten Ärsche, die er je in seinem Leben gesehen hatte. Was ihn beunruhigte, war die Tatsache, dass er keine Survival-Tour, sondern ein Luxus Resort gebucht hatte. Musste er in den Bungalows nach Wasser und Nahrung suchen? Würden ihn Piraten ausrauben und ihm die Kehle durchschneiden? Welche Tiere gab es hier draußen und würden sie nachts auf der Suche nach Beute durch das Resort streunen?

Finns Unbehagen stieg, wurde zu einer langsam aufkommenden Angst. Er fühlte sich nicht nur allein, er war es. Wo war er nun wieder hineingeraten und wo zur Hölle waren die Menschen des Resorts? Finn schwitzte, merkte zu spät, dass ihm eine Schweißperle ins Auge lief. Bei dem Versuch sie rauszuwischen schaute er versehentlich in die Sonne. Das Licht blendete ihn so stark, dass er nicht erkennen konnte, wer ihm auf die Schulter fasste.

Freitag

»Nein, neeeiiiin ...«, schrie Finn, und zuckte zusammen.

»Entschuldigung, Sir. Ist alles in Ordnung?«

»Ja, äh, ich hab' Sie verwechselt«, stammelte Finn und erhob sich, »Wer, wer sind Sie?«

»Sind Sie Finn? Entschuldigen Sie, mir wurde nur Ihr Vorname übermittelt. Wenn ich mich vorstellen darf, ich bin der momentane Direktor des Resorts. Mein Name ist Freitag.«

»Ist das Ihr Ernst?«

»Das Büro hat mir nur Ihren ...«, doch Finn unterbrach ihn.

»Nein, ich meine Ihren Namen, Freitag? Sie sehen aus, als ob Sie Einheimischer wären.«

»Ach so. Ja, na ja. Der Schein trügt.«

»Die Erfahrung musste ich auch machen. Sie sprechen fließend Deutsch.«

»Ich bin Deutscher.«

»Ah, das erklärt einiges. Ja, ich bin Finn. Nennen Sie mich doch auch beim Vornamen, wenn das für Sie okay ist. Einfach Finn.«

»Gerne, bitte entschuldigen Sie mein plötzliches Auftreten und meine Verspätung.«

»Das passt schon. Aber eine Frage. Das sieht hier alles ziemlich verlassen aus. Gibt es keine anderen Gäste?«

»Zurzeit sind wir nicht ausgebucht. Präziser gesagt, Sie sind unser einziger Gast.«

»Oh.«

»Ja.«
»Ist mir recht. Ich brauche momentan niemanden um mich herum.«
»Dann sind Sie hier goldrichtig. Herzlich willkommen im Lagoon Resort. Ich möchte mich nochmals für die Unannehmlichkeiten entschuldigen.«
Der Hoteldirektor reichte ihm seine Hand. Finn fiel auf, dass er einen starken Händedruck hatte.
»Kein Problem, aber sagen Sie, wo ist das Personal? Ich kam an und hier war wirklich niemand.«
»Ja, das Personal, das ist auch so eine Sache. Ich arbeite bereits daran, aber im Moment werden Sie mit mir allein vorliebnehmen müssen. Es gab im letzten Moment Probleme, geeignete Arbeitskräfte zu finden.«
»Sie suchen Mitarbeiter für das ganze Hotel? Ist das nicht eher ungewöhnlich?«
»Wir stellen immer für die jeweilige Saison ein. Bisher funktionierte das bestens.«
»Wenn Sie meinen«, sagte Finn schulterzuckend.
»Ich versichere Ihnen, dass es Ihnen an nichts fehlen wird. Mögen Sie Fisch?«
»Ja, klar mag ich Fisch«, antwortete Finn und wunderte sich über die eingeworfene Frage.
»Gut, ich werde mir etwas einfallen lassen.«
Finn musterte den Mann von oben bis unten, während dieser mit der Hand ein paar Moskitos verjagte. Freitag war komplett in Schwarz gekleidet, trug eine lange Leinenhose und ein

kurzärmeliges Hemd. In seinem Aufzug hätte er problemlos in jedem Bruce Lee Film mitwirken können. Zumal er wie Bruce Lee persönlich aussah. In einer Kneipe unweit vom Schlawi war mal der Film »Die Todeskralle schlägt wieder zu« an seinem Todestag an die Wand projiziert worden. An diesem Abend hatte sich Finn auf seinem Handy Bruce Lees Wikipedia Eintrag angesehen. Das Bild auf der Frontseite des Wikis hatte exakt so ausgesehen wie dieser Hotel-Direktor. Der einzige Unterschied war eine schlecht verheilte Narbe an Freitags Hals. Sie änderte aber nichts daran, dass er Finn auf Anhieb sehr sympathisch war. Es kam ihm vor, als ob sie sich schon seit Jahren kennen würden.

»Nun denn, Freitag. Was empfehlen Sie mir denn für den Rest des Tages? Es dürfte bald dunkel werden.«

»Ich würde Ihnen Ihre Unterkunft zeigen und dann das Dinner zubereiten. Wünschen Sie einen speziellen ... ?«

»Überraschen Sie mich einfach, Freitag«, fiel ihm Finn ins Wort. Nach dem langen Flug und der Anreise durch halb Thailand sehnte er sich nach einer Dusche.

»Also gut, gehen wir.«

Freitag nahm ihm den Rucksack ab, dann folgten sie dem Pfad, der in Richtung Anlage führte. Vor einer der weiß getünchten, runden Hütten mit Reisstrohdach blieben sie stehen. Freitag holte einen Schlüssel aus seiner Hose und schloss die Tür auf. Das Licht in der Unterkunft strahlte in einem warmen, gelblichen Ton und hatte etwas Beruhigendes. Die Hütte war mit einem Queensize-Bett, einem Schrank mit Kofferablage, TV,

Klimaanlage und einer Minibar ausgestattet. Links neben dem Bett befand sich ein Durchgang zu einem kleinen Anbau. Er beinhaltete eine begehbare Dusche mit Waschbecken und Toilette. Dank der Fenster war alles recht hell, aber auch von außen einsehbar, was Finn nicht störte. Er fühlte sich wohl mit der Wahl seiner Unterkunft.

Nachdem ihm Freitag den Schlüssel gegeben und sich verabschiedet hatte, duschte Finn, legte sich aufs Bett und schlief ein. Die Anreise und der Jetlag machten ihm mehr zu schaffen, als er gedacht hatte. Als er aufwachte, war es draußen bereits dunkel. Durch das Fenster sah Finn die Pfade der Anlage, die mit elektrischen Fackeln beleuchtet wurden. Außer dem Rauschen des Meeres, war nichts zu hören. Das gefiel ihm nach dem Stress der letzten Tage.

Finn duschte ein weiteres Mal und schlüpfte in saubere und legere Klamotten: grüne Safari Shorts und ein schwarzes T-Shirt. Den Rucksack ließ er offen auf dem Boden stehen. Er würde sich später darum kümmern, viel gab es nicht auszupacken. Sein Magen knurrte und er war gespannt, wie es um Freitags kulinarische Fähigkeiten bestellt war.

Draußen war es spürbar kühler geworden, doch sein Aufzug passte. Er trug jetzt seine neuen Converse, die er sich am Flughafen gekauft hatte. Als er den großen, offenen Gazebo erreichte, wo scheinbar alle Mahlzeiten angeboten wurden, fiel ihm die Stille des Ortes auf, die etwas Bedrückendes hatte. Vielleicht lag es an den vielen leeren, ungedeckten Tischen,

der fehlenden Urlaubsmusik oder einfach an der Tatsache, dass er der einzige Gast war.
Kaum stand Finn mitten im Gazebo, begrüßte ihn Freitag mit einem Lächeln und geleitete ihn zum einzigen eingedeckten Tisch.
»Was darf ich Ihnen zu trinken bringen?«, fragte er und stellte eine geflochtene Schale mit vegetarischen Frühlingsröllchen und verschiedenen Soßen auf den Tisch.
»Weißwein, wär' klasse.«
»Gerne. Eine gute Wahl auch in Bezug auf das Essen.«
Freitag verschwand in das Gebäude, wo die Küche untergebracht war, während sich Finn an den Frühlingsröllchen bediente. Einige Minuten später kehrte Freitag zum Tisch zurück. In seinen Händen hielt er einen vor Kälte beschlagenen, silbernen Kühler. Er war randvoll mit Eiswürfeln gefüllt. Nur noch der Hals einer Weißweinflasche schaute heraus. Als er Finn einschenken wollte, winkte dieser ab.
»Danke, das mach' ich schon.«
»Wie Sie möchten. Wenn Sie mich kurz entschuldigen, dann serviere ich Ihnen in Kürze Ihr Essen.«
Der Wein schmeckte hervorragend. Finn schenkte sich gerade neu ein, als Freitag wieder an seinem Tisch herantrat und ein großes Silbertablett mit mehreren Schalen absetzte.
»Et, voilà. Einige unserer traditionellen Gerichte. Als Erstes hätten wir ›Goong Tod‹, panierte, frittierte Garnelen mit süßer Tamarinde-Soße«, erklärte Freitag, und deutete auf eine geflochtene Schale. »dazu ›Pla Pao‹, in Salzkruste gegrillter Fisch

mit einer speziellen Soße und Nestern aus gekochten Glasnudeln«, fuhr er fort, während er auf die zweite Schale hinwies, »und zu guter Letzt ›Yum Pla Muk‹, Salat aus gekochten Sepia mit frischen Tomaten, Karotten und pikantem Dressing. Ich wünsche einen guten Appetit.«

Der Duft der verschiedenen Kräuter und Soßen in den Gerichten ließ Finn das Wasser im Mund zusammenlaufen, während Freitag sich empfahl und wieder in der Küche verschwand. Alles schmeckte einfach exzellent. Schon lange hatte Finn nicht mehr so lecker gegessen. Freitag hatte nicht zu viel versprochen, dass es ihm an nichts fehlen würde. Zufrieden aß er sich durch die Auswahl und trank den Wein.

Nach dem Essen rauchte er eine Zigarette. Seltsamerweise ließ sich Freitag nicht mehr blicken. Wahrscheinlich rechnete er damit, dass Finn weit mehr Zeit für sein Essen benötigte. Er war proppenvoll und wäre froh gewesen, wenn Freitag den Tisch abgeräumt hätte. Als Finn das Silbertablett von sich schob, blieb eine feuchte Quittung an der Tischdecke kleben. Sie stammte anscheinend von einem Fischrestaurant auf der Insel. Auf einer Zeile stand »Assorted Thai Menu 700 Baht«. Freitag hatte also das Abendessen nicht selbst kredenzt. Er hatte alles anliefern lassen.

»Schlau, schlau, Herr Direktor. Dann werde ich mal den von der Küchenarbeit völlig erschöpften Freitag nicht weiter belästigen«, dachte sich Finn grinsend, doch als er von seinem

Tisch aus die Neon-Buchstaben Tiki Tiki Hotelbar las, entschloss er sich für einen Absacker.

Finn drückte seine Stirn an die Scheibe der kleinen, aber gemütlichen Bar und schaute hinein. Er mochte das warme, herunter gedimmte, gelbe Licht auf Anhieb. Für eine Hotelbar wirkte sie sehr unkonventionell und lässig. Weder auf den Barhockern noch in den dunklen, runden Couchecken befanden sich Gäste.

»Ach, sieh an. Da bist du also«, sagte Finn vor sich her, als er sah, wie Freitag durch eine Schwingtür hinter dem Tresen die Bar betrat. Er wirkte angespannt, als er zum Hörer des Telefons griff, das an der Wand hing. Freitag wirbelte nervös mit seiner Hand in der Luft herum, bevor er, scheinbar sich beschwerend, den Hörer auf die Gabel schlug. Finn nahm an, dass es in seinem Gespräch um das fehlende Personal ging. Als sich Freitag zu den Flaschen vor dem Barspiegel drehte, sah Finn, dass er ein Glas unter einen der Flaschen-Spender hielt und sich einen Chivas Regal genehmigte.

Die Musik, die durch die Glasfront drückte, gefiel Finn. Als er die Bartür öffnete, spielte »Round Midnight« von Thelonious Monk. Der Song passte wie die Faust aufs Auge zum Interieur, dem gelben Licht, dem dunkelroten Fußboden, den glänzenden Messingverzierungen an der Bar und vor allem zu Freitag, von dem Finn sah, wie er sein bereits leeres Glas vor sich auf den Tresen stellte. Freitag bemerkte Finn und rief ihm, zufrieden grinsend, entgegen: »Ein Mann, der die Nacht liebt!«

»Nachts erwacht meine Seele zum Leben«, antwortete Finn amüsiert und setzte sich auf einen der Barhocker.
»Was darf's sein?«
»›Funny Valentine‹ und zwei Chivas, bitte.«
»Oh, ein weiterer Chet Baker Fan«, antwortete Freitag und drehte sich zu einem Regal neben dem Tapedeck, das mit Kassetten gefüllt war. Er wählte eine aus, schob sie in die Anlage und zeigte Finn grinsend die Hülle, auf der Chet Baker & Friends stand, »Zwei Chivas, kommen sofort. Vielen Dank, für die Einladung. Mit Eis oder pur?«
»Pur.«
Freitag stellte ein Whisky-Glas vor Finn ab, dann griff er zu einer Flasche Chivas, die bei den farbigen Flaschen für Cocktails stand, und goss beide Gläser ein.
»Auf Freitag«, sagte Finn, prostete ihm zu und amüsierte sich etwas über die Doppeldeutigkeit. Er staunte nicht schlecht, als Freitag den Whiskey in einem Zug austrank.
»Noch mal zwei, bitte?«, fragte Finn vorsichtig nach. Für Freitag schien es kein Problem zu sein. Er schenkte ihnen beiden nach, dann leerte er das Glas wieder, als wenn er tagelang nichts getrunken hätte.
Freitag drehte sich zur Anlage und stellte Chet Bakers »Funny Valentine« lauter. Finn sah nachdenklich auf den Tresen.
»Einen schlechten Tag gehabt?«, fragte Freitag.
»Ein Augenaufschlag, ein Feuer. Es war alles ein Moment.«
»Frauen verdrehen das Leben«, antwortete Freitag einfühlsam, sah Finn in die Augen und hielt die Chivas Flasche über sein

Glas, »Geht aufs Haus.«
Finn nickte und Freitag füllte ihre Gläser. Dieses Mal nahmen sie beide nur einen kleinen Schluck, bevor sich Freitag auf einen Barhocker hinter dem Tresen setzte und einen Ordner zur Hand nahm.
»Jetzt noch arbeiten?«
»Nein, nicht direkt. Ich wollte nur schauen, was mich morgen erwartet.«
»Es kommen Gäste?«
»Und Mitarbeiter. Wenigstens hoffe ich das«, sagte Freitag, der sich optimistisch anhörte und Finn den Ordner reichte.
»Hier, das erwartet uns die nächsten Tage«, fügte Freitag etwas abschätzig hinzu.
Finn zögerte erst, den Ordner entgegenzunehmen, tat es dann aber doch. In ihm befanden sich persönliche Daten der Gäste, die natürlich nicht für jedermann gedacht waren. Freitag schien ihm zu vertrauen. Ein Wort an die Geschäftsführung und Freitags Job wäre Geschichte.
Finn nippte an seinem Glas und blätterte durch den Ordner. Auf den eingehefteten Seiten befanden sich jeweils ein Scan des Reisepasses samt Foto, Name des Gastes, aktuelle Anschrift und Details zur Ankunft. Freitag hatte recht, das war wirklich ein illustres Publikum. Von reichen Säcken über Künstler, Tänzer, Esoteriker bis zu Punks war so ziemlich alles vertreten. Gäste, die Finn eher in anderen Hotels oder Destinationen vermutet hätte. Die meisten passten seiner Meinung nicht hierher.

»Das kann ja lustig werden, Freitag«, sagte Finn lächelnd und gab ihm den Ordner zurück.

Sie unterhielten sich über Gott und die Welt, Frauen, Alkohol und Geschichten von Menschen, die ihnen im Leben untergekommen waren. Finn war begeistert, dass Freitag auf der gleichen Wellenlänge wie er unterwegs war.

»Freitag, mein Freund, wir haben echt schon 'ne Menge durchgemacht.«

»Und wir sind noch hier, Finn. Das ist das Wichtigste. Keiner von diesen Pennern oder ach so verdrehten Umständen hat uns abhalten können.«

»Also haben wir das Leben verarscht?«

»Das würde ich mal schwer behaupten, Finn. Aber da es selbst verarscht, wo es nur kann, ist es vollkommen okay.«

Finn musste an Dao denken und daran, wie er überhaupt auf diese Insel gekommen war. Freitag fiel sein nachdenkliches Gesicht auf. Als er nachfragte, umriss Finn kurz die Geschehnisse der letzten Tage und Nächte. Wie er unter Alkoholeinfluss von der asiatischen Schönheit Daos fasziniert gewesen war und ihn ein Abenteuer mit ihr reizte. Von Liebe auf den ersten Blick war nicht die Rede gewesen. Natürlich verzichtete er darauf, beim Thema Zlatko oder Dragan zu stark ins Detail zu gehen. Er beschränkte sich darauf, dass Dao und er gemeinsam flüchten wollten und er zum letzten Mal von ihr in den Nachrichten gehört hatte.

»Weißt du, Freitag, Dao hat mich verarscht und ausgenutzt,

aber so ein Ende hat sie trotzdem nicht verdient«, schloss Finn seine Geschichte.

»Da hast du recht, mein Freund«, antwortete Freitag und hob sein Glas, »Auf Dao und auf die wahre Liebe, die irgendwo auf uns wartet.«

»Auf die Liebe!«, erwiderte Finn.

Sowohl Freitag als auch er selbst lallte teilweise. Während ihrer Unterhaltung hatte sich Finn die Flasche geschnappt und ihnen unaufhörlich weiter eingeschenkt.

Freitag wollte gerade mit einem Witz die Stimmung auflockern, als sich die Glastür der Bar öffnete. Von der Anwesenheit einer fremden Person geradezu erschrocken, rückte sich Freitag seine Uniform zurecht. Er versuchte so seriös zu wirken, wie es ging, während sich Finn grinsend auf dem Barhocker zum Eingang drehte. Im Türrahmen stand eine schlanke, fast zerbrechlich wirkende Frau in Finns Alter. Ihre kurzen Haare waren blond, die Lippen rot wie die Liebe, ein kleiner Leberfleck zierte ihre Wange. Aus den Lautsprechern dröhnte »Autumn Leaves«. Chet Baker sang über rote und goldene Herbstblätter, Lippen und Sommerküsse.

Wenn es perfekte Momente gab, dann gehörte genau dieser Moment dazu. Finn war wie hypnotisiert. Bei dem Versuch der jungen Frau, ihren Rollkoffer durch die Glastür zu bugsieren, stellte sie sich etwas unbeholfen an. Ihre hohen Schuhe waren scheinbar hinderlich. Finn wollte ihr helfen, doch Freitag war schon wie aus dem Nichts herbeigeeilt und hatte ihr den Koffer abgenommen. Für ein paar Sekunden zu viel stand Freitag vor ihr, sah sie an und bekam keinen Ton heraus.

»Nicht gerade viel los bei euch«, sagte sie frech. Finn mochte ihre Stimme, er mochte sie, schüttelte seinen Kopf, um wieder klar zu werden, grinste, dann platzte es aus ihm raus: »Neben mir ist noch frei.«

Er ärgerte sich über seine plumpe Anmache, war aber froh, dass sie trotzdem auf ihn zukam. Freitag stand noch immer mit dem Koffer am Eingang und sah ihr nach. Finn mochte ihn von ganzem Herzen. Er spielte nicht vor, etwas zu sein, er war Freitag, ein Freund, wie man ihn lange suchen musste.

Als sie sich neben ihm setzte, merkte Finn, wie der Whiskey seine Wirkung zeigte und ihm ohne Vorwarnung einfuhr. Er sah ihr Gesicht stark verschwommen. Gleichzeitig hielt ihn ihr betörender Duft gefangen. Ein subtiler Hauch von Parfüm mischte sich mit ihrem eigenen natürlichen Geruch, der Finn in seinen Bann zog.

Finn sah, dass sie ihm die Hand reichte, nachdem sie sich vorgestellt hatte. Er war einfach nur peinlich. Für einen Moment war er so benebelt gewesen, dass er ihren Namen nicht verstanden hatte. Fragend schaute er sie an, doch sie wiederholte ihn nicht.

»Finn«, antwortete er hastig.

Sie grinste. Bestimmt erklärte die fast leere Flasche Chivas auf dem Tresen so einiges.

»Und Sie sind?«, sprach sie Freitag an, der inzwischen wieder hinter dem Tresen stand.

»Freitag«, antwortete er kurz und bündig.

»So wie der Typ von der Insel. Na, das passt ja hierher. Stellen Sie das einzige Personal dar?«

»Ja, wenigstens noch. Also, das ändert sich.«

Finn grinste, während Freitag händeringend versuchte, ihr die Umstände zu erklären. Zu diesem Zeitpunkt wäre selbst einem Gehörlosen aufgefallen, dass Freitag kräftig einen sitzen hatte und gelegentlich lallte.

»Whiskey?«, fragte Finn nach.

»Gerne.«

Freitag stellte ein drittes Glas auf den Tresen und wollte einschenken, doch Finn bemerkte seine wacklige Hand. Gekonnt nahm er ihm die Flasche ab und goss alle drei Gläser ein. Als sie ihnen zuprostete, lächelten Finn und Freitag schief und leerten ihre Gläser.

»Schon etwas seltsam hier. Aber immerhin trinkt der Barkeeper mit, das gefällt mir.«

»Ja, unser Freitag. Er ist ein sagenhaft guter Mensch und mein bester Freund.«

»Ach so, ihr beiden seid also ...«

»Nein, wir sind Freunde.«

»Ah, ach so«, antwortete sie, während sie Finn einen Moment zu lang in die Augen schaute. Diese grünen Augen, die machten was mit ihm.

Sie tranken weiter und Freitag legte später Songs aus den 80er- und 90er-Jahren auf. Finn verstand sich unheimlich gut mit ihr, auch wenn er sie nicht mehr ganz so scharf sehen konnte.

Freitag war genauso begeistert und verstrickte sie in längere Unterhaltungen.

Als sie schließlich zur Toilette ging, wandte sich Freitag an Finn: »Wow, du Glückspilz.«
»Wie, was meinst du?«
»Die hat es auf dich abgesehen.«
»Meinst du echt? Ich trau' mich nicht so und ich hab' schon ziemlich einen sitzen.«
»Frag mich mal.«
»Ich glaub', die ist hübsch. So klar seh' ich ja nicht mehr. Und sie macht mich verlegen. Das kenn' ich gar nicht von mir.«
»Entspann dich, mein Freund. Lass einfach alles laufen. Die steht auf dich. Aber jetzt Ruhe, sie kommt zurück!«
»Wo waren wir stehen geblieben, Freitag?«, fragte sie, nachdem sie wieder auf dem Barhocker Platz genommen hatte.
Finn kam es vor, als ob sie spüren würde, dass sie sich gerade über sie unterhalten hatten. Ob sie vielleicht zu laut gewesen waren? Auf jeden Fall war ihm unwohl. Als er sich eine Zigarette anstecken wollte, stellte er fest, dass die Packung leer war.
»Freitag, wo gibt es hier denn Zigaretten?«
»Schwierig, in Thailand gibt's keine Automaten. Aber du hast Glück, mein Freund. Ich hab' in der Lobby, an der Rezeption, ein paar Schachteln gebunkert. Soll ich kurz los?«
»Nein, nein. Das mach' ich selbst.«
Finn nickte beiden zu und entschuldigte sich.

»Unter dem Tresen, beim Drucker«, rief Freitag noch hinterher.

Die Lobby, die er trotz einiger Ausweichschritte schnell erreicht hatte, wirkte kalt und abweisend. Finn ging zum Tresen, bückte sich nach dem Drucker und steckte eine Zigarettenpackung ein, als plötzlich jemand hereinkam. Ein Thailänder näherte sich langsamen Schrittes und blieb vor Finn stehen. Er trug ein offenes, schwarzes Hemd und war am ganzen Oberkörper tätowiert: »Pen Yang Ngai Bâng?«
»Yes, yes, Sir«, antwortete Finn unsicher. Das kantige Gesicht mit der großen Narbe, die quer durch die linke Augenbraue verlief, irritierte ihn. Hinzu kam, dass er überhaupt nichts verstanden hatte.
»Ah, english man. Good, good boss!«
»Ja, nice to meet you.«
»You like to party? Party and girls?«
»Ja, ähem, yes, sure. Party is my life, nice.«
Der Mann kramte in seiner Hose und holte ein durchsichtiges Tütchen heraus. In diesem befanden sich rote, grüne und blaue Pillen. Er packte Finns Handgelenk, zog ihn zu sich und schüttete ihm ein paar Pillen in die Handfläche.
»Oh, yes. Thank you, Sir. Äh, but now I have to go.«
Finn drehte sich um, doch der Mann hielt ihn an der Schulter zurück: »Hundred, my friend. You scratch my back and I'll scratch yours.«
Finn sah ihn verdutzt an. Warum zur Hölle sollte er seinen

Rücken kratzen? Stark verzögert drang die eigentliche Bedeutung in seinen vernebelten Kopf.

»You mean hundred?«

»Yes, boy. 100 Dollars.«

Finn zog die Augenbrauen hoch. In dem Moment fiel ihm das Messer auf, das in der Kleingeldtasche der Jeans des Kerls steckte.

»Are we friends?«

»Yes, yes, we are friends«, antwortete Finn eilig, kramte einen zerknüllten 100-Dollar-Schein aus seiner Hosentasche und reichte ihn dem Typen.

»Good boy.«

Finn nickte, dann entfernte er sich rückwärts von ihm. Der Mann blickte ihm finster hinterher, dann verschwand er durch den Eingang der Hotellobby.

»Puuh, was war das jetzt?« Vor Aufregung spürte Finn deutlich sein Herz schlagen, als er auf die farbigen Pillen in seiner Hand blickte. Er stand nicht auf solches Zeug und in Thailand war der Besitz von Drogen weit mehr als nur strafbar. Was sollte er damit machen? Finn musste plötzlich laut gähnen.

»Wird schon nicht so schlimm sein, vielleicht macht mich das Zeug wenigstens wach«, dachte er und warf sich alle Pillen auf einmal ein, bevor er sich in der Toilette der Lobby frisch machte.

Als er die Toilette verließ, spürte er, wie der Drogencocktail zu wirken begann. Es fühlte sich an, als ob sich sein Geist vom

Körper trennen würde. Sofort ärgerte sich Finn über seine Dummheit. In der Bar wartete eine hübsche Blondine und er war so dumm, sich was einzuwerfen? Von dem Ticker seines Vertrauens? Also dem Typen mit dem tätowierten Oberkörper, der tiefen Stimme und dem Messer in der Hose? Finn hasste sich über alles. Als sich die Wirkung der Pillen noch verstärkte, musste er auf der Couch in der Lobby Platz nehmen, doch die dortige Luft bekam ihm nicht. Er hatte das Gefühl, als ob ihm etwas die Kehle zuschnüren würde. Finn stolperte hastig durch die Lobby nach draußen und bog auf einen Sandweg ab, der zu den Unterkünften führte.

Nach kurzer Zeit kam er völlig außer Atem am Gebäude der Küche vorbei. Es brannte Licht und Finn konnte eine Stimme hören. Merkwürdigerweise war es Freitag, den er durch ein offenes Fenster sah. Warum war er nicht mehr in der Bar? Als Finn ihn beobachtete, merkte er kurz, wie sich Freitags Gesicht veränderte und zum Antlitz des Tätowierten wurde. Diese Pillen hatten eine heftigere Wirkung, als er erwartet hatte. Was war das für ein Zeug? Finn wollte gerade zu Freitag rennen, um ihm zu erzählen, was vorgefallen war, doch irgendetwas hielt ihn zurück.

Freitag telefonierte unnatürlich laut, wirkte sehr aufgebracht und war überhaupt nicht so entspannt, wie er es noch vor ein paar Minuten in der Bar gewesen war. Sein Ton war alles andere als freundlich: »Was soll ich? Okay, gut. Ich durchsuche seine Sachen. Irgendwo wird er ja dieses Notizbuch haben. Und was dann?«

Finn konnte nicht hören, was sein Gesprächspartner antwortete. Dafür verstand er Freitags Antwort umso deutlicher und sie ließ ihm das Blut in den Adern gefrieren: »Gut, ich leg' Finn um. Kostet aber was extra. Ich hatte schon reichlich Schwierigkeiten. Das wird mir zu heiß hier.«
Hatte er das wirklich gesagt? Freitag legte auf und nahm etwas von einem Küchentisch. Finn sah, dass es sich um eine Pistole handelte, auf die er einen Schalldämpfer aufschraubte und sich diese dann am Rücken in die Hose steckte. Erschrocken machte Finn einen Schritt zurück und stieß dabei gegen den Deckel einer Mülltonne. Vom Geräusch aufgeschreckt, fuhr Freitag herum und kam langsam auf das Fenster zu. Wieder sah Finn kurz das Gesicht des Tätowierten und nicht das Gesicht Freitags, was sich aber sofort wieder änderte. Er schwor sich, nie wieder Pillen einzuwerfen. Rasch kauerte sich Finn hinter einen Busch. Freitag konnte ihn von seiner Position aus unmöglich erkennen.
»Ich hasse diese Viecher! Ich krieg' dich. Warte nur, mich verarscht niemand. Du verfluchtes Dreckstück!«, schrie er und befand sich zu Finns Verwunderung von einer Sekunde zur nächsten wieder am Fenster. Für einen kurzen Moment erhellten Mündungsfeuer die Dunkelheit. Begleitet von zwei Schüssen, die durch den Schalldämpfer ein dumpfes pff, pff abgaben. Freitag hatte auf etwas geschossen, das sich scheinbar außerhalb des Gebäudes im Sand befand. Finn kniff die Augen zusammen und konnte schemenhaft erkennen, was sich abspielte: Irgendwas zappelte und quietschte im Sand, blieb schließ-

lich reglos liegen. Eine Katze, es war eine fette, merkwürdig aussehende Katze, auf die er geschossen hatte.
Finn beobachtete, dass Freitag den Rücken zu ihm drehte und aus seinem Blickfeld verschwand. War er auf dem Weg nach draußen? Wenn er Finn hier auffinden würde, wäre das sein Todesurteil. Was war nur in seinen Freund gefahren? Sie hatten sich stundenlang in der Bar unterhalten. Seine Geschichten waren die eines guten Menschen und nicht die eines Killers gewesen.
Hektisch sah sich Finn nach einem besseren Versteck um und entdeckte, ganz in der Nähe, eine kleine Hütte, an der ein Schild »Staff only« angebracht war. So lautlos wie möglich sprintete er zur Tür, die einen Spalt offen stand und drückte sich hinein. Drinnen war es eng und stickig. Aufgrund des fehlenden Lichts konnte er nur ein paar mit Planen abgedeckte Stühle und Möbel erkennen. Der Teil daneben lag in völliger Dunkelheit.
Durch ein kleines Fenster blickte Finn vorsichtig nach draußen. Er hatte recht, Freitag war aus dem Gebäude getreten und hatte die Katze am Schwanz aufgehoben. Als er in seine Richtung schaute, zog Finn blitzartig seinen Kopf vom Fenster und presste sich an die Wand. Freitag schien auf dem Weg zu ihm zu sein. Hatte er ihn etwa entdeckt? Finn versuchte, flach und leise zu atmen, was sich bei der Wärme in der kleinen Hütte als fast unmöglich herausstellte. Durch die offene Tür konnte Finn hören, dass sich Freitag näherte. Er pfiff vor sich hin und würde gleich bei ihm sein. Finn erstarrte und hielt die Luft an,

als die Tür weiter geöffnet wurde – gleich würde er ihn entdecken. Doch Freitag warf lediglich den Kadaver durch die Türöffnung: »Da, du Drecksvieh, ab zu den anderen.«

Finn war verwirrt: Freitags Stimme hörte sich an wie die des Drogendealers, von dem er die Pillen gekauft hatte.

Erst als Freitag abgezogen war, atmete Finn erleichtert aus: »Das war knapp!«

In diesem Moment vibrierte sein Handy in seiner Hosentasche. Er zog es panisch heraus und spähte durch den Spalt der Tür. Hatte Freitag das Brummen noch hören können? Auf der Anzeige befand sich eine Mitteilung seines Arbeitgebers mit dem Betreff: »Kündigung«. Wahrscheinlich gab es nichts auf der Welt, was Finn gerade weniger interessierte. Bevor er das Handy wieder einsteckte, schwenkte er mit dem grell erleuchteten Bildschirm in die dunkle Ecke der Abstellkammer. Die tote Katze lag auf einer Plane, doch an deren Rand konnte er noch etwas anderes entdecken. Neugierig näherte sich Finn und erschrak: Es war die Hand einer Frau mit roten Fingernägeln, die herausragte! Vor Nervosität fiel Finn das Handy aus der Hand. Glücklicherweise bekam er es mit ungelenken Bewegungen wieder zu greifen, bevor es im Sand landete. Als er es wieder fest im Griff hatte, beugte er sich vor und zog vorsichtig die Plane hoch. Vom Anblick geschockt, verharrte er kurz, bevor er sie wieder heruntergleiten ließ. Unter ihr befand sich nicht nur die Frau. Dort lagen auch die Körper von mindestens drei weiteren Menschen. Freitag musste sie hergeschleppt und wie Sperrmüll entsorgt haben. Alle Leichen hatten eines gemeinsam: ein kleines, rotes Loch in ihrer Stirn.

»Fuck, fuck, fuck!«, flüsterte Finn geschockt. Im Telefonat war es um ihn gegangen. Er hatte gehört, dass Freitag ihn töten solle. Es war die Rede von einem Notizbuch. War es dieser Moleskine aus der Sporttasche? Ging es um diesen Phrasencode? Finns Gedanken fuhren Karussell. Vor seinem Abflug hatte er den Code fotografiert. Irgendwas hatte ihm gesagt, dass er ihn vielleicht noch benötigen würde. Freitag würde das Notizbuch bei ihm nicht finden können, da er es nicht mitgenommen hatte. Das bedeutete allerdings nicht, dass er ihn verschonen würde. Finn steckte sein Handy wieder ein und versuchte, so leise wie möglich die Tür zu öffnen.

Wieder draußen blickte er sich panisch in alle Richtungen um.

»Schnell meine Sachen packen und abhauen!«, schoss es Finn durch den Kopf, als er sich auf den Weg zu seiner Hütte machte.

Im Küchengebäude brannte kein Licht mehr. Nur die beleuchteten Pfade erlaubten ihm, sich zu orientieren. Ob Freitag im Dunkeln auf ihn lauerte? Finn spürte, wie ihm ein kalter Schauder den Rücken hinunterlief. Leicht gebückt schlich er um die anderen Unterkünfte herum. Auf den beleuchteten Pfaden wäre er leichte Beute. Zwischendurch hielt er immer wieder inne und lauschte in die Dunkelheit. Als er vor seiner Hütte ankam, sah er, dass drinnen Licht brannte. Hatte er vergessen, es auszumachen, oder wartete Freitag bereits auf ihn?

Grüne Hölle

Finn schlich sich zum Fenster und versuchte von dort ins Innere seiner Hütte zu blicken. Alles sah vollkommen normal aus. Dennoch drückte er vorsichtig die Klinke und stellte fest, dass er anscheinend auch vergessen hatte, abzuschließen. Er ärgerte sich darüber, auch wenn Freitag bestimmt einen Zweitschlüssel besaß.

Nervös öffnete er die Tür und schaute durch den Spalt. Es war alles beim Alten. Da war kein Killer, der auf ihn wartete. Dennoch schlich er leise zu seinem Rucksack. Glücklicherweise hatte er ihn offen gelassen. In ihm befand sich das Geld, ein Feuerzeug, Zigaretten und seine SureFire M6, eine robuste Taschenlampe, die ihm in der Vergangenheit schon oft weitergeholfen hatte. Die Lichtstärke war verstellbar und in manchen Modi so hell, dass Finn damit schon den einen oder anderen Schläger in Berlin schmerzhaft hatte bremsen können. Für alle Fälle nahm er sie in die Hand, bevor er den Rucksack leise schloss.

Plötzlich stockte Finns Herz, wenigstens kam es ihm so vor. Das Badezimmer, in dem alles im Dunkeln lag, er hatte es komplett vergessen! Was, wenn sich Freitag dort verbarg? Ein Angstschauer trieb Finn den Schweiß aus den Poren. Als er den Rucksack schulterte, fiel seine Sonnenbrille aus der Seitentasche. Finn sah sie förmlich in Zeitlupe zu Boden fallen. Er biss sich auf die Lippen, als ob er dadurch das laute Geräusch dämpfen könnte. Zitternd schaute er in die Richtung des dunklen Bades. »Renn, renn los!«, hämmerte es in Finns Kopf, bevor er durch die Eingangstür ins Freie stürzte.

Sein Sprint endete abrupt, als er ungebremst in eine Gestalt rannte, die von der Wucht des Zusammenstoßes zu Boden fiel. Finn erkannte sofort, wer es war. Es war Freitag, der zu seinen Füßen lag.

»Was zur Hölle?«, rief Freitag, am Boden liegend und schaute ihn mit großen Augen an. Doch da hatte Finn schon seine Taschenlampe auf ihn gerichtet, angeschaltet und blendete ihn mit voller Stärke. Freitag schrie auf und hielt seine Hände schützend vor die Augen: »Scheiße! Spinnst du?«

Finn musste ihn voll getroffen haben. Er nutzte den Moment und nahm Reißaus. Das würde ihm ein paar Minuten Vorsprung verschaffen, bis Freitag wieder richtig sehen könne.

Finn hatte sich schon ein gutes Stück entfernt, als er das gedämpfte Geräusch seines Schalldämpfers hörte. Nicht weit von ihm zerriss eine Kugel den Stamm einer Palme. Dieser Verrückte schien blind um sich zu schießen.

Von Todesangst getrieben rannte Finn in den angrenzenden, dichten Palmenwald. Die Jagd auf ihn hatte begonnen und er war mittendrin; befand sich auf der Flucht vor einem wahnsinnigen Auftragskiller, der aussah und lächelte wie Bruce Lee. Es ging um Leben und Tod. Dao, er selbst, sie hatten sich mit den falschen Leuten angelegt. Das hier war eine Nummer zu groß für ihn. Die Macht dieser Kriminellen reichte bis nach Thailand.

Angstschweiß rann in Strömen an ihm herunter. Binnen Sekunden klebte sein Shirt am Körper. Die schwüle Luft im Dschungel setzte ihm augenblicklich zu. Aber was war mit Freitag? Hatte er schon die Verfolgung aufgenommen? Finn rannte und rannte. Im dichten Palmenwald stellte er das Licht seiner Taschenlampe auf die niedrigste Stufe. Das hatte zur Folge, dass alles um ihn herum finster wurde, aber dadurch war er für seinen Verfolger auch weniger sichtbar. Finn rannte weiter, doch das Gelände veränderte sich. Gestrüpp und Lianen formten immer dichteres Buschwerk und bremsten seine Flucht. Aufgrund des schwachen Lichts konnte er nicht mehr sagen, was hinter dem nächsten Busch oder Felsen auf ihn wartete. Gab es hier auch Treibsand, Höhenunterschiede oder sogar Schluchten, in die er bei Dunkelheit stürzen könnte?

Jedes Mal, wenn Finn Blätter oder Äste berührten, zuckte er zusammen. War es nur noch eine Frage der Zeit, bis eine Schlange aus einem der Bäume fallen würde? Vipern, Kobras – ein Biss und er wäre mausetot. Es stand nicht gut um ihn. Sobald er verlangsamte, musste er an Freitag denken, der bewaffnet war. Würde er ihm durch diesen Dschungel überhaupt folgen können? Stellenweise gab es Höhenunterschiede, sodass ihn das Licht seiner Lampe nicht immer verraten würde.

Finns Lungen schmerzten. Völlig erschöpft stoppte er und stützte sich mit seinen Händen auf den Knien ab. War da nicht ein Geräusch? Die Schatten hoher Bäume wirkten wie bedrohliche Arme, die sich nach ihm ausstreckten. Er sah sich in alle Richtungen um. Hatte sich da vorn etwas bewegt? Von wo war er gekommen, wohin sollte er laufen? Gab es hier Krieger, die im Dschungel jagten? Da zischte doch gerade etwas durch die Luft. Oder war das ein Zweig, der vom Wind zur Seite geweht wurde? Da war es wieder, dieses Geräusch. Wenn diese verdammte Dunkelheit nicht wäre. Giftpfeile! Diese Krieger im Dschungel hatten doch Blasrohre mit Giftpfeilen. Oder war das in Malaysia? Sein Kopf drehte sich immer schneller. Als er in den Abendhimmel über sich sah, wurde ihm schwindelig. Mondlicht erhellte den Boden und die Blätter der Bäume. Alles um ihn herum schien sich zu bewegen. Auch der Boden gab nach, schien nicht mehr fest zu sein. Dazu dieses ewige Rauschen der Blätter im Wind. All die knackenden Zweige im Dickicht. Die Palmen schienen um ihn herum zu leben. Große Riesen, deren Äste wie Tentakel um sich schlugen. Protestierten sie gegen seine Anwesenheit? Er gehörte nicht hierher. Nicht in diesen Dschungel, auch nicht in dieses Land. Wo befand er sich überhaupt? Rannte er landeinwärts? Finn erinnerte sich an die Karte seines Fahrers. Hinter dem Resort war nichts, außer einer grünen Hölle, die auf ihre Opfer wartete. Was war da an seinem Fuß? Eine Würgeschlange oder der Kadaver eines toten Tieres?

»Nachts geht man nicht in den Wald«, hörte er mahnend die Stimme seiner Mutter. Finn war im Wald, es war nachts und er war fernab von daheim. Er rannte mitten durch einen gottverdammten Dschungel.

Die Geräusche um ihn wurden lauter, bündelten sich in seinem Kopf zu unerträglichem Lärm. Zirpende Grillen begleiteten seine Flucht mit infernalischen Klängen. Dazu kamen fremdartige Tierlaute aus dem Dickicht. Welche Tiere gab es hier? Im Ernstfall würde er ihnen nichts entgegensetzen können. Finns Knie wurden langsam schwach. Es war die Erschöpfung, aber es war auch Angst. Dann sah er etwas zu seiner Linken. Im Dunkeln lauerten zwei Augen. Sie glühten wie funkelnde Juwelen. Die Tiere spürten ihn. Sie würden ihm folgen, bis der richtige Moment für sie gekommen wäre. Dann würden sie über ihn herfallen und er hätte weder Kraft noch die Möglichkeit, sich zu wehren.

Von einer Sekunde zur nächsten waren die glühenden Augen verschwunden. Das machte alles noch viel schlimmer. Links, rechts, vor ihm, das Tier konnte überall sein. Einen Weg zurück gab es nicht. Wo war vorn, wo war hinten? Wie sollte er einen Weg aus dieser Hölle finden? Er rannte weiter, weg, einfach nur weg von diesem Ort.

Mit einem Schlag wurde Finn von seiner Angst erlöst: Er war raus aus dem Wald. Alles um ihn herum war plötzlich heller. Gerade wollte er vor Freude jubeln, da wurde sein Lauf abrupt gestoppt; etwas hatte seinen Fuß umschlungen. Er knallte zu Boden, wo ihn tiefschwarze Dunkelheit empfing.

Als Finn wieder zu sich kam, wurde es langsam hell. Ein Brennen am Hals hatte ihn unsanft geweckt. Ameisen! Nervös wischte er sie weg. Die bedrohliche und dunkle Umgebung war einer freundlicheren, hellen gewichen. Finn erinnerte sich an seine Flucht und seinen Sturz. Er rappelte sich auf, tastete mit den Händen seinen Kopf ab und fühlte eine Beule. Aber er war am Leben, Freitag hatte ihn nicht einholen können. Bedauerlicherweise musste er bei seinem Sturz die Taschenlampe und sein Handy verloren haben. Er suchte im Gebüsch danach, gab es dann aber auf, da die Vegetation einfach zu dicht war. Erschöpft blickte sich Finn um. Er befand sich auf einer Lichtung. Ein paar Meter vor ihm erhob sich ein majestätisches, mehrstöckiges Schiffswrack. Die Zeit hatte an ihm genagt, Rost drückte an allen Stellen durch. Es musste hier vor langer Zeit gestrandet sein, als das Meer noch bis in den angrenzenden Palmenwald geragt hatte. Der Bug des Schiffes lag im Wasser eines Tümpels, dessen Oberfläche so glatt war, dass sich in ihm ein paar weiße Wolken spiegelten. Gleich dahinter erstreckte sich zu beiden Seiten ein traumhafter, weißer Sandstrand. Lediglich ein paar Meter trennten das Schiff vom Meer, dessen wunderschönes, smaragdgrünes Leuchten sich bis zum Horizont ausbreitete.

Die Stille kam ihm nach der gestrigen Nacht fast bedrückend vor. Finn konnte lediglich ein sanftes Rauschen des Meeres hören. Vor dem riesigen Schiffswrack wirkte er wie ein Zwerg. Ein einsamer Schiffbrüchiger allein vor einem riesigen Dschungel und dem endlosen Meer. Alles wirkte unglaublich surreal. Für einen kurzen Moment zweifelte Finn an dem, was er sah. Er war allein an diesem Ort, ganz ohne Geräusche einer nahegelegenen Zivilisation. Nichts außer das beruhigende Murmeln der Brandung und ein weißer Vogel, der am Himmel flog, um auf der Reling des Wracks zu landen. Die bedrohliche

Atmosphäre des nächtlichen Dschungels war einer mysteriösen Stimmung gewichen. Sie war unheimlich, faszinierte ihn aber auch gleichzeitig. Finn spürte etwas Bedrohliches, aber vor allem starken Durst. Er entschied sich dazu, das Schiff zu erkunden. Vielleicht konnte er dort alte Konserven oder etwas Trinkbares auftreiben?

Während er sich dem Wrack näherte, erhob sich plötzlich eine Vielzahl von Vögeln über den Wipfeln eines Baumes. Sie kreischten und flogen in Scharen davon. War das sein nächtlicher Verfolger? Hatte er ihn ausfindig machen können? War Freitag seinen Spuren gefolgt? Davon hatte er bestimmt jede Menge hinterlassen.

Auf der Lichtung, auf der sich das Schiff und Finn befanden, gab es keinerlei Deckung, er stellte eine leichte Beute für seinen Killer dar. Finn begriff das und rannte los. Seine Beule am Kopf pochte. Freitag war hartnäckig. Er würde nicht aufgeben, bis er Finn endlich hätte. Gab es bei Killern nicht auch so eine Art Berufsethos?

Finn rannte über eine schmale Schneise, die ihn in die Nähe des Schiffes brachte. Von dort watete er durch höhere Gräser, bis zu einer überdachten Treppe. Sie führte an der Seite des Schiffes hinauf. Von unten konnte Finn eine Tür sehen, die halb offen stand. Durch sie würde er an Bord kommen. Von der Angst vor seinem Verfolger angetrieben, stürmte er die Treppe empor. Die schwere Schleusentür gab erst nach, als sich Finn mit seinem Körper dagegen drückte. Kaum war er im

Innern des Schiffes, schloss Finn die Tür hinter sich. Sie ließ sich mit zwei großen Metallarmen verriegeln. Sollte ihm Freitag hierher gefolgt sein, dann würde er sich einen anderen Eingang suchen müssen. Finn gewann auf diese Weise Zeit, sich vor seinem Verfolger zu verstecken oder das Schiff an anderer Stelle wieder zu verlassen. Nachdem er mühsam beide Metallarme verriegelt hatte, lehnte er sich erschöpft an die Tür.
Sollte Freitag dennoch an Bord des Schiffes gelangen, war Finn auf dem ersten Deck bestimmt einfache Beute. Das Untergeschoss kam noch weniger infrage. Er hatte gesehen, dass die Treppen nach unten im Wasser endeten. Ob sich dort unten Krokodile oder Wasserschlangen tummelten? Flucht technisch gesehen boten ihm die oberen Etagen mehr, außer der Möglichkeit, das Schiff schnell zu verlassen.

Über eine Treppe im Inneren konnte man auf alle Decks gelangen. Das Schiff war groß und bot damals sicher alle Annehmlichkeiten, die ein Gast erwartete. Laut den Ausschilderungen befanden sich auf Deck 1 & 2 die Küche und die Räume der Angestellten, auf Deck 3 - 5 die Kabinen der Gäste. Finn überschlug die Anzahl kurz und kam auf ungefähr 200 Kabinen. Deck 6 & 7 beherbergten Konferenzräume und Speisesäle. Finn entschied sich für Deck 3. Er ging die breite Treppe hinauf und bog in einen der Gänge. Der gute Zustand im Inneren des Schiffes überwältigte ihn. Das Interieur sah nicht aus, als ob er sich auf einem Schiffswrack befinden würde. Der rote

Teppich, den man auf allen Decks verlegt hatte und der durch lange Gänge vom Heck bis zum Bug des Schiffes führte, sah aus wie neu. Selbst die braunen, verzierten Holztüren mit ihren goldenen Nummern und Leisten in den Gängen wiesen keine Alterszeichen auf. Es schien, als ob die Zeit stehen geblieben war. Lediglich an ein paar Stellen rollten sich kleine Tapetenecken ab oder Hinweisschilder an der Wand wellten sich und waren verblichen. Die Türen zu den meisten Kabinen standen offen und so flutete das Licht nicht nur die Kabinen, sondern auch den Gang. Finn ging kurzerhand in eine der Kabinen. Wieder überraschte ihn der einwandfreie Zustand der Räumlichkeiten. Es wirkte, als ob das Schiff fluchtartig verlassen worden wäre.
In einem Bordmagazin der Airline hatte Finn während des Fluges über Aberglauben und Traditionen der Thailänder gelesen. Es war schon öfter vorgekommen, dass heilige Stätten durch Eingriffe von außen entweiht und damit die Götter erzürnt worden waren. Wenn später kein Reinigungsritual durchgeführt wurde, blieb der Ort verflucht und zog die Rache der Geister auf sich. Es geschahen Unfälle, Menschen erkrankten, Ernten blieben aus. War mit diesem Schiff ähnliches passiert? Flohen die Menschen vor der Rache der Geister?
Die Kabine, für die sich Finn entschieden hatte, war sauber, recht groß und mit einem Doppelbett ausgestattet. Am Eingang führte eine Tür in ein geräumiges Bad mit Badewanne. Vor dem Spiegel standen sogar noch die kostenlosen Bad-Utensilien des Schiffes. Selbst ein Föhn steckte noch in der

Halterung und frische weiße Handtücher hingen über den Stangen. Am Fußende des Doppelbetts befanden sich ein Schrank, eine Ablage, ein Schreibtisch, TV und ein Hinweisschild mit Preisen für die Minibar. Finn riss ungestüm die holzvertäfelte Minibar auf. Im Inneren befanden sich eine Büchse Nüsse und zwei kleine Plastikflaschen mit Wasser. Er machte sich nicht die Mühe, auf das Verfallsdatum zu schauen. Die erste Flasche trank er gleich auf ex. Sie schmeckte nicht gut, aber auch nicht so, dass es ihm etwas ausgemacht hätte. Dann stopfte er sich gierig die Erdnüsse in den Mund. Sie waren sehr salzig. Daher öffnete er auch die zweite Flasche Wasser und trank sie aus.

Jetzt fühlte er sich schon um einiges besser. Das Doppelbett der Kabine war mit einer Tagesdecke bezogen und sah nicht anders aus, wie in einem laufenden Hotel. Finn ließ sich erleichtert auf das Bett fallen. Kaum hatte er seine Augen geschlossen, hörte er ein Geräusch. Es kam von weit her, von draußen. Wie von der Tarantel gestochen sprang Finn aus dem Bett und rannte zum Fenster. Erst wollte er die Gardinen zur Seite ziehen, besann sich dann aber eines Besseren. Damit man ihn nicht gleich sehen konnte, schaute er vorsichtig von der Seite aus dem Fenster. Von hier oben hatte er nicht nur eine fantastische Aussicht auf den Palmenwald, dessen Blätter sich sanft im Wind bewegten, sondern auch auf die freie Ebene und konnte einen Teil des dahinter liegenden Meeres erahnen. In der Kabine stehend, fühlte es sich seltsam an, aus diesem Stahlriesen, der zwischen Strand und Dschungel verendet war, hinunterzuschauen. Die Gegend war traumhaft schön und gänzlich naturbelassen.

Finn suchte mit den Augen den Waldrand ab, bis er jemanden erspähte. Es war Freitag, der sich aus einem Teil des Dschungels quälte. Er hatte es leichter, denn Finn sah seine Machete in der Sonne blitzen. Mit ihr bahnte er sich seinen Weg durch die letzten Meter des Dickichts. Trotz der Entfernung waren ihm die Strapazen anzusehen.
Als Freitag die Lichtung erreichte, sah er zum Schiff. Auf die Entfernung wirkte er fast wie eine Ameise. Wie wichtig Perspektiven im Leben waren, dachte Finn sich, als er Freitag schreien hörte: »Hallöchen! Wo steckt denn der Finn? Ich hab' was für dich.« Er legte eine Pause ein und fuhr fort: »Na komm schon, mein Freund. Zeig dich! Ich werd' dich sowieso finden.«
Finn erschrak bei der unheimlichen Stimme Freitags.
»Fiiiiiinnnn, wo bist du?«, fuhr Freitag fort. Finn fiel auf, dass seine Stimme schon viel näher klang. Natürlich antwortete er ihm nicht. An Bord des Schiffes war er einigermaßen sicher. Hier gab es bestimmt viele Möglichkeiten, sich vor Freitag zu verstecken. Und den Haupteingang hatte er versperrt.
»Aaaaaaaaarrrr!«
Freitags, mit Hass erfüllter, lauter Schrei, ließ Finn das Blut in den Adern gefrieren. Dieser Kerl nahm seinen Auftrag ernst, sogar sehr ernst. Die Nacht hatte ihn Zeit und Nerven gekostet. Er klang wie ein außer Kontrolle geratener Jäger, nicht wie

der freundliche Hoteldirektor, mit dem er in der Bar stundenlang getrunken und geredet hatte. Freitag war ein Wahnsinniger geworden, der ohne seine Beute nicht abziehen würde. Er vermutete ihn bestimmt auf diesem Schiff. Finn war gut beraten, seine Zeit zu nutzen, um ein geeignetes Versteck zu finden. Dabei würde er sicher noch auf weitere Nahrungsmittel und Wasser stoßen.
Gesagt, getan, verließ Finn die Kabine. Anders als erwartet, hatte er bei den anderen Kabinen kein Glück. Sie wirkten nicht so, als ob sie für Gäste hergerichtet worden waren. Finn blickte lediglich auf blanke Matratzen. In diesen Zimmern fehlten entweder die Minibars oder sie waren leer. Als er vor Verdruss die Tür einer Kabine hinter sich zuschlug, hörte er ein Geräusch. Hatte es Freitag geschafft, in das Schiff zu gelangen?

Liebe ist alles

Finn blieb stehen und lauschte in den Gang. Er hörte, wie die Nadel eines Plattenspielers auf eine Schallplatte aufsetzte. Dann erklang einer seiner Lieblingssongs: Nat King Coles »Nature Boy«. Finn schloss seine Augen und summte leise mit. Fasziniert von der Musik, die den Flur erfüllte, suchte er ihre Quelle. Vor der Kabine 372 blieb er stehen und drückte vorsichtig sein Ohr an die Tür. Im Inneren der Kabine putzte sich jemand die Zähne, summte zur Musik und spuckte scheinbar ins Waschbecken. Dann hörte es sich an, als ob sich diese Person in ein Bett fallen ließ. Die Musik lief unbeeindruckt weiter, bis er B.B. Kings »The Thrill is gone« hörte. Das Lied ließ ihn vergessen, dass Freitag hinter ihm her war. Bei solch einem Musikgeschmack war es fast unmöglich, in der Kabine einen schlechten Menschen anzutreffen. Finn atmete ein und klopfte. Als er keine Antwort erhielt, drehte er den Knauf, der sanft nachgab und öffnete langsam die Tür. B.B. King gab sein Bestes.

»Was für ein verdammt guter Song«, dachte Finn. Er schloss die Tür leise und ging langsam am Bad vorbei, weiter in die Kabine. Vor einem Kingsize-Bett blieb er stehen.

»Wen haben wir denn da?«, fragte ihn eine Blondine in seinem Alter, mit kurzen, glatten Haaren. Der leichte Seitenscheitel stand ihr genauso gut wie der kleine Leberfleck auf ihrer linken Wange. Sie lag nackt auf der Bettdecke und rauchte eine Zigarette.

»Shit, sorry, ich wollte nicht …«, stammelte Finn verlegen. Die schlanke Schönheit ließ sich von ihm nicht stören. Sie unternahm keinerlei Anstalten, sich die Decke über ihren entblößten Körper zu ziehen.
Das Lied von B.B. King endete, der Arm eines Plattenspielers lief auf der Platte ins Leere. Ohne Finn zu beachten, stand sie mit der Zigarette im Mundwinkel auf und ging zum Plattenspieler, der am Fußende des Bettes auf einer Kommode stand. Mit ihren zarten Händen, deren Fingernägel rot lackiert waren, legte sie den Arm des Plattenspielers zurück auf seine Halterung. Ihre leicht gebräunte Haut, die roten Lippen, festen Brüste, dieser flache Bauch. Und erst dieser feine, schmale Streifen auf ihrem Venushügel. Für eine Sekunde berührten sich ihre Blicke. Sie musterte ihn und zog ungeniert an ihrer Zigarette. Es knisterte in der Luft. Aber das fühlte wahrscheinlich nur Finn, mit dem seine Männerfantasien durchgingen. Beschämt schaute er zu Boden.
»Gefall' ich dir?«
Finn schaute auf, versuchte, ihre Augen zu fixieren. Er musste sich wahrhaft anstrengen, nicht weiter ihren nackten Körper anzustarren.
»Ja, ich, doch. Natürlich! Warum, warum auch nicht?«, stammelte er. Bei dem peinlichen Auftritt wäre er am liebsten im Boden versunken.
»Wie bist du hier reingekommen?«
»Durch die Tür?«, antwortete er fragend. Wo sollte er sonst hergekommen sein? Finn verstand ihre Frage nicht. Oder

meinte sie, wie er ins Schiff gekommen war?

»Ach wirklich?«, hakte sie nach und blies ihm eine Rauchwolke entgegen. Für einen Moment verhüllte der Rauch ihr Gesicht. Fremdgesteuert erhaschte Finn einen weiteren Blick auf ihren Körper. »Oh Gott, bist du peinlich, Finn«, sprach seine innere Stimme zu ihm.

»Ja, doch. Durch die Tür, ich bin durch die Tür gekommen«, stammelte Finn, dessen Hirn durch ihr Aussehen vernebelt war.

»Die ist immer zu«, antwortete sie nüchtern.

»Immer zu? Wie meinen Sie das?«

»Du!«

»Was?«

»Du! Wie meinst du das?«

»Ach so, klar, du, sorry.«

»Ich bin Anaïs.«

Er starrte sie schweigend an.

»Und wie heißt der Hübsche, der es als einziger geschafft hat, hier reinzukommen?«

Noch immer starrte Finn sie an, schüttelte seinen Kopf und merkte, dass er völlig woanders war. Was hatte sie gesagt?

»Finn, ich bin Finn«, platze es aus ihm heraus.

»Also gut Finn. Woher kommst du?«

Finn schaute perplex und antwortete: »Durch die Tür?«

»Ich meine, wo du ursprünglich herkommst?«

»Berlin.«

»Du hörst dich nicht so an.«

»Zugezogener, wie so viele. Aus Braunschweig.«
»Ich bin aus Hamburg.«
»Hamburg? Die kühle Blonde aus dem Norden.«
»Ich bin in Lübeck geboren, erst später nach Hamburg gezogen. Sag mal Finn, hast du Hunger?«
»Schon, hab' länger nichts gegessen.«
Anaïs drückte ihre Kippe in einem vollen Aschenbecher aus. Grinsend ging sie nackt an Finn vorbei und strich ihm mit einem Finger über die Wange. Finn hatte das Gefühl, rot anzulaufen. Trotzdem beobachtete er jeden ihrer Schritte. Sie stoppte, nahm einen schwarzen Edding vom Fernseher, entfernte die Kappe und ging zur Kabinenwand.
Erst in diesem Moment fiel Finn auf, dass die Decke und Wände mit Wörtern und kurzen Anweisungen geradezu übersäht waren. Es ging um Dinge des täglichen Lebens, Essen, Getränke, um recht private Wünsche und Träume. Auf eine noch freie Stelle schrieb sie: 2 x Continental Breakfast. Kaum war sie fertig, blickte sie über ihre Schulter und ertappte Finn dabei, wie er sie ungläubig anstarrte.
»Was machst du da?«, platzte aus Finn heraus.
»Du hast doch Hunger«, entgegnete sie.
Von einem Moment zum nächsten stand sie so dicht vor ihm, dass sich ihre Körper fast berührten. Finn spürte seine Erregung. Anaïs roch wie ein Tier an ihm und rümpfte die Nase.
»Warm, ne? Is schon ziemlich warm hier. Wahrscheinlich die Regenzeit, oder ...«
Doch Anaïs fiel ihm ins Wort: »Wie wärs mit 'ner Dusche vor

dem Frühstück?«
Finn lief rot an und roch an seinem Shirt: »Keine schlechte Idee.«
Er wäre am liebsten im Boden versunken.
»Dann mal ab ins Bad mit dir.«
»Und du bleibst hier?«, Finn wunderte sich über seine bescheuerte Frage.
»Ich bleib' hier. Mir bleibt nichts anderes übrig.«
Warum antwortete sie, dass ihr nichts anderes übrig blieb? Nachdenklich blickte er sie an. Diese Augen, ihn faszinierten ihre wunderschönen, grünen Augen. Sie machten es ihm schwer, sich von ihr zu lösen. Als er schließlich ins Bad ging, sah er sich ein letztes Mal nach ihr um. Anaïs stand nackt vor dem Bett und grinste ihn an.

Im Bad hielt sich Finn am Waschbecken fest und starrte in den Spiegel. Die Strapazen der letzten Nacht, oder sollte er sagen der letzten Tage, waren ihm anzusehen. Nach seiner Flucht war er auf dieses Schiffswrack geraten und in einer Kabine lebte mit aller Selbstverständlichkeit eine nackte Frau, die mit einem Edding ihre Wände bekritzelte. Passierte das alles? War das überhaupt real?
Gedankenverloren wusch er seine Klamotten, wrang sie aus, rollte alles zum Trocknen in einem Handtuch und hing es über einen Handtuchständer. Was machte er hier? War er nicht eben noch auf der Flucht vor Freitag, dem Bruce Lee Killer gewesen? Und jetzt stand er im Bad dieser nackten Lady? Freitag

hatte doch auch Ohren im Kopf. Falls er an Bord war, würde er früher oder später hier auftauchen und ihm das Hirn an die Tapete ballern. Was, wenn er aus dem Bad kommen und in Freitags Gesicht blickten würde?

Finn versuchte, seine Schwarzmalerei zu verdrängen und sprang unter die Dusche. Das kalte Wasser war einfach phänomenal. Er fühlte sich wie neugeboren. Nach der Dusche trocknete er sich ab, nahm ein frisches Handtuch, wickelte es sich um die Hüfte und verließ das Bad.

Kaum hatte er die Tür des Bades hinter sich zugezogen, klopfte es. Finn stockte der Atem. Jetzt saß er in der Falle! Wie konnte er nur so dumm gewesen sein, zu duschen, sich in Sicherheit zu wiegen? Er war auf der Flucht, was war nur los mit ihm? Nervös sah er Anaïs nackt aus dem Bett steigen. Es gab bestimmt Menschen, deren letzte Bilder weit unangenehmer waren. Finn schluckte, als er sie ansah. Unbeeindruckt davon, eilte Anaïs an ihm vorbei. Finn begriff, was sie vorhatte, sie war dabei, die Tür zu öffnen. Vergeblich versuchte er, ihr Handgelenk zu greifen. Anaïs stand vor der Tür. Gleich würde sie öffnen und ihr beider Schicksal besiegeln.

»Nein, Anaïs, bitte!«

Zu Finns Verwunderung griff sie nicht nach dem Knauf, sondern drückte einen Riegel an der Tür, der sich weiter unten befand. Daraufhin klappte ein Brett nach innen auf. Es war eine Durchreiche. In der Öffnung erkannte Finn zwei schwarze Hosenbeine einer Person, die auf dem Flur stand. Einen Moment später wurde ein Tablett hindurchgeschoben. Zweimal

Continental Breakfast! Anaïs nahm das Tablett, drückte die Durchreiche mit dem Fuß zu und grinste Finn an. Im Vorbeigehen blieb sie einen Moment stehen und küsste ihn auf die Wange.
»Hmmm, du riechst gut. Hunger?«
»Äh, ja«, entgegnete Finn, sichtlich verdutzt über das Geschehen und ihren Kuss. Anaïs stellte alles auf der Bettdecke ab und setzte sich vorsichtig im Schneidersitz vor das Tablett.
»Noch nie 'ne nackte Frau gesehen?«
»Was? Ich, doch, doch«, stammelte Finn mit offen stehendem Mund, bevor er es sich ihr gegenüber bequem machte.
»Was mach' ich hier, Anaïs?«
»Du bist hier, weil ich es wollte.«
»Was meinst du damit?«
»Schau mal, da oben«, antwortete Anaïs und zeigte auf eine Stelle der Decke.
Finn las eine der vielen Kritzeleien: »Mein Held wird kommen.« Verunsichert über Anaïs' Geisteszustand, sah er sie fragend an.
»Mein Held«, sagte sie und schob ihm ein kleines Stück Croissant, auf dem etwas Erdbeermarmelade klebte, in den Mund. Als sich Finns Mund schloss, ließ sie ihre Finger noch kurz stecken, bevor sie diese langsam herauszog. Finn kaute langsam und starrte sie verwirrt an.
»Ich wollte nicht mehr allein sein und ich möchte endlich hier raus. Also schrieb ich das an die Decke.«
»Anaïs ist nicht ganz richtig im Kopf«, dachte Finn, schluckte

das Stück und starrte wieder an die Decke. Erst jetzt begriff er das Ausmaß der Kritzeleien. Es mussten hunderte Sätze, Fragen, Wörter und vor allem Wünsche sein. Einer davon war: »Mein Held wird kommen.« Wie lange war sie schon in dieser Kabine? Was meinte sie mit ›eingesperrt‹? Sie hatte sich von Anfang an schräg benommen, aber verrückt? Gut, Schamgefühl lag ihr fern, aber welchen Mann störte das schon? Ihn zumindest nicht. Gleichzeitig kam er sich verarscht vor. Warum passierte das alles mit ihm? Ging es nicht mal auf die leichte Tour? Dao, Zlatko, Dragan, dann dieser Bruce Lee-Verschnitt. Dass Anaïs scheinbar nicht ganz richtig im Kopf war, bedrückte Finn, er hoffte auf eine andere Erklärung.

»Anaïs?«, Finn legte eine Pause ein, um die Ernsthaftigkeit seiner Worte zu betonen und fuhr fort, »Nimmst du Drogen?«

»Was? Nein, sollte ich?«, antwortete Anaïs lachend, »außer, wenn du Alkohol und Tabak dazurechnest.«

»Na ja«, Finn winkte mit der Hand in Richtung der bekritzelten Wände und Decke.

»Du hast es doch selbst gesehen!«

»Was soll ich gesehen haben?«

»Das mit dem Frühstück. Es ist hier, weil ich es so wollte. Da oben steht's, schau doch!«, sagte sie und zeigte wieder auf ihr Geschriebenes.

»Mensch, Anaïs. Das ist der Zimmerservice«, Finn dachte im selben Moment über seine Aussage nach und wurde sich bewusst, wie verrückt auch das war: Zimmerservice auf einem Schiffswrack.

»O-Saft?«
Finn mochte nicht, dass sie ihn ignorierte.
»Finn, magst du O-Saft?«
»Ja, aber was soll das jetzt, ich meine ...«, doch da war Anaïs schon aufgesprungen und kritzelte 2 x O-Saft an die Wand. Traurig und voller Mitleid beobachtete Finn, wie sie missbilligend den Edding auf den Fernseher knallte. Demoralisiert kaute Finn auf einem Bissen Croissant herum, als es ein paar Minuten später an der Tür klopfte. Er schreckte zusammen, als Anaïs vom Bett aufsprang, zur Tür hechtete, um die Durchreiche zu öffnen. Wieder wurde ein Tablett hindurchgeschoben, diesmal mit zwei Gläsern O-Saft. Anaïs grinste triumphierend und setze sich zu Finn aufs Bett. Nun war er vollkommen perplex. Seine Gedanken kreisten unaufhörlich. Passierte das wirklich oder bildete er sich alles nur ein? War er der Verrückte? Während sie weiter aßen, breitete sich eine bedrückende Stille aus.

Nachdem Finn die Tabletts vom Bett geräumt hatte, setzte er sich vor Anaïs hin und sah ihr in die Augen. Ihm wurde alles zu bunt, er brauchte Klarheit.
»Ist das hier so ein Prank? Hallöchen, ich bin's der Finn!«, rief er laut und übertrieben deutlich. Dabei blickte er sich nervös im Raum um.
»Was soll der Unsinn?«, fragte Anaïs, die sein Verhalten gar nicht witzig fand.
»Unsinn? Es ist Unsinn, was du hier von dir gibst.«

»Ach ja? Meinst du, ich bin zum Spaß hier?«
»Scheinbar«, sagte Finn lachend und machte Grimassen, als ob ihn eine Kamera sehen würde.
»Finn, ich bin schon länger hier. Jemand hält mich hier gefangen.«
Finn schaute sie ungläubig an: »Okay, Zuschauerpunkte sammeln. Alles klar. Also, jemand hat dich hier eingesperrt, aber dir einen klasse Zimmerservice zugesichert. Du kommst hier weder raus noch rein. Nur ich, der liebe Finn, der kann hier einfach so reinspazieren.«
»Am Anfang fand ich auch alles unglaublich. Mit der Zeit verging mir das Lachen. Vielleicht wird mich mein Held retten?«
»Dein Held? Hör zu, Anaïs, dein Held hat genug um die Ohren. Ich hab' sprichwörtlich die Kacke am Dampfen. In Deutschland sucht man mich vermutlich polizeilich und möchte mich einbuchten. Hier in Thailand ist ein Killer hinter mir her. Und der sieht dazu auch noch aus wie Bruce Lee. Alles klar?«
Nun war es Anaïs, die ihn ungläubig von der Seite ansah.
»Wie, du bist also nicht mein Held?«
»Nein, bin ich nicht, obwohl, also versteh mich nicht falsch, ich mag dich ja, auch wenn ich dich erst seit ein paar Minuten kenne. Nur hab' ich im Moment etwas viel am Hacken. Eine Verrückte, ich meine ein hübsches Mädchen mit Psychosen, das pack' ich zurzeit nicht, okay?«
»Ich bin nicht verrückt, Finn. Warum sagst du so was?«
Finn holte tief Luft und atmete genervt aus.

Anaïs sah ihn mit Tränen in den Augen an. Sie hatte ihre Knie bis ans Kinn gezogen und wippte vor und zurück: »Du Arschloch! Ich bin nicht verrückt und du, du solltest mein Held sein!«

Finn riss endgültig der Geduldsfaden. Er packte Anaïs an den Händen, zog sie vom Bett herunter, in Richtung Ausgang. Anaïs zappelte wild und schrie, doch Finn ließ sie nicht los. Sie musste verstehen, dass sie die Kabine jederzeit verlassen konnte. Er wollte nichts mehr hören von ihrer verrückten Geschichte, sie sei hier eingesperrt.

»Lass mich los!«, schrie Anaïs immer wieder und versuchte, ihre Hände aus Finns Griff zu befreien, während sie sich mit den Füßen gegen den Boden stemmte. Aber Finn war stärker und zog sie unerbittlich in Richtung Kabinenausgang. Dort angekommen, ließ er eine Hand kurz los, drehte den Knauf und öffnete die Tür: »Siehst du? Du kannst hier jederzeit raus!«

»Kann ich nicht! Und jetzt lass mich!«, schrie sie Finn an.

»Du kannst hier raus. Siehst du nicht den Gang?«

»Kann ich nicht! Kann ich nicht!«, wiederholte Anaïs in Rage, während sie versuchte, ihre andere Hand zu befreien.

Nun reichte es Finn endgültig. Mit einem Ruck zog er sie zu sich und stieß sie mit Wucht in Richtung Türrahmen.

Er konnte kaum glauben, was er sah: Sie flog nicht durch die Öffnung, sondern prallte ab! Es war, als wäre sie gegen eine unsichtbare Glasscheibe geknallt und dann zu Boden gefallen. Finn war verstört. Sie hätte im Gang landen müssen. Was ging hier vor sich? Vorsichtig schob er seine Hand durch den Türrahmen. Er wollte prüfen, ob es ein unsichtbares Hindernis gab, stieß aber im Gegensatz zu ihr auf keinen Widerstand. Schließlich machte er einen Schritt auf den Gang, drehte sich um und trat wieder zurück in die Kabine. Erst jetzt fiel ihm auf, dass Anaïs reglos am Boden lag. Entsetzt bückte er sich zu ihr und rüttelte an ihrer Schulter: »Anaïs? Anaïs, wach auf! Es tut mir leid, wirklich.«

Finn stürmte ins Bad, befeuchtete ein Handtuch und eilte zurück. Anaïs lag noch unverändert am Boden. Vorsichtig legte er ihren Kopf in seinen Schoß und tupfte ihre Stirn mit dem nassen Handtuch ab: »Anaïs, Anaïs! Sag doch was. Es, es tut mir leid, wirklich. Bitte, Anaïs!«

Finn rüttelte wieder an ihrer Schulter. Hatte er sie jetzt auch auf dem Gewissen? Wo er auftauchte, brachte er Unglück. Er hasste sich, hasste das Leben. Noch immer fuhr er ihr mit dem Handtuch über die Stirn, strich ihre Haare zur Seite und streichelte ihre Wange. Sie sah aus, als ob sie friedlich schlafen würde.

»Nein, bitte nicht …«, brachte er schluckend heraus, doch dann öffnete sie ihre Augen. Smaragdgrüne Augen, sie funkelten wie das Meer. Finn konnte keinerlei Hass in ihnen lesen, er sah Zuneigung, sah Liebe.

»Oh Gott, Anaïs. Ich bin so froh.«

»Was ist passiert?«

»Ich habe dich, also du bist, du bist abgeprallt, einfach abgeprallt und dann unglücklich gefallen.«

Anaïs fasste sich an den Kopf: »Huh, okay, deshalb die Beule.«
»Es tut mir leid, Anaïs.«
»Ist schon gut, Finn. Wer würde mir schon diese abstruse Geschichte abkaufen? Ich hätte auch geprüft, ob nicht alles Humbug ist. Das wolltest du doch, oder?«
»Ja, auch. Ich wollte dir helfen.«
Anaïs rappelte sich auf und stieß die Kabinentür hinter sich zu. Als sie nackt vor ihm stand, spürte er ihre Finger am Rand seines Handtuchs. Es fiel zu Boden, Anaïs umarmte ihn und sprach leise in sein Ohr: »Du bist süß, Finn.« Dann nahm sie ihn bei der Hand und führte ihn zum Bett. Ihre Haut, ihr Körper, sie fühlte sich, aus einem ihm unbekannten Grund, vertraut an.
Finn hatte den intensivsten Sex seines Lebens. Er unterschied sich von dem mit anderen Frauen, glich den One-Night-Stands in keiner Art und Weise. Ihre Leidenschaft basierte auf Vertrauen, als ob sie sich schon lange Zeit kennen würden, als ob sie füreinander bestimmt wären. Sie hatte auf ihren Helden gewartet und Finn hatte sich nach jemandem gesehnt, von einer Frau wie Anaïs geträumt.

Stunden später bestellten sie sich etwas zu essen und unterhielten sich. Anaïs kam auf den Kontrolleur an Bord des Schiffes zu sprechen. Sie meinte, dass er sich nach Mitternacht auf den Decks herumtreiben würde. Ihm sollte man besser nicht begegnen. Er würde einem die Hand auf die Stirn legen und in Sekundenschnelle das Leben stehlen. Finn konnte das nicht richtig einordnen, aber er war auch nicht mehr interessiert, was an Bord des Schiffes vor sich ging. Er hatte nur noch Augen für Anaïs. Über ihren Geisteszustand wollte er sich ebenfalls keine Gedanken mehr machen. Es fühlte sich alles gut an, wie es war. »Man muss nicht immer alles wissen«, sagte er sich. Irgendwann übermannte ihn die Müdigkeit und er schlief in Anaïs' Armen ein.

Tohuwabohu

Finns Träume waren wild und ungestüm. Immer wieder sah er Anaïs' nackten Körper und ihre smaragdgrünen Augen. Im Traum hörte er Möwen, Maschinengeräusche und Wellen, die an die Außenwand des Schiffes schlugen. Seeluft, Salz auf Anaïs' Haut, alles wirkte so echt, fühlte sich gut an. Plötzlich befand sich Finn wieder vor dem Dschungel, aus dem er geflüchtet war. Schweiß perlte von seiner Stirn. Freitag tauchte aus den Tiefen der grünen Hölle auf. Er hielt seine schallgedämpfte Pistole im Anschlag und marschierte unbarmherzig auf ihn zu. Finn wirbelte herum und setzte zum Sprint an. Kugeln schlugen neben ihm in den Boden ein. Er rannte unbeirrt weiter, wagte nur einen hastigen Blick zurück, sah Freitag und das aufflackernde Mündungsfeuer. Mit einem Mal spürte Finn keinen Boden mehr unter sich und schrie. Er war über eine Klippe gelaufen und befand sich im freien Fall. Oben, an ihrem Rand, sah er Freitag stehen, hörte sein lautes, teuflisches Lachen. Im Sturz drehte sich Finn und verlor, mit dem Gesicht zum Boden blickend, an Höhe. Hundert Meter, fünfzig, zehn – dann die ockerfarbene Erde. Ein harter Schlag durchfuhr seinen Körper, als er mit einem berstenden Geräusch aufprallte.

»Neeeeeiiiiinnnnn!«, schrie Finn und erwachte schweißgebadet.

»Finn, Finn. Alles gut«, flüsterte Anaïs.

Er schaute sie an, orientierte sich und realisierte, dass alles ein Traum gewesen war. Anaïs beruhigte ihn weiter, küsste ihn, bis er sich erschöpft zurück ins Bett fallen ließ.

»Es war so ...«
»So real«, vollendete Anaïs den Satz.
»Ja, genau das«, bestätigte Finn.
Anaïs legte ihre Wange auf seine verschwitzte Brust und streichelte ihn.
»Das ist hier so. Alles ist hier stärker, viel intensiver.«
Erst jetzt wurde Finn klar, wo er sich befand. Ein Teil war kein Traum, und zwar der, dass er sich an Bord eines Schiffes befand, im Bett mit Anaïs. Langsam kehrten Erinnerungen an ihre letzte Nacht zurück. Finn strich Anaïs durch die Haare, doch etwas war anders als gestern. »Aber natürlich!«, schoss es Finn durch den Kopf. Das ganze Schiff vibrierte und Sonnenlicht durchflutete den Raum. Da war auch noch dieses ihm bekannte Geräusch. Es hörte sich an, als ob im Bad Wasser plätschern würde und es roch nach Salz.
»Was ist los, Finn?«, fragte Anaïs, die sich im Bett aufgesetzt hatte. Wie vom Blitz getroffen, sprang Finn aus dem Bett, rannte zum Fenster und riss die Gardine zur Seite. Was er sah, ließ sein Herz für einen Moment stillstehen. Sie waren mitten auf dem offenen Meer. Weit und breit war kein Land in Sicht. Wie paralysiert schaute Finn auf die Wellen, die sich neben dem Schiff kräuselten. Sie trieben nicht im Meer, sie fuhren. Mit weit aufgerissenen Augen starrte Finn Anaïs an.
»Wir fahren! Anaïs, wir sind auf dem Meer!«
»Ja, Finn. Ich wollte dir davon noch erzählen, aber wir hatten Besseres zu tun.«
»Du meinst, das ist immer so?«

»Zumindest seit ich hier bin.«

»Aber das ist doch Wahnsinn, das kann nicht sein!«

»Und warum nicht?«

»Weil ich ein Schiffswrack betreten habe und kein Kreuzfahrtschiff.«

»Das habe ich damals auch gedacht.«

»Und wie erklärst du dir das alles hier? Warum fahren wir und vor allem, wohin?«

»Ich weiß es nicht. Wie kann man sein Essen bestellen, indem man seine Bestellung an die Wand kritzelt? Genauso wenig weiß ich, warum ich diese Kabine nicht verlassen darf.«

»Aber ich kann es.«

»Ja, du bist der Einzige an Bord, der rein und raus kann. Es gibt schließlich noch andere Passagiere.«

»Dein Ernst?«

»Ja, klar.«

»Hast du sie nie um Hilfe gebeten?«

»Schon. Ich hab' gerufen, geschrien, aber sie hören mich nicht.«

»Scheiße!«

»Das kannst du laut sagen. Dafür höre ich sie und weiß von diesem Kontrolleur. Zwei Passagiere haben sich über ihn unterhalten.«

»Ach ja, die Story vom Magic-Hand-Typen«, betonte Finn übertrieben und zog sie ins Lächerliche.

»Du solltest das ernst nehmen. Bei meinen Kritzeleien, wie du sie nanntest, hat auch alles funktioniert. Hier passieren Dinge, die du dir nicht erklären kannst. Besser, du akzeptierst das. Schau doch, die Wände!«

Finn blickte sich um. Ihm fiel auf, dass die Kritzeleien an Wänden und Decke verschwunden waren. Als er am Fernseher in Richtung Bad ging, musste er etwas genauer hinsehen, aber dann war es offensichtlich.

»Der Teppich, die Schränke, Gardinen, alles. Es sieht frischer, fast neu aus«, rief er Anaïs aufgeregt zu, als ob er eine schwierige Zeile im Kreuzworträtsel gelöst hätte.

»Finn, nur du kannst mich hier rausholen. Bitte hilf mir.«

Er ging zu ihr und nahm ihren Kopf zwischen seine Hände: »Ich hol' dich hier raus, vertrau mir.«

Finn küsste sie oder küsste sie ihn? Ihre Lippen lagen auf seinen, sie schmeckten nach Salz. Es war einer der längsten Küsse seines Lebens.

»Habe ich es richtig verstanden, dass dieses Schiff schon mal mit dir abgelegt ist?«

»Ja, das ist vielleicht ein paar Monate her.«

»Du bist hier schon länger?«

Anaïs blickte ihn traurig an: »Aber die Zeit lief nur draußen weiter. Nicht für mich.«

»Woher willst du das wissen?«

»Meine Haare, meine Nägel. Sie sind in der Zeit nicht gewachsen.«

»Oh Mann, das glaubt mir keiner!«

»Besser, du sprichst auch mit niemandem über mich. Zumindest nicht mit den Passagieren an Bord dieses Schiffes.«

»Warum sollte ich das nicht tun? Sie könnten mir vielleicht helfen, dich zu befreien.«

»Einer von ihnen ist vielleicht verantwortlich dafür, dass ich hier eingesperrt bin.«

»Und was ist mit dir selbst?«

»Was soll mit mir sein? Ich habe hier Urlaub gemacht und wollte dieses verfluchte Geisterschiff mal mit eigenen Augen sehen.«

»Ich werde rausfinden, was hier vor sich geht. Du kommst hier raus.«

Anaïs grinste ihn hoffnungsvoll an.

»Wohin fährt das Schiff überhaupt?«

»Es geht in der Nähe einer Insel vor Anker. Dort setzen sie Beiboote aus und bringen die Passagiere an Land. Ich habe das von meinem Fenster aus beobachten können.«

»Okay. Und dieser Ausflug verlief ganz normal?«

»Nein, ich glaube nicht, denn danach war viel Aufregung an Bord«, Anaïs nahm Finns Hand, »Ich will hier raus, von Bord, mit dir, das wär' mein Traum.«

»Das wär' auch meiner, Anaïs. Mach dir keine Sorgen, wir kriegen das hin.«

»Aber bitte nimm dich in Acht vor den Passagieren. Die sind nicht so, wie du denkst. Vor allem, pass um Himmels willen auf den Kontrolleur auf, der hat auch Gehilfen. Glaube ich wenigstens. Er kann übrigens nur durch die Flure laufen, kann die Kabinen nicht betreten. In diese hier, kommt, außer dir, keiner rein. Falls du mir helfen und dich an Bord des Schiffes umsehen willst, musst du mir versprechen, dass du immer vor Mitternacht zurück bist. Hilfst du mir? Versprichst du mir das?«

»Ja, ich werd' mein Bestes geben.«

»Ich hab' Angst, Finn.«

»Mir geht's ähnlich, aber ich schaff' das.«

Finn drückte sich an sie, dann löste er sich von ihr, ging in das Bad und duschte. Seine Klamotten waren glücklicherweise trocken. Als er angezogen aus dem Bad trat, stand Anaïs am Fenster und schaute hinaus. Finn ging zu ihr und legte seine Hände auf ihre Schultern. Hinter dem Fenster lag das offene Meer, das Wasser glitzerte und zwei Delfine sprangen. Das Bild war so perfekt, einfach zu perfekt. Finn kam sich wieder verarscht vor.

»Ein Passagier sprach mal über den Landausflug. Es war von einer Haifischbucht und einer Insel der tausend Sterne die Rede. Romantisch, nicht wahr? Die würde ich gerne mal mit dir sehen.«

»Das wirst du, ganz bestimmt.«

Sie küssten sich ein letztes Mal, dann verabschiedete sich Finn schweren Herzens, schulterte seinen Rucksack und verließ die Kabine. Es tat ihm leid, sie zurückzulassen. Was ihn aber weit mehr bedrückte, war, dass er keinen Plan hatte, wie er ihr helfen konnte. Mit seinen Gedanken bei Anaïs schlenderte Finn über den Flur. Wie aus dem Nichts stand plötzlich ein hagerer Mann Ende dreißig in schwarzem Smoking mit Fliege vor ihm. Seine halblangen, strohblonden Haare wirkten zerzaust. Er lehnte mit der Schulter an einer Kabinentür und rauchte. Der Mann wirkte nachdenklich und wirr zugleich. Die buschigen Augenbrauen saßen relativ tief über den Augen, was seinem Blick etwas Intensives, fast Bedrohliches gab. Finn sah, wie sich seine eisblauen Augen unablässig hin und her bewegten, fast so als ob er angestrengt über etwas nachdenken würde. Die Deckenlampen betonten sein markantes Gesicht, das von scharfen Konturen geprägt war. Finn musste an Anaïs' Worte denken. Sie hatte ihn ausdrücklich vor den Passagieren gewarnt. Aber wie sollte er ohne Passagiere an Informationen kommen?

»Guten Tag, darf ich fragen, wer sie sind?«

»Ja, wer bin ich schon? Vielleicht Villon, vielleicht der Klaus. Ich, ich weiß es nicht. Weißt du, wer du bist? Und wenn du der bist, der du glaubst zu sein, wer bin dann ich?«

Genervt holte Finn Luft und versuchte es mit einem weiteren Anlauf: »Okay. Also, etwas einfacher. WO SIND WIR?«

Der Mann blickte ihn eine Zeit lang schweigend an, durchbohrte Finn förmlich mit seinem Blick. Finn wollte schon weitergehen, als sein Gegenüber einen tiefen Zug von seiner Zigarette nahm und theatralisch sprach: »Selbst, wo ich dachte, dass ich gestern war, bin ich erst heute Abend zugereist. Da, von meinem Schädel ist das letzte Haar zu einem blanken Mond vereist. Ich habe nicht ein Hemd, es anzuzieh'n... Ich, überall verehrt und angespien. Ich habe dennoch so viel Mut zu hoffen, dass mir sehr bald die ganze Welt gehört, und steh'n mir wirklich alle Türen offen, schlag' ich sie wieder zu, weil es mich stört, dass ich aus goldnen Schüsseln fressen soll ...«

Bei jedem dieser Worte flammten seine Augen geradezu auf und er gestikulierte mit den Händen. Vereinzelt leckte er sich über seine fleischigen Lippen. Seine Bewegungen waren kraftvoll, jede seiner Gesten durchdacht und wirkungsvoll, wie die eines Schauspielers. Der Mann zog Finn in seinen Bann: »Die Würmer sind schon toll nach meinem Bauch, ich bin mit Unglück bis zum Halse voll. Ich bleibe unter dem Holunderstrauch, auf den noch nie ein Stern herniederschien, François Villon, verehrt und angespien!«

Die letzten Worte betonte er mit großer Verachtung. Bevor sein Körper, der sich gerade noch kraftvoll und dramatisch zur Aufführung bewegt hatte, gleich seinen Worten zusammenfiel und er verstummte.

Eine bühnenreife Darbietung, wie sie Finn noch nie gesehen hatte. Er wollte gerade anerkennend klatschen, als Klaus, oder wer auch immer er war, sich umdrehte und wie vom Teufel geritten davonstürzte.

»Was war das denn?«, sprach Finn vor sich hin und ging kopfschüttelnd weiter.

Als Finn den Mittelgangbereich, also den Teil, der die Steuerbordseite mit der Backbordseite des Schiffes verband, erreicht hatte, blieb er ratlos zwischen Innentreppe und Fahrstuhl stehen. Was tat er hier eigentlich und wie sollte er Anaïs helfen? Sein Blick blieb an den wechselnden roten Etagenzahlen der Fahrstuhlanzeige hängen. Jemand fuhr von den oberen Decks herunter. Schließlich erklang ein sanfter Ton, der aus den Apparaturen am Eingang des Fahrstuhls zu kommen schien, und die Tür öffnete sich.

In der Kabine vor ihm stand eine extrovertierte Femme fatale der 60er-Jahre. Sie war mager und ihre langen, weißen Beine ragten aus einem eng anliegenden, knalligen, pinkfarbenen Etui-Kleid hervor, das Finn nur aus Dokus über den Kennedy-Klan kannte. Ein dünner, schwarzer Ledergürtel zierte ihre schmale Taille. Mit nach oben gezogenem Kinn und seitlich geneigtem Kopf zog sie, scheinbar unbeeindruckt vom Rauchverbotsschild, an dem langen goldenen Mundstück ihrer Zigarette. Kunstvoll zum Seitenscheitel frisiert, endeten ihre silbergrauen Haare mit einer Locke auf der einen Seite ihrer Stirn. Ihr Gesicht passte nicht ganz zu ihrer Eleganz – sie erinnerte stark an einen größenwahnsinnigen Deutschen aus dem 2. Weltkrieg, lediglich ohne Oberlippenbart. Da stand sie, eine wilde Mischung aus Vergangenheit und Versuchung, torkelnd auf hohen Absätzen. Betrunken kam sie näher und wandte sich, mit rauchiger, tiefer Stimme und inszenierten Augenzwinkern an ihn: »Na Süßer, auch keine Lust auf die langweiligen Vögel da oben in der Bar? Ich hab' da so 'ne Idee. Wie wäre es, wenn du und ich eine kleine Party in meiner Kabine veranstalten? Ich habe 'nen Trick oder zwei, die dich mein Alter schnell vergessen lassen. Also, was sagst du? Ein bisschen Nektar von meinem Leben, oder willst du hier versauern? Ich bringe dich schneller auf Touren als diese jungen Dinger.«

Finn zog die Augenbrauen hoch und blickte sie verwirrt an: »Madame, ich ...«

»Agnes.«
»Gut, Agnes. Danke fürs Angebot, aber ich hab' noch was zu erledigen.«
»Natürlich«, antwortete Agnes brüskiert und stolzierte davon. Ein paar Meter weiter kam sie ins Straucheln. Einer der Absätze brach ab, sie knickte zur Seite und fiel. Finn rannte zu ihr und half ihr wieder auf die Beine. Ein Schwall von kräftigem Portwein schlug ihm entgegen. Agnes schwenkte den kaputten Schuh vor sich, um ihn zu begutachten. Scheinbar konnte sie nicht mehr alles so scharf sehen. Ohne zu zögern, beugte sie sich zur Seite und zog den anderen Schuh aus.
»Alles okay, Madame?«
»Agnes.«
»Alles gut, Agnes?«
»Na sicher, mein Süßer. Hast du es dir anders überlegt?«, lallte sie.
»Ich würde gerne, aber ich hab' wirklich noch was zu erledigen.«
»Ihr Jungs habt immer was zu erledigen«, sie wandte sich von Finn ab und schmiss ihre Schuhe in einen Stahlmülleimer, der einer glänzenden Pille ähnelte, »Dann werd' ich die Party allein rocken müssen.«
Finn wollte ihr noch etwas sagen, aber ihm fiel nichts Passendes ein. Als Agnes um die Ecke bog, sang sie lallend: »Das Leben / ein süßer Rausch / der dich packt / bis zum Ende / deiner Tage.«
»Traumfüllung«, dachte Finn, als ihm bewusst wurde, dass

Betrunkene immer die Wahrheit sagten. Vielleicht hätte er sie um Rat bitten sollen. Sofort stürmte er hinter ihr her. Kaum war Finn um die Ecke gebogen, versperrte ihm ein dicker Mann, der mitten im Gang stand, den Weg. Verzweifelt versuchte sich Finn an beiden Seiten vorbeizudrücken, aber es ging einfach nicht, der Mann war zu breit und seine massiven Arme standen wie Schranken von seinem Körper ab.

»Bitte, ich muss vorbei.«

Der Mann schaute ihn weder an noch antwortete er Finn.

»Was soll der Scheiß? Komm, verpiss dich!«

Doch, auch das ließ ihn kalt. Finn musste ein merkwürdiges Bild abgegeben haben, wie er immer wieder versuchte, den stattlichen Mann zur Seite zu schieben. Seine Versuche endeten ergebnislos. Anstatt ihn zu bewegen, bewegte sich der Koloss auf ihn zu und drückte Finn dorthin zurück, wo er hergekommen war.

»Was zur Hölle«, schrie Finn, der Meter um Meter verlor, bis er schließlich wieder an der Ecke war, die zu den Fahrstühlen führte. Der Mann setzte unbeirrt seinen Gang fort. Als es Finn endlich gelang, sich an ihm vorbeizudrücken, war Agnes wie vom Erdboden verschluckt. Vor ihm lag ein leerer Flur. Es war kein Sterbenswort, es waren keinerlei Geräusche zu hören. Nichts deutete mehr darauf hin, dass er Agnes überhaupt begegnet war. Als er sich umdrehte, fehlte auch vom stattlichen Mann jede Spur, als wenn er sich einfach in Luft aufgelöst hätte. Sicher war er in eine der Kabinen gegangen, dachte Finn gereizt, aber das war ihm jetzt auch egal. Aus dem hätte er ohnehin nichts herausbekommen. Bei Agnes wäre das sicher anders gewesen, auch wenn er sich vor ihren Avancen hätte in Acht nehmen müssen. Resigniert drehte er um und machte sich auf den Weg ins Treppenhaus zu Deck 4.

Auf der Hälfte der Treppe zu Deck 4 erschreckte sich Finn. Ein Typ in dreckigen Jeans und schwarzem Hoodie kam die Stufen heruntergestürmt, stolperte und fiel ihm direkt vor die Füße. Als er ihm aufhelfen wollte, fauchte ihn dieser an: »Nimm deine Wichsgriffel von mir!«

Erschrocken wich Finn zurück. Der Typ war in seinem Alter. Sein Gesicht leichenblass und größtenteils von der Kapuze seines Hoodies verdeckt. Er schwitzte unnatürlich stark. Wenn Finn es richtig einschätzte, hatte der Typ ein Drogenproblem. Einstichstellen an einem seiner Arme, die aus dem Hoodie ragten, sprachen für Finns Annahme.

»Schon gut. Wollt' dir nur helfen.«

»Ich will deine Hilfe nicht. Eure scheiß Hilfe, ich brauch' sie nicht. Nichts brauch' ich von euch Wichsern.«

Mit aufgerissenen Augen sah er sich panisch zu allen Seiten um und fingerte in seinen Hosentaschen. Er schien verzweifelt etwas zu suchen. Als er schließlich eine kleine Metalldose aus der vorderen Tasche seines Hoodies zog, kauerte er sich entspannt an die Wand. Er entnahm ein kleines weißes Tütchen und eine Röhre, die einem kurzen, Strohhalm glich. Mit zittrigen Händen öffnete er die Tüte und streute eine Linie auf die goldenen, glatten Zierleisten der Treppe. Sich über den Boden schiebend, beugte er sich nach vorn und zog sich die weiße Linie durch das Röhrchen in die Nase. Kaum hatte er alles hochgezogen, lehnte er sich zurück an die Wand des Treppenaufgangs und packte sich mehrfach schnaubend an die Nase.

»Klasse, ein Junkie«, dachte sich Finn.

»Wow, Alter, das knallt, das knallt so richtig«, rief der Typ euphorisch, bevor er Finn von oben bis unten musterte, »Was bist'n du für 'n Vogel?«

»Finn, ich bin Finn.«

»Finn, na ja. Was willst du Penner?«, schrie er ihn plötzlich harsch an. So wie der Typ aussah, war das nicht das Einzige, was er sich reingepfiffen hatte.

»Nichts will ich. Du bist mir vor die Füße gefallen.«

»Was bin ich? Willst mich anmachen, oder was?«

Finn sah, wie er sich erhob und vor ihm aufblies. Seine Drohgebärde wirkte lächerlich. Der Junkie war klein, ragte ihm gerade mal bis zur Brust. Als er an ihm hochsah, blickte Finn in blutunterlaufene Augen. Er stellte keine ernsthafte Bedrohung dar.

»Kennst du Anaïs?«

»Was soll das sein? 'N Getränk oder was?«

»Wie wärs mit 'ner schönen Frau?«

»Deine Flamme? Hat sie dich verarscht, hä? Und jetzt suchste die?«

Finn wurde der Typ langsam zu bunt, er antwortete nicht. »Anaïs, Anaïs! Komm raus, der kleine Finn sucht dich. Anaïs! Komm schon, der Finn will dich ficken«, schrie der Junkie plötzlich so laut, dass Finns Ohren schmerzten.

»Anaïs, Anaïs!«, schrie er weiter, wie im Delirium. Finn konnte fast hören, wie sein Geduldsfaden riss. Mit dem Unterarm drückte er den Hals des Junkies an die Wand: »Halt die Fresse, du Arschloch!«

Doch der Junkie dachte nicht daran und schrie, soweit es sein an die Wand gedrückter Hals zuließ, immer wieder ihren Namen. Dazu lachte er wirr.

»Ich hau' dir deine Visage ein«, drohte Finn, holte aus, erstarrte aber sofort in seiner Bewegung. Zwischen seinen Beinen hatte er etwas Kaltes, Metallisches bemerkt. Das konnte nur ein Messer sein.

»Gut, alles gut. Ruhig, okay? Ich lass' dich los und dann ist alles gut.«

»Und wie du das machen wirst, sonst fällt dein Gartenschlauch zu Boden«, zischte der Junkie.

Finn ließ von ihm ab und hielt seine Hände hoch. Als er spürte, dass daraufhin das Messer zwischen seinen Beinen verschwand, atmete er erleichtert aus: »Wir beruhigen uns, okay?«

»Du kommst mir nicht noch mal in die Quere, du Arschloch«, schrie ihn der Typ an. Noch bevor Finn reagieren konnte, holte der Typ aus und hieb mit dem Messer in Richtung seines Gesichts. Finn schrie auf, spürte einen brennenden Schmerz an der Wange. Als er seine Finger anblickte, waren sie blutverschmiert. Der Typ hatte ihn tatsächlich erwischt. Glücklicherweise schien ihm das aber zu reichen, denn er stieß Finn zur

Seite. Er konnte sich gerade noch am Treppengeländer festhalten und dem Junkie dabei zusehen, wie er die Treppe hinunterrannte. In einer Biegung machte er halt, lachte wirr und streckte ihm seinen Mittelfinger entgegen. Dann war er verschwunden.

Die Offenbarung

Finn fragte sich, wieso er sich nicht gleich an den Kapitän gewandt hatte. Der sollte doch wissen, was hier vor sich ging. Dafür müsste er zum Deck 7 fahren. Bestimmt war der Kapitän auf der Brücke. Aber was sollte er ihm sagen? Dass er an Bord des Schiffes gekommen und es zu dem Zeitpunkt ein gestrandetes Wrack gewesen war? Na und später hatte er Anaïs in einer der Kabinen gefunden. Die konnte ihre Wünsche an die Wand kritzeln und sie wurden erfüllt. Nur einer ihre Wünsche nicht, die Kabine zu verlassen. Würde ihn der Kapitän nicht wegsperren lassen? Finns Leben bewegte sich wieder mal gefährlich nah am Wahnsinn.

Gedankenverloren blickte er auf die roten Nummern am Fahrstuhl, die langsam niedriger wurden, bis der Fahrstuhl hielt und sich die Tür öffnete. Lässig in der Ecke der Kabine gelehnt stand der Kapitän des Schiffes, zumindest erzählten das die Streifen seiner Uniform. Neben ihm auf dem Boden lag, den Kopf stolz erhoben, ein zwei Meter langer, grüner Leguan. Finn war sprachlos vom Anblick, der sich ihm bot. Der Kapitän, in dessen Mundwinkel eine Gitanes maïs steckte, hätte der Zwillingsbruder von Benicio del Toro sein können. Seine Frisur, mit kürzeren Seiten und etwas längerem Deckhaar, hing strähnig über seine Stirn und wirkte, als wenn ihm der Föhn explodiert wäre. Er machte den Eindruck eines Partygängers, der kurz vor dem ersten Sonnenlicht die Bar verließ. Sein Kopf bewegte sich ähnlich wie der eines Wackeldackels. Hin und wieder gaben seine Knie nach und er musste sich an der Rückwand der Kabine nach oben drücken. Er bemühte sich, seine dunklen, tief liegenden Augen offenzuhalten. Seine markanten Gesichtszüge und Ausstrahlung standen in starkem Kontrast zum Zustand seiner Uniform. Sie wirkte abgewetzt, die Kapitänsmütze, die er in seiner Hand hielt, war zerknittert und an der Seite seines Sakkos konnte Finn durch einen kleinen Riss das Futter sehen.

Der Kapitän brauchte etwas Zeit, um Finns Anwesenheit zu registrieren. Als er ihn erspähte, spuckte er in die Hände und frisierte seine Haare zurück. Mit Mittelfinger und Daumen strich er seine Augenbrauen glatt. Man hätte sagen können, dass ihm der Abend schwer zugesetzt hatte, doch es war gerade mal Mittag. Passend zu seinem glanzvollen Auftritt war aus den Boxen des Fahrstuhls »Quiet Nights Of Quiet Stars« von Getz/Gilberto zu hören. Lediglich der Versuch des Kapitäns, an seiner Zigarette zu ziehen, endete in einem Hustenanfall. Als er sich wieder gefasst hatte, sah er Finn an und lallte: »El corazón del hombre traicionado llora en silencio, cargando el peso de una confianza rota.«

»Das Herz des betrogenen Mannes weint still, trägt die Last eines gebrochenen Vertrauens«, hörte er eine andere Stimme aus dem Fahrstuhl sagen. Verwirrt, woher die andere Stimme kam, runzelte Finn die Stirn und betrachtete den Leguan. Entweder der Kapitän war Bauchredner, oder die Stimme war vom Leguan gekommen.

»Ach du Scheiße«, Finn machte sich ernsthaft Sorgen um seinen Geisteszustand. Er hatte als Jugendlicher gelegentlich mal Drogen genommen. Auch heute war noch gerne mal was am Start, aber nur Cannabis. Hatte das Zeug seinem Hirn schon dermaßen zugesetzt?

»Das macht er halt.«

»Was, macht wer?«, fragte Finn und hoffte inständig, dass er sich nicht noch mit einem Leguan unterhalten würde. Dabei hatte er ganz klar gesehen, dass die Echse ihr Maul bewegt hatte.

»Na, José, der Kapitän.«

»Ah, ja klar, der Kapitän«, kam es aus Finn unsicher heraus, während er mit einem leicht verwirrten Blick den Leguan ansah.

»Stier mich nicht so an!«

»Klar, entschuldige.«

Hatte er sich etwa beim Leguan entschuldigt? Es war doch nicht normal, dass ein Leguan sprach, oder etwa nicht?

»Oh Captain, my Captain! Den Typen kannste erst mal vergessen. Seine Frau Celeste hat ihn wieder mal betrogen. Ist aber bei einer Nymphomanin fast vorherzusehen. Immer wenn er es erfährt, gibt's Streit und dann besäuft er sich.«

»Und wer steuert das Boot?«

»Gute Frage, weiß ich nicht. Unser Kapitän aus Puerto Rico jedenfalls nicht. Ich lach' mir 'nen Ast. Der Typ ist voll wie 'ne Natter. Der kann froh sein, dass er sich noch auf den Beinen halten kann, dieser Lügner.«

»Lügner?«, fragte Finn unsicher. Er hatte noch immer mit der

Tatsache zu kämpfen, dass er sich mit einem Leguan unterhielt.

»Von wegen, José kommt aus Puerto Rico. Das hat er alles erfunden, um die Weiber aufzureißen. Und dann noch seine abstrusen Abenteuergeschichten. Seine Herkunft einfach alles ist lächerlich an ihm.«

»Lächerlich?«

»Sag mal, äffst du mich nach? «

»Ich, nachäffen? Nein, nein. Ich bin nur etwas verwirrt.«

»Der redet spanisches Kauderwelsch. Und er kommt auch nicht aus Puerto Rico. Er war Barbesitzer auf Mallorca. Den Laden hat er mit seinen ausschweifenden Partys an die Wand gefahren und jetzt macht er einen auf Kapitän. Ich meine, wo kommen wir denn hin, wenn jeder macht, was er will? Wir dürfen unsere Herkunft nicht verleugnen.«

»Verleugnen?«

»Ja, verleugnen. Bist du ein Papagei, oder was?«

»Was verleugnet er denn noch so?«

»Von wegen José. Der Typ heißt Jochen und kommt aus Bielefeld.«

»Das gibt's doch gar nicht.«

»Ja, genau. Das gibt's gar nicht.«

Finn spürte, wie ihm plötzlich schwindelig wurde, bevor er der Länge nach auf den Boden fiel. Das Letzte, was er sah, war der mächtige Kopf des Leguans, der sich über ihn beugte.

Als Finn erwachte, fand er sich auf einer Liege inmitten einer Kabine des Schiffes wieder. Er konnte nur das Fernsehmöbel, die Minibar und einen Standspiegel sehen. Zu seiner linken in Richtung Bad und Ausgang der Kabine war die Sicht durch einen grünen Sichtschutzvorhang versperrt. Das Behandlungszimmer des Schiffsarztes konnte es keinesfalls sein. Der Raum roch weder steril noch hatte man PVC-Boden verlegt. Es sah alles wie ein Provisorium aus. Aber wofür? Finn fühlte sich matt und dachte darüber nach, wie er zu der Beule an seinem Kopf gekommen war, als der grüne Vorhang zur Seite geschoben wurde.

Eine schlanke Schönheit mit glatten, langen schwarzen Haaren trat an sein Bett. Sie trug ein sehr knappes, schwarzes Lackoutfit, wie es in billigen Männerfantasien vorkam. Ihre Stirn zierte ein schwarzes Lack-Teil mit rotem Kreuz. Ihre üppige Oberweite hielt ein Schnüroberteil in Zaun, das mit seiner Aufgabe überfordert zu sein schien. Unter dem rot-schwarzen, bauchnabelfreien Top trug sie enge schwarze Lack-Shorts mit hoher Taille. Ihre Beine steckten in hohen, schwarzen Lackstiefeln. Das dünne Gummi schmiegte sich wie eine zweite Haut an ihre sonnengebräunten Kurven.

»Wahoho! Moment«, rief Finn und hielt seine Hände abwehrend hoch, um ihr klarzumachen, dass sie bleiben sollte, wo sie war. Über Finns Verhalten verwundert, legte sie ihren Kopf zur Seite und machte einen Schmollmund. Allerdings hatte er die Wirkung seiner Worte überschätzt. Sie kam näher und legte ihre Hand auf die Innenseite seines Oberschenkels.

»Du warst verletzt. Ich hab' dich gefunden, Süßer. Du könntest dich durchaus dankbar zeigen.«
»Was? Wie? Seid ihr hier alle total durchgeknallt? Und überhaupt, wo bin ich hier eigentlich und wer sind Sie?«
»Ich bin Valeria, immer zu Diensten«, hauchte sie. Finn war sofort klar, dass sie keinen Deut von dem, was er gesagt hatte, verstanden hatte.
»Oh, Shit. Wer ist das denn?«, entfuhr es Finn, als er einen mageren, blassen Mann Anfang vierzig mit blauem Schlafanzug im Spiegel entdeckte. Er stand wie festgewachsen da und hielt einen Kaffeebecher in der Hand. Ein paar seiner dünnen, hellbraunen Haare bildeten einen nicht gerade ansehnlichen Seitenscheitel.
»Ich hätte gerne eine Portion kalte Schwimmbad-Pommes mit Senf und Erdbeeren.«
»Hallo Steve«, begrüßte ihn die Krankenschwester. Sie war von seinem Auftauchen nicht überrascht.
»What the fuck?«, fragte Finn und schaute Valeria verwirrt an.
»Er leidet unter Narkolepsie, einer Schlafkrankheit. Steve, mein Mann, sagt Sätze, um sein Gehirn zu beschäftigen. Hilft ihm, wach zu bleiben. Oder er läuft herum, das geht dann auch. Meistens wenigstens.«
Kaum hatte sie zu Ende gesprochen, fiel Steve die Kaffeetasse aus der Hand. Mit einem dumpfen Laut landete sie auf dem Teppich und kippte zur Seite. Ein Teil der schwarzen Plörre klatschte an Valerias Stiefel. Steve stand völlig unbeteiligt da, schien zu schlafen.

»Klappt super«, stellte Finn fest und schwang sich von der Liege. Im selben Moment hämmerte jemand an die Kabinentür.

»Mach auf Vallie!«, rief ein Mann aggressiv. Er wartete nicht auf Valerias Antwort. Mit einem lauten Krachen schlug die Tür an die Wand der Kabine. Ein bierbäuchiger Mann mit spärlichem, silbrig schimmerndem Haar stürzte herein. Er trug eine Feinripp-Unterhose und ein offenes Hawaiihemd, aus dem buschige, weiße Brusthaare heraus wucherten. Sein verschwitzter Körper war mit schweren Goldhalsketten behangen. Ein aufdringliches, schweres Parfum breitete sich augenblicklich im ganzen Raum aus.

»Richie«, säuselte Valeria, als er sie am Handgelenk packte.

»Was will der Typ?«, herrschte er sie an, ohne seinen Blick von Finn zu nehmen.

»Den habe ich auf Deck 3 gefunden. Ich wollte eigentlich gerade zu dir, mein Sahnestückchen.«

Valeria drehte sich zu Richie, kniff ihn in seine behaarte Brustwarze, dann küssten sie sich. Finn konnte von der Seite sehen, wie sich seine und ihre Zunge außerhalb ihrer Münder trafen, um dann einzutauchen. Bei dem Anblick wurde ihm übel.

»Ist mir schlecht«, entfuhr es Finn und zog damit die Aufmerksamkeit Richies auf sich.

»Und du kleiner Penner? Siehst du nicht, dass wir zu tun haben?«

Finn erhob sich und erst in diesem Moment fiel ihm auf, dass er keine Hose, rein gar nichts trug. Er stand nackt vor Gold-

Digger-Valli und ihrem ach so tollen und scheinbar reichen Stecher. Steve stand unbeteiligt an der gleichen Stelle wie vorhin und schnarchte mittlerweile.
»Was ist, ich hab' dich was gefragt!«
»Ich stör' nicht weiter. Bin schon weg.«
Finn war froh, als er seine Sachen auf einem Stuhl neben dem Bett entdeckte. Hastig zog er sich an und schnappte sich seinen Rucksack. Als er einen Blick hineinwarf, stellte er zu seiner Überraschung fest, dass weder das Bargeld noch etwas anderes fehlte. Scheinbar hatte Valeria nicht erwartet, dass es bei ihm etwas zu holen gab.
»Was soll das, Baby?«, fragte Richie Valeria.
»Bin schon weg«, sprach Finn vor sich hin.
Der bierbäuchige Mann packte seinen Arm und hielt ihn fest: »Nicht so eilig, du Schnösel. Kommst hierher, amüsierst dich mit meiner Valli und dann willste dich aus'm Staub machen?«
»Da lief nichts«, antwortete Finn genervt und versuchte, seinen Arm zu befreien, doch Richie drückte fester zu.
»Das kannst du sonst wem erzählen. Du bleibst hier und schaust uns zu«, befahl ihm der Dicke, ließ Finns Arm los und fingerte sein Ding aus dem Hosenstall. Der Geruch nach Schweiß und seinem widerlichen, schweren Parfum wurde stärker, es war zu viel für Finn. Er würgte und unterdrückte mühsam einen Brechreiz. Hinter den beiden gab Steve plötzlich ein hochziehendes Keuchen von sich. Ihr Geschrei musste ihn geweckt haben.
»Wie sollen wir damit die Küche streichen?«, rief Steve in die

Runde und zeigte auf Richies Ding, das schlaff aus seiner Hose hing.
Finn nutzte die Ablenkung, stieß Richie zur Seite und stürmte an ihm vorbei. Er klatschte mit dem Gesicht gegen die Kabinenwand und schrie Finn hinterher: »Du verdammter Jüngling. Bleib hier!« Finn ignorierte ihn, lief zur Tür, riss sie auf und rannte durch den Gang in Richtung Fahrstuhl. Dort angekommen, schlug er hastig auf den Rufknopf und blickte auf die Anzeige der Stockwerke. Sieben, sechs, fünf, die Tür ging auf und Finn sprang in die Kabine. Panisch drückte er alle Knöpfe, damit sich die Tür so schnell wie möglich schloss, und erschrak, als plötzlich jemand mit einem Grand Jeté en Avant, also mit einem Spagat an der Fahrstuhltür vorbeisprang. Es war ein Balletttänzer mit nacktem Oberkörper und engen, silbernen Leggings.
Finns Stirn legte sich in Falten. Er schaute ihm noch hinterher, um sich zu vergewissern, dass es stimmte, was er gesehen hatte, als sich die Fahrstuhltür schloss. Schwer atmend drückte er sich an die Wand. Als sich die Tür auf dem zweiten Deck öffnete, schaute Finn vorsichtig hinaus und prüfte, was ihn links und rechts davon erwartete. Zu seiner Erleichterung war niemand zu sehen.

Nachdem er den Fahrstuhl verlassen hatte, entschied er sich für einen der Gänge. Gähnend blickte er auf das sich monoton wiederholende Webmuster des Teppichs, bis er eine Baby-Spieluhr hörte. Als Finn aufsah, standen in einiger Entfernung zwei Männer mit einem Kinderwagen vor ihm. Vom Gesicht her mussten es Zwillinge sein. Abgesehen von den Bärten in ihren Gesichtern wäre es nicht aufgefallen, dass es Männer waren. Das lag vermutlich daran, dass sie lange schwarze Haare trugen, die zu jeweils zwei Zöpfen, mit hellblauen Schleifen an ihren Enden, geflochten waren. Sie waren in blaue Kleider mit weißen Rüschen an Hals und Armen gekleidet, standen einfach da und sahen Finn schweigend an. Als ein Baby im Wagen schrie – es klang wie eine Kassettenaufnahme – schlug einer von ihnen das Dach des Kinderwagens zu. Finn hörte, dass es sich um kein echtes Baby, sondern wirklich um eine Aufnahme handelte, denn stellenweise leierte das Band. Die Situation war dermaßen creepy, dass Finn beschloss, den beiden besser aus dem Weg zu gehen und im gegenüberliegenden Gang zu verschwinden. Die beiden hatten definitiv nicht alle Latten am Zaun.

Wie sollte das hier noch weitergehen? Bisher hatte er nichts herausfinden können. Er war nur in Situationen geraten, die ihm, würde er sie jemandem erzählen, niemand abkaufen würde. War das alles wirklich so passiert? Ein sprechender Leguan? Echt jetzt? Oder hatte ihm sein Gehirn wegen jahrelangen Drogenkonsums böse Streiche gespielt? War das nicht etwas unverhältnismäßig für einen gelegentlichen Konsum von Cannabis?

Als sich Finn näher umsah, blieb er vor einer Tür stehen, auf der eine geschnitzte und bemalte Tarotkarte zu sehen war. Damit kannte er sich etwas aus, denn seine Ex hatte sich mit

Tarot beschäftigt. Das war letzten Endes auch ein Grund gewesen, die Beziehung zu beenden. Finn glaubte nicht an diesen Hokuspokus, aber nach dem, was hier an Bord passiert war, hielt er mittlerweile nichts mehr für unmöglich. Die Tarotkarte auf der Tür zeigte die Hohepriesterin. Im Tarot repräsentierte sie die weibliche Intuition, Geheimnisse und das spirituelle Wissen. Auf einem Thron sitzend, hielt sie ein Buch, symbolisierte innere Reflexion und spirituelles Wachstum. Die Karte ermutigte, auf die innere Stimme zu hören und verborgenes Wissen zu erkunden. »Das passt doch wie die Faust aufs Auge«, dachte sich Finn und klopfte an. Als sich nichts tat, versuchte er es ein weiteres Mal. Doch es passierte wieder nichts. Er legte seine Hand auf den Knauf der Tür und wollte ihn gerade zum Öffnen drehen, als eine weibliche Stimme aus der Kabine zu ihm sprach. Augenblicklich ließ er den Knauf der Tür los. Kein Wunder bei dem, was er gehört hatte: »Hallo Finn. Ich habe dich bereits erwartet.«

Seine Versuche, Anaïs zu helfen, waren bisher alle im Sand verlaufen. Das Orakel kannte ihn scheinbar oder wartete bereits auf ihn. War das ein gutes Zeichen? Auf jeden Fall würde sie ihm am ehesten weiterhelfen können. Finn griff wieder nach dem Knauf, drehte ihn, mit der Entschlossenheit, die ihm vorher gefehlt hatte, und trat ein.

Das Innere der Kabine war dunkel, da der größte Teil des Raumes sich innerhalb eines kreisrund aufgehängten, bis zum Boden reichenden, roten Samtvorhanges befand. Finn trat durch den Vorhang und blickte auf einen schwarzen Tisch mit einer Kristallkugel, hinter dem eine blasse Frau mit schwarzen, gelockten Haaren saß. Sie trug ein rot-gelbes Kopftuch mit Ornamenten, eine schulterfreie, weiße Bluse, die in einem schwarzen Korsett endete und erinnerte ihn unweigerlich an eine schlechte Zirkusnummer. Als er sich zögernd näherte, winkte sie ihn herbei, deutete ihm, er solle auf dem Stuhl am Tisch, ihr gegenüber, Platz nehmen. Das Gesicht der Frau war von Falten durchzogen, ihre Augen geschlossen.

Es herrschte eine geheimnisvolle Stimmung. Auf dem Tisch brannten riesige, weiße Kerzen, deren Wachs sich seit längerer Zeit über den Tisch verteilt hatte. Die ältere Dame hatte das gewisse Charisma und machte ihren Job verdammt gut. Eine Preisliste für ihre übersinnlichen Dienste lag nicht aus, was Finn eher beunruhigte. War er überhaupt allein mit ihr an diesem von roten Samtvorhängen umhüllten Ort der Stille? Selbst die Motorengeräusche des Schiffes schienen hier gedämpft zu sein. Dabei war er doch auf Deck 2, also näher am Maschinenraum.

»Gut und jetzt?«, sprach Finn, um die bedrückende Stille zu brechen, doch sie antwortete nicht. Als Finn ihre Glaskugel berühren wollte, schrak er zusammen. Die Frau hatte schlagartig die Augen geöffnet und ihn am Arm zurückgehalten. Was ihn erstarren ließ, waren ihre milchigen Augen. War sie blind, trug sie erstklassige, weiße Kontaktlinsen oder konnte sie tatsächlich die Augen nach hinten drehen?

»Niemand fasst sie an, außer mir.«

»Klar, geht in Ordnung. Verzeihen Sie.«

Sie zögerte und ließ seinen Arm los, der von ihrem unnatürlichen harten Griff schmerzte. Wenn sie blind war, wie hatte sie mitbekommen können, dass er nach der Glaskugel gegriffen hatte? Das war etwas billig, dachte Finn und fasste den Entschluss, zu prüfen, ob sie wirklich blind war. Während sich die Frau kein Stück bewegte, machte Finn Grimassen und langte zweimal sehr dicht vor ihr Gesicht.

»Nicht sehr freundlich, Finn.«

»Ich wusste, dass Sie sehen können.«

»Kann ich nicht, aber einer wie du macht Dinge wie du.« Ihre Mundwinkel zuckten und Finn fühlte sich verarscht. Nach all den Dingen an Bord brauchte er nicht auch noch eine Gauklerin. Aber war das nicht schon klar gewesen, bevor er eingetreten war? Niemand hatte ihn darum gebeten oder sich aufgedrängt. Abgesehen davon, dass sie von seinem Auftauchen vorher gewusst hatte.

»Woher kennen Sie meinen Namen?«

»Ich bin ein Orakel.«

»Klar, das hatte ich ganz vergessen. Aber jetzt mal ohne Scheiß. Woher wussten Sie, dass ich komme?«

»Die Glaskugel und die Karten. Beide sprachen zu mir.«

Finn konnte sich nicht mehr zurückhalten und lachte laut.

»Ein wenig Respekt wäre nett, Finn. Vor allem nach dem, was in Berlin vorgefallen ist.«

»Berlin? Woher wissen sie davon?«, fragte Finn, dessen Lachen schlagartig einer ernsten Miene gewichen war.

»Ich bin das Orakel. Schon vergessen?«

Er begriff, dass es sinnlos war, in diese Richtung weiterzumachen. Entweder er machte kehrt und verließ das Orakel oder er würde einfach sitzen bleiben und sich anhören, was sie zu sagen hatte. Finn entschied sich für das Zweite.

»Bleiben ist eine gute Wahl«, sprach das Orakel wieder zu ihm.

»Also gut. Wir machen es so, wie Sie wollen.«

»Da wird dir nichts anderes übrig bleiben, Finn.«

Mit einem Fingerschnippen entzündete sie verschiedene Kräuter in einer Schale, die vor Finn auf dem Tisch stand.

»Wohoo, geil! Also von Show verstehen Sie was.«

Das Orakel ging nicht auf Finns Kommentar ein, sondern wedelte mit ihrer Hand über der kleinen Flamme. Der Rauch breitete sich im ganzen Raum aus. Es roch nach weißem Salbei, Myrrhe, Weihrauch und Düften, die er noch nie zuvor gerochen hatte. Direkt auf den Kräutern befand sich eine kleine Schale, die mit einer milchigen Flüssigkeit gefüllt war. Das Orakel saß wieder regungslos und stumm vor ihm. Plötzlich bemerkte Finn, dass sich die Farben und Formen der Gegenstände im Raum zu verändern schienen. Er hatte das Gefühl, dass sich an manchen Stellen der Vorhang bewegen würde und als er seine Spiegelung in der Kristallkugel entdeckte, sah er, dass sich sein Gesicht zu einer lachenden Fratze verändert hatte. Erschrocken betastete Finn seine Wangen, Stirn und Kinn. Es fühlte sich an, als ob alles beim Alten wäre. War ihm zunächst nicht zum Lachen zumute gewesen, spürte er plötzlich

einen unerklärlichen Drang dazu.
Die Bluse des Orakels schien zu fluoreszieren; sie strahlte in wechselnden Farben. Finn sah, wie die Frau in Zeitlupe zum Stapel der Tarotkarten griff. Ihre langen, roten Fingernägel schienen sich dabei zu verformen. Sie waren an ihren Enden spitz wie kleine Dolche und flößten Finn Angst ein. Vorher war ihm das überhaupt nicht aufgefallen. Bedächtig nahm das Orakel die oberste Karte vom Stapel und legte sie aufgedeckt vor Finn. Es war der Tod. Ein Luftstoß ging durch den Raum, die Karte auf dem Tisch schien sich zu bewegen, ja fast zu verformen, als ob sie Wasser wäre. Das Gesicht des Orakels wirkte riesig, während die Karte des Todes zu schrumpfen und sich immer weiter zu entfernen schien. Sah er das wirklich? Die Karte sank in den schwarzen Tisch ein und stieg gleich darauf wieder auf. Finns Kopf fühlte sich an, als ob er sich öffnen würde. Ängstlich tastete er seinen Schädel ab, konnte es aber nicht bestätigen. Mit einem Mal schossen ihm Ideen durch den Kopf. Ideen, die er jahrelang vor sich hergeschoben hatte.
Das Orakel nahm zwei weitere Karten verdeckt auf und hielt sie abwartend in ihren riesigen Händen, die Finn so groß erschienen, als ob sie den halben Raum einnahmen. Sie legte die beiden Karten ebenfalls vor ihm ab und Finn kam das Geräusch, das sie dabei verursachte, schmerzhaft laut vor. Es wirkte, als ob er Töne und Farben viel intensiver wahrnehmen würde.
Die Karten waren die der Liebenden und die der Gerechtigkeit. Als er das Orakel ansah, gab sie summende Geräusche von

sich. Ein weiteres Mal riss sie ihre Augen auf. Sie wirkten wieder wie nach hinten gerollt. Ihr Kopf drehte sich um 360 Grad im Kreis.

»Was zur Hölle! Das ist so was von 'ne geile Show! Nicht der übliche Scheiß, kein Mainstream – das ist roh, das ist echt. Das hier ist ein verdammter Mittelfinger gegen die Konventionen. Vergiss das Gelaber – das hier ist wie ein Schrei in der Nacht. Eine Rebellion, die dir sagt: ›Schau her, Welt, ich mache, was ich will! Lehn' dich zurück und lass dich von dieser Achterbahn der Absurdität mitreißen.‹ Das ist keine Show – das ist 'ne verdammte Party!«, grölte Finn. Er war außer sich, konnte sich nicht erklären, wo sein Stimmungswandel herkam und was er gerade wie ein Manifest von sich gegeben hatte. Finns Herz schlug wild, als er das Orakel anblickte. Ihr Mund stand weit offen, wurde immer größer und größer. Schließlich war er so groß, dass er ihn und seinen Stuhl, auf dem er mit nervös wippenden Beinen saß, komplett umschloss. Finn befand sich in ihrem Mund, einer schwarzen Höhle. Es lief ihm eiskalt den Rücken hinunter, als ihr Gesumme in eine Stimme überging. Sie kam von allen Seiten, ihre Worte wurden zu Farben, die laut, dunkel und bedrohlicher wirkten.

»Ist doch klar, ich sitze samt Stuhl in ihren Mund«, dachte Finn, als wäre es normal. Als er über diese Absurdität nachdachte, fing er wieder an zu lachen. Doch kaum eine Sekunde später verging es ihm. Eine unheilvolle Ahnung manifestierte sich in seinen Gedanken, seinem Körper. Sie rieten ihm, aufzupassen; Anaïs' und sein Leben hingen am seidenen Faden.

Ein Rätsel

»Die Uhrmacherin der Träume hält Anaïs im Bann. Nur der Schatz der himmlischen Elefanten öffnet das Tor zur Freiheit. Finde den heiligen Ort, an dem einst ihre Spuren den Boden berührten. Bringe von ihrem Erbe mit, um die gefangenen Seelen zu befreien. Cortez brachte den Fluch auf dieses Schiff. Finde die Relikte, nur so befreist du sie. Doch sei gewarnt, auf der Suche nach dem Leben, begegnest du dem Tod – auf der Insel der tausend Sterne. In Träumen lauern unzählige Gefahren. Verschwimmen werden die Grenzen der Realität. Und jetzt geh! Hinfort mit dir!«, donnerte die Stimme des Orakels von allen Seiten aus der Dunkelheit.
Unsanft, wie aus einem Albtraum, schreckte er hoch. Dabei krachte sein Stuhl so laut auf den Boden, als würden riesengroße Tannen um ihn gespalten. Finn wischte sich seine trockenen Augen. Hatte er geschlafen, was war passiert? Wie Fragmente eines Traumes sah er die Bilder noch einmal vor sich. Er war durcheinander, denn als er sich im Raum umsah, war er allein. Da saß kein Orakel am Tisch. Er war auch nicht in ihrem Mund. Was für eine abstruse Vorstellung. Das Einzige, was an sie erinnerte, war eine Schale, deren verbrannter Inhalt noch vor sich hin glimmte. Hatte er sich alles nur eingebildet?

Auf wackligen Beinen verließ Finn die Kabine. Ihm war übel und er hatte einen seltsamen Geschmack im Mund. Die

Worte des Orakels hallten noch immer in seinem Kopf. Als er durch den Flur ging, wiederholte er die Offenbarung des Orakels mehrfach vor sich her. Er wollte sie auf keinen Fall vergessen.

»Himmlische Elefanten, das Erbe, ein Fluch, Cortez, geheimnisvolle Relikte und die Insel der tausend Sterne«, was hatte das nur zu bedeuten? Finn war mit sich selbst beschäftigt und bekam nicht mit, dass er den gleichen Weg, den er gekommen war, wieder zurückgegangen war. Er befand sich wieder auf dem Verbindungsgang mit den Fahrstühlen und der Treppe. Seine Kehle war so trocken, dass er Schmerzen beim Schlucken hatte. Ebenso verspürte er starken Hunger. Als er auf der Ausschilderung von der Küche auf Deck 1 las, folgte er den Treppen hinunter. Er war ohne Energie, völlig ausgelaugt. Gefühlt musste es schon spät am Nachmittag sein. Er hatte den halben Tag damit verbracht, an Informationen zu kommen, um Anaïs befreien zu können. Und was war dabei herausgekommen? Finn hatte einen Haufen Verrückte getroffen und der Spruch des Orakels, den er mittlerweile fast auswendig kannte, begleitete ihn wie ein Mantra. Er vermisste Anaïs. Ob sie ihn auch so sehr vermisste?

Was hatte es mit der Insel der tausend Sterne auf sich? Anaïs hatte ihm schon davon und von der Haifischbucht erzählt. Befand sich die Lösung auf dieser Insel? Er würde gut daran tun, Anaïs zu erzählen, was vorgefallen war. Doch bevor er sich an Bord des Schiffes noch in weitere Gefahren begeben würde, musste er etwas essen.

Die Küche erstreckte sich vom hinteren Teil des Schiffes bis zum Verbindungsgang mit den Treppen. Es duftete verführerisch nach Essen, reduziertem Wein, Reis und diversen Kräutern. Besonders Chili und Zitronengras stachen hervor. Bevor Finn durch die Schwingtür der Küche trat, blickte er durch deren kreisrunde Fenster. Der Raum war weiß gefliest und wirkte sehr sauber. Die Metallblöcke und -flächen glänzten im Licht der Deckenlampen. Alles war effizient eingerichtet, um eine reibungslose Zubereitung zu gewährleisten. Ein paar große Töpfe dampften auf kleinen Gasflammen vor sich hin und auf einer Anrichte standen hochpolierte Servierglocken und mehrere Stapel von blütenweißen Tellern. Aus einem alten Küchenradio spielte der Song »Natasha« von Peter Thomas – und das in Thailand. Das Lied stand einem James Bond Intro nicht viel nach, war aber die Titelmelodie eines Aufklärungsfilms aus den 60er-Jahren gewesen: Van De Velde – »Die vollkommene Ehe & Das Leben zu zweit«. Vor ein paar Jahren war der Streifen sogar bei Finns Freund gelaufen. Er hatte ihn als Partygag an die Wand projiziert. Heutzutage würde man den Film als schlechten Witz, frauenfeindlich, moralisierend und verschroben bezeichnen. Ähnlich wie die damaligen Folgen der Verkehrsaufklärung »Der 7. Sinn«, wenn es wieder mal um die Frau am Steuer gegangen war.

Finn war verwundert, dass sich kein Personal in der Küche befand. Machten sie vielleicht gerade eine Zigarettenpause oder steckten in einer Besprechung? Behutsam drückte er die Salontür auf und hielt sie hinter sich fest, um das wippende, laute Geräusch beim Schließen zu vermeiden. Drinnen orientierte er sich erst einmal. Neben zwei Kühlhäusern entdeckte er einen für ihn interessanten Vorratsraum ohne Tür. In ihm befanden sich volle, in U-Form aufgestellte Regale. Da musste doch auch etwas für ihn dabei sein.

Neben diversen riesigen Dosen, Eimern und Behältern mit Soßen waren auch alle möglichen Arten von Gemüse und Obst in Marktkisten einsortiert. Ein Regal interessierte ihn besonders. Es war gefüllt mit diversen Riegeln, Trockenfrüchten, Zwieback, Getränkedosen auf Paletten und ein paar Tüten Capri Sonne. Finn öffnete einen der Getreideriegel, nahm einen großen Bissen davon und gönnte sich eine Capri-Sonne. In dem gegenüberliegenden Regal fand er Non-Food Gegenstände wie Messer, kleine Waagen, Töpfe, Scheren, Rührstäbe, Küchentücher und alles, was man sonst noch in einer Küche benötigte. Mit dem Gedanken, dass sie später nützlich sein könnte, ließ er eine Machete im Rucksack mitgehen. Als er an den Obstkisten vorüberging, steckte er sich gierig ein paar Weintrauben in den Mund und verließ die Vorratskammer. Peter Thomas' Lied klang aus, als sich Finn auf leisen Sohlen zu einem der Kochtöpfe schlich. Nun war »Anonimo Veneziano« von Stelvio Cipriani an der Reihe. Der Soundtrack einer venezianischen Romanze aus den 70er-Jahren.

»Was für ein verrücktes Tape einer thailändischen Küchencrew«, dachte Finn. Grinsend griff er zu einer Kelle, die von einem Dunstabzug hing und versenkte sie in einem Topf mit brauner Soße, die nach Rotwein roch. Als er die Kelle wieder herauszog, dampften dunkle Rindfleisch- und Karottenstücke darin. Er pustete mehrfach, dann probierte er vorsichtig. Es war tatsächlich Boeuf en Daube. Das Fleisch war heiß und er musste aufpassen, sich nicht zu verbrennen. Aber Finns Hunger war größer, er verschlang alles und legte noch mal nach. Es schmeckte unverschämt gut.

»Mon dieu, c'est exquis!«, verfiel Finn ins Schwärmen. In diesem Moment fiel ihm die Kelle aus der Hand und schepperte auf den Boden. Er spürte den Lauf einer Pistole im Rücken.

»Bitte Freitag, nicht schießen. Sie bekommen alles, was Sie wollen«, stotterte Finn.

Der Druck des Laufes ließ augenblicklich nach. Finn wartete ein paar Sekunden, dann drehte er sich langsam um.

»Ai, so, wierllich alles, was ich vil?«

Finn fiel ein Stein vom Herzen. Vor ihm stand nicht Freitag, sondern ein thailändischer Koch in weißer Uniform. Hinter ihm, ein weiterer Mann von viel größerer Statur, wahrscheinlich von chinesischer Herkunft, in goldener Kochuniform, mit schwarzem Bund und einem rotem gesticktem Drachen auf der Brust. Deutlich las Finn die großen Buchstaben CHEF. War er der Vorgesetzte des dünnen und kleineren Kochs? Der Kleinere von beiden war auf jeden Fall sauer auf ihn. In seiner Hand hielt er einen Kochlöffel, dessen Stiel Finn irrtümlich für einen Pistolenlauf gehalten hatte.

»Was machel hie? Nix esssen Topf!«

Dann drängte sich der Chef an ihm vorbei: »Oh, merci beaucoup! Je suis ravi que ça vous plaise.« Was so viel hieß wie:

»Oh, vielen Dank! Es freut mich, dass es Ihnen gefällt.«
Finn war überrascht von seinem lupenreinen Französisch. Der Chefkoch sah ihn freundlich an und legte die Hand auf seine Brust: »YinYin.«
Mit einer Handgeste zeigte er auf den kleineren Koch und fügte hinzu: »Somchai.«
»Freut mich, mein Name ist Finn«, antwortete er zerknirscht, »Sorry wegen der Selbstbedienung. Tut mir leid, dass ich hier so hereingeplatzt bin. Ich bin auch gleich wieder weg.«
Finn war die Situation peinlich, schließlich hatten sie ihn auf frischer Tat ertappt. Als er zum Ausgang ging, drehte er sich noch einmal um. Die beiden Köche standen unverändert da und sahen ihn an. Hatten sie noch was anderes mit ihm vor? Auf diesem Schiff wusste man ja nie so recht. Finn nickte ihnen grinsend zum Abschied zu, drehte sich, stieß die Salontür der Küche auf und stürmte hinaus. Die Tür war kaum hinter ihm zugeschlagen, da rannte er los und stoppte erst, als er den Fahrstuhl erreicht hatte, der ihn mit offenen Türen zu erwarten schien. Nervös hämmerte er ein paar Male auf den Knopf für Deck 3. Er fühlte sich wie ein Dieb auf der Flucht, schließlich hatte er die Machete mitgehen lassen.

Als sich die Fahrstuhltür auf Deck 3 öffnete, stand ein Mann vor ihm, der wie ein Teilnehmer einer Afrika-Expedition aussah. Er war untersetzt, trug einen beigefarbenen Safari-Helm mit eingebautem Propeller, farblich passendem Hemd und Shorts. Pausbacken grinste er Finn an und kratzte sich mit der linken Hand zwischen den Beinen, während er mit der rechten einen Zug von seiner altmodischen, gebogenen Pfeife mit weißem Mundstück nahm. Mit dem obligatorischen Fernglas, das auf seinem Bierbauch hing, sah er aus wie eine menschgewordene Karikatur. Sein verzwirbelter, roter Oberlippenbart zuckte einige Male so stark, dass es seine Lippe nach oben zog und gelbe Zähne freilegte. Selbstbewusst blies er den Rauch seiner Pfeife in Finns Richtung und musterte ihn neugierig von oben bis unten.

»Siehe da, ein Fremder. Und? Haben Sie schon mal einen Dschungel durchquert oder auf einem wilden Elefanten geritten?«, fragte er mit einem schiefen Grinsen. Sein Blick verriet eine Mischung aus Abenteuerlust und verschmitztem Interesse. Finn, von der skurrilen Erscheinung des Mannes verwirrt, schüttelte den Kopf: »Ähem, nein, wenigstens is' es mir bislang nicht so aufgefallen.«

Der Mann lachte kehlig und gab Finn einen Klaps auf die Schulter: »Keine Sorge, mein Freund. Vor dir steht Henry Foster, ein waschechter Abenteurer aus der fünften Dimension. Was für ein Glück, ich suche noch einen tapferen Begleiter für meine Expedition.«

»Welche Expedition wäre das denn?«, fragte Finn und versuchte, sein Grinsen zu unterdrücken.

»Na, unser bevorstehender Landgang.«

»Was für ein Landgang?«

»Wir werden unbekannte Welten entdecken, Geheimnisse aufdecken, Rätsel lösen, die über Leben und Tod entscheiden.«

Finn starrte den Mann fassungslos an: »Fünfte Dimension? Expedition? Unbekannte Welten? Was zur Hölle reden Sie da?«
Foster lachte erneut: »Mein lieber Freund, bist du bereit für die Insel der tausend Sterne?«
Finn wollte ihm gerade antworten, als Foster seine Hände an die Seiten seines Mundes hob, einen Trichter formte und einen merkwürdigen, trompetenartigen Ton ausstieß, der irgendwo zwischen einem Elefantenruf und dem Knurren eines Löwen lag. Er wartete kurz und schien etwas zu hören, bevor er ein kleines Teleskop-Schmetterlingsnetz aus seiner Tasche holte und aufzog. Foster schaute sich abwechselnd, wie unter Verfolgungswahn leidend, nach allen Seiten um.
»Alles ok, Foster?«
»Was? Wer sind Sie denn?«
Foster blickte sich erneut panisch um, drehte sich wieder Finn zu und fuchtelte mit dem Schmetterlingsnetz vor seinem Gesicht herum. Mit einem Mal, als ob er etwas gehört hätte, rannte er los und verschwand im Gang. Finn blieb sprachlos und mit weit aufgerissenen Augen stehen: »Verdammte Scheiße! Was war das jetzt wieder? Die sind doch alle nicht ganz dicht hier.«

Auf dem Weg zu Anaïs' Kabine hörte Finn wieder Musik, sie kam aus ihrer Richtung. Er hatte so viel erlebt in den vergangenen Tagen, den letzten Stunden. Was lag noch alles vor ihm? Er summte zur Melodie, die Stimme der Aufnahme konnte er nicht deutlich hören. Schließlich erinnerte er sich an den Text, den Titel »Leben ohne Liebe kannst du nicht« und vor allem an Marlene Dietrich.

Anaïs Gefühle für ihn schienen echt zu sein. Sie sehnte sich scheinbar nach ihm. Sonst würde sie nicht solche Schnulzen hören, oder etwa nicht? Dabei kannten sie sich gerade mal ein paar Stunden. Vielleicht wartete für jeden Menschen irgendwo auf der Erde ein anderer Mensch, die große Liebe. Da war es doch egal, wie lange man sich kannte. Ob das auch der Grund war, dass es traurige und Menschen voll Hass gab? Konnten sie ihren anderen Teil, ihren Menschen, der auf sie wartete, bisher nicht finden? Resultierte das in Frust, Hass auf die Welt und auf die Menschen? Traurig darüber, noch keine Lösung für Anaïs gefunden zu haben, drehte er den Knauf ihrer Kabine. Als er die Tür hinter sich ins Schloss warf, kam Anaïs mit weit geöffneten Armen auf ihn zugerannt: »Finn, endlich, oh Finn!«

Anaïs sprang ihn aus dem Lauf an, umklammerte ihn am Hals, drückte Finn fest an sich. Finn glich die Wucht mit einer Körperdrehung aus und sie drehten sich im Kreis. Eine Sekunde später spürte er ihren Mund auf seinem. Ihre Lippen waren weich und feucht, löschten alles, was er in den vergangenen Stunden gesehen oder gehört hatte. Zumindest für diesen einen Moment. Nach ein paar Drehungen ließ sich Anaïs an ihm hinuntergleiten. Finn stolperte, als Anaïs ihn an seinem Gürtel zum Bett zog und sie beide auf das Laken fielen. Sie schmiegte sich an ihn und streichelte Finn über die Brust. Anaïs war ihm sehr wichtig. Das mit ihr sollte etwas Unzerstörbares, etwas für immer sein.

»Hast du dich verletzt?«

»Nur 'ne Schramme«

»Willst du mich verarschen, Finn? Das ist ein Schnitt.«

»Ja, das war der Junkie. Nicht die Rede wert, wirklich.«

»Junkie?«

»Ist 'ne lange Geschichte.«

»Dann erzähl mal!«

Finn erzählte ihr von allem, was vorgefallen war. Anaïs hörte gebannt zu und streichelte weiter über seine Brust. Obwohl seine Geschichte vollkommen abstrus war, kaufte sie ihm alles ab. Im Normalfall hätte er mit der Glaubwürdigkeit seiner Geschichten Probleme gehabt, aber das galt nicht für Anaïs. Sie war seit längerer Zeit in ihrer Kabine gefangen, und das bei mirakulöser Kost und Logis. Die Tatsache, dass ihre Wünsche in Erfüllung gingen, wenn sie diese an die Wand schrieb, waren genauso unglaublich wie das, was Finn erzählt hatte.

»Und ich dachte, du hättest jemanden gefunden, der mich hier rausholt«, sagte sie enttäuscht.

»Tut mir leid, Anaïs.«

»Du kannst nichts dafür. Das Schiff, diese Passagiere, das ist ein Käfig voller Narren.«

»Das klingt sehr schmeichelhaft.«

»Wir müssen uns über das Orakel Gedanken machen. Da kam wenigstens was rüber.«

»Meinst du, es gab das Orakel überhaupt? Nachdem ich dir

alles erzählt habe, kommt es mir vor, als ob ich in der Kabine des Orakels unter Drogen gestanden hätte.«

»Das warst du auf jeden Fall.«

»Also saß nie ein Orakel vor mir?«

»Doch, glaub' ich schon.«

»Himmlische Elefanten, das Erbe, ein Fluch. Cortez ist das eigentlich ein Name? Dann diese Relikte und die Insel der tausend Sterne.«

»Hast du Cortez gesagt?«, stieß Anaïs überrascht hervor. Schlagartig war sie neben ihm im Bett hochgeschnellt und sah Finn eindringlich an.

»Ja, wieso? Kennst du ihn?«

»Nein, nicht wirklich, nur vom Hörensagen.«

»Vom Hörensagen? Jetzt mach's nicht so spannend. Spuck schon aus, wer ist Cortez?«

»Er ist mein Vater.«

»Was? Wie kann das sein? Deine Eltern waren doch verheiratet!«

»Ja, und jetzt?«

»Klingelt's nicht? Anaïs Larue, das ist doch dein Name, oder nicht?«

»Woher kennst du meinen Nachnamen?«

»Ich habe ihn ein paar Mal an der beschriebenen Decke gelesen.«

»Oh, Finn, der Detektiv, fügt eins zum anderen.«

»Und wie kommt jetzt Cortez ins Spiel?«

»Ursprünglich hieß ich Anaïs Cortez. Bevor der zweite Mann

meiner Mutter mich adoptiert hat, war das mein Name. Ich bin keineswegs stolz auf meinen Vater, der uns verließ.«

Als ob eine Anspannung von ihr gefallen wäre, legte sich Anaïs wieder neben ihn ins Bett und schaute gedankenverloren zur Decke. Finn beobachtete sie von der Seite. Er hätte stundenlang neben ihr liegen und sie beobachten können. Ihre Wangenknochen, ihre Lippen, diese Haut und erst ihre Augen. Nach einer gewissen Zeit drehte sich Anaïs zu ihm.

»Soll das heißen, dass ich mein Schicksal wieder meinem vermaledeiten Vater zu verdanken habe?«

»Scheinbar«, antwortete Finn einfühlsam und streichelte ihre Wange.

»Ich habe immer nur tröpfchenweise Dinge über ihn erfahren. Meine Mutter wollte nichts mehr von ihm wissen. Sie meinte nur, dass er eines Tages die Schnauze voll hatte und ausgewandert wäre. Mir blieben nur sein Name und ein paar Sachen aus einer Kiste, die ich im Keller gefunden hatte. Da war so Survival-Zeug drinnen. Taschenlampe, Messer, Moskitonetze, Feuerstahl, Hüte und so 'n Plunder. Und weißt du, was noch?«

»Nein, sag schon.«

»Ein paar Karten von Thailand.«

»Willst du damit etwa sagen, dass er nach Thailand ausgewandert ist?«

»Ja, ich vermute es.«

»Aber woher soll das Orakel von ihm wissen?«

»Ich weiß es nicht, aber von mir wusste sie auch. Nicht unwahrscheinlich, dass mein Vater auch hier in Thailand was verbockt hat. Was sagte sie noch mal?«

»Oh. Also gut, ich versuch's zusammenzubekommen.«

Finn fasste sich mit den Fingern an die Schläfe und schloss die Augen, während Anaïs aus dem Bett gesprungen war, um Stift und Zettel zu holen.

»Ich glaub' ich bekomme es zusammen, also: Die Uhrmacherin der Träume hält Anaïs im Bann. Der Schatz der himmlischen Elefanten öffnet das Tor zur Freiheit. Finde den heiligen Ort, an dem ihre Spuren den Boden berührten. Bring von ihrem Erbe mit, um die Seelen zu befreien. Cortez brachte einen Fluch auf das Schiff.«

»Cortez brachte einen Fluch auf das Schiff?«, unterbrach ihn Anaïs.

»Was meinte sie damit und mit dem Schatz der himmlischen Elefanten? Und wie zur Hölle soll das Orakel den Namen deines Vaters kennen?«

»Andernfalls wäre es kein Orakel, oder? Miguel Cortez, so hieß er.«

»Womit hat Miguel denn seine Brötchen verdient?«

»Banker oder Journalist. Meine Mutter wollte nie über ihn reden. Sie fing immer an zu weinen. Früher, wenn sie betrunken war, lallte sie immer laut und war überzeugt, dass er eines Tages zurückkommen würde.«

»Ein Aussteiger kommt nicht zurück. Und falls ja, dann hängt er das nicht an die große Glocke.«

»Ein Aussteiger, dem meine Mutter und ich egal waren. Kommt in den besten Familien vor, oder? Wenigstens hat meine Mutter später einen netten Mann kennengelernt, meinen nicht biologischen Vater. Der hat sie auf Händen getragen. Zu mir war er auch immer nett und hat mich sogar adoptiert. Daher der Name Larue. Mir war es recht, denn als ich in eine neue Schule kam, musste ich die Bullys nicht mehr ertragen. Als meine Mutter starb, war ihr neuer Partner schon seit Monaten beruflich in Stuttgart.«

»Tut mir leid, Anaïs«

»Is' schon gut, Finn.«

»Woran ist sie denn gestorben?«

»Herzinfarkt. Auf dem Küchentisch vor ihr stand eine Schneewitchentorte. Ihr Arm hing herunter. Gleich neben ihr steckte ein Küchenmesser im Holzboden. Es muss ihr aus der Hand gerutscht sein. Ich hab' erst nicht geschnallt, was los war. Sie saß aufrecht auf ihrem Stuhl und schaute friedlich aus dem Fenster.«

»War sie denn krank?«

»Nein, das ist ja das Merkwürdige. Aber das sieht in der ganzen Familie nicht anders aus. Unfälle, Viren, Infektionen und was weiß ich noch alles. Die hat es alle dahingerafft. Auf jeden Fall hab' ich alles verkauft. Meine Mutter hatte mir das Haus schon zu Lebzeiten übertragen. Beim Ausräumen bin ich auf weitere Sachen von Miguel gestoßen. Alle Hinweise führten nach Thailand. Ich brauchte eine Auszeit und peng, war ich in Thailand, trotz meiner Abneigung zu dem Land.«

»Und jetzt sitzt du hier fest. Scheiße gelaufen, wenn ich das sagen darf.«

»Richtig scheiße«, Anaïs gab ihm einen Kuss auf die Wange, »was ich herausbekommen konnte, war, dass der liebe Miguel für längere Zeit auf Koh Chang war. Doch dann verloren sich seine Spuren.«

»Du meinst, dass dein Vater, oder besser dein Erzeuger, auf diesem Kahn war?«

»Ja. Das Orakel scheint schließlich auch von ihm zu wissen. Sie sagte, dass Cortez den Fluch auf das Schiff brachte.«

»Also gut, Papa Cortez hatte anscheinend seine Finger im Spiel. Das Orakel sagte doch auch noch: ›Finde die Relikte, nur so befreist du sie. Doch sei gewarnt. Auf deiner Suche nach dem Leben begegnest du dem Tod. Auf der Insel der tausend Sterne. In Träumen lauern Gefahren. Verschwimmen werden die Grenzen der Realität.‹«

Finn legte nach jedem Satz eine Pause ein. Vielleicht schaffte er es nicht, das Orakel im exakten Wortlaut wiederzugeben, aber der Sinn war sicherlich der Gleiche. Als Anaïs aufsah, war Finn überrascht, dass sie sich alles notiert hatte und die letzten Sätze leise vor sich her sprach.

Haarscharf

»Und? Was meinst du, Anaïs?«

»Cortez ist schuld an allem. Das steht fest. Ich sag's ungern, aber es hört sich an, als ob jemand meine Familie verflucht hätte. Vielleicht erklärt das auch, warum es mich überhaupt nach Thailand zog. Es ist schön hier, klar, aber mir schwebte etwas Exotischeres wie Vietnam oder Kambodscha vor. Na ja, dicht dran bin ich ja. Nur mit einem Leben in einer Kabine hatte ich nicht gerechnet. Das ist ja eine lebenslange Strafe.«

»Bist du deiner inneren Stimme gefolgt?«

»Ich denke ja. Was hätte mich sonst geritten, dieses Geisterschiff, wie es die Einheimischen bezeichneten, zu besuchen.«

»Oh Mann, wenn uns jemand zuhört, könnte er denken, dass wir einen an der Murmel haben.»

»Warum bist du eigentlich hierhergekommen?«

»Ein Killer war hinter mir her. Freitag heißt der Typ.«

»Ein Killer und der heißt Freitag? Wie Freitag von Robinson Crusoe? Du hattest davon erzählt. Auch, dass er wie Bruce Lee aussieht und in der Hotelbar arbeitete. Ich hielt das für Blödsinn, hab' nichts darauf gesagt.«

»Hört sich auch nicht gerade glaubwürdig an.«

»Was hört sich schon glaubwürdig an? Ich habe den Einheimischen auch nicht glauben wollen. Als ich hierherkam, warnten sie mich eindringlich vor diesem Schiff. Man erzählte sich, dass auf ihm ein Fluch liegen würde. Als man damals das Boot an Land schaffte, um es als Hotel zu nutzen, entwurzelte man einen heiligen Banyanbaum, der von der Bevölkerung verehrt worden war. An ihm versammelten sich einst viele wilde Elefanten. Durch das Fällen des Baumes verletzte man nicht nur die Geister, die dort lebten, sondern auch die Elefanten, die in Thailand heilig sind. Auf eine Wiederherstellung des heiligen Raums durch verschiedene Reinigungsrituale wurde einfach verzichtet. Das schaffte Unordnung und Verwüstung. Krankheiten wie Malaria und Typhus wüteten in der unmittelbaren Umgebung. Ab diesem Zeitpunkt waren alle Unfälle, die immer häufiger passierten, kein Zufall mehr, sondern galten als Rache der erzürnten Götter. Ein Einheimischer sprach von Relikten. Ohne diese würde man das Gleichgewicht nicht mehr herstellen können. Ich wollte ihn noch fragen, was er genau meinte, aber er wurde vom Dorfältesten zurückgepfiffen.«

»Gut, also suchen wir mehrere Relikte?«

»Sieht ganz so aus, Finn.«

»Und wo sollen die sein?«

»Vielleicht auf der Insel der tausend Sterne?«

»Klasse. Also spring' ich von Bord, schwimme zu der Insel und treffe jemanden am Strand. Der reicht mir lachend die fehlenden Relikte und nach Bussi hier und Bussi da, fährt der Finn mit dem Schiff zurück, der Fluch fällt, wir stehen an der Reling und uns winkt das halbe Dorf zu, bevor wir nachts betrunken um ein Feuer tanzen und Sex in einem Tipi haben.«

»Ja, ungefähr so. Vor allem der letzte Teil gefällt mir. Du bist ja ein richtig kleiner Romantiker.«

Mit einem Ruck streifte sich Anaïs ihr Oberteil ab. Finn sah ihren roten, einladenden Mund, ihre festen Brüste, dann spürte er ihre Lippen auf seinen. Mit einem lustvollen Stöhnen fuhr sie ihm durch die Haare und krallte sich in ihnen fest. Finn genoss ihr Feuer, ließ alles geschehen. Sein Kopf taumelte wie in einem Rausch. Immer wieder tauchte ihr vor Lust verzerrtes Gesicht vor ihm auf und er verlor sich in ihren smaragdgrünen Augen, in denen sämtliches Leben dieser Erde zu wohnen schien. Als sie sich auf ihn setzte, spürte er ihre Fingernägel auf seiner Brust.

Nachdem sie zusammen geduscht hatten, legten sie sich wieder ins Bett und schliefen sofort ein. Als sie einige Zeit später aufwachten, hatten sie Hunger auf etwas Spezielles. Sie bestellten sich Austern und Kaviar. Beides wurde in einer mit Eis gekühlten Schale und fantastisch riechendem Baguette in die Durchreiche gestellt. Wie oft konnte man das wiederholen und den Verantwortlichen in den Konkurs bringen? Finn lachte über seinen Gedanken. Zumindest lebte es sich als blinder Passagier nicht gerade schlecht an Bord dieses Schiffes. Er riss sich ein Stück Baguette ab und aß es mit Kaviar, während Anaïs eine Austernschale an ihre Lippen führte und den Kopf leicht in den Nacken legte, um sie auszuschlürfen. Im Anschluss bestellten sie sich noch eine kalte Flasche Weißwein und Anaïs wollte mehr über Finns Leben erfahren. So unterhielten sie sich bis in die Nacht hinein.

Finn schreckte plötzlich hoch. Der Wecker neben dem Bett zeigte 23:00 an. Irgendetwas Wichtiges war ihm im Schlaf eingefallen. Dann sah er diesen Safari-Foster vor seinem inneren Auge. Der hatte etwas von einem Landgang erzählt und neben dem Fahrstuhl war Finn ein Poster mit der Ankündigung eines Gala-Abends aufgefallen. Durch Fosters Auftritt hatte er vergessen, es sich näher anzusehen. Anaïs hatte ihm erzählt, dass sie in einem Gespräch von Landgängen zur Insel der tausend Sterne gehört hatte. Bei so einer Veranstaltung war es bestimmt einfacher, an weitere Informationen darüber zu kommen. Er fühlte sich ausgeschlafen, aber um diese Uhrzeit Anaïs zu wecken, ergab keinen Sinn. Leise verließ Finn das Bett, nahm seine Klamotten und zog sich im Bad an. Er achtete darauf, kein unnötiges Geräusch zu verursachen. Als er noch mal zu ihrem Bett ging, um ein letztes Mal nach ihr zu sehen, deckte er Anaïs' nackten Po zu, von dem das Laken gerutscht war. Wie schön sie doch war, diese Anaïs, seine Anaïs. Während er aus der Kabine schlich, kam er sich wie bei einem One-Night-Stand vor, von dem er sich auf leisen Sohlen aus dem Staub machte.

Kaum war Finn auf dem Flur, kamen ihm Zweifel über seine nächtliche Mission. Was wäre, wenn ihm was passieren und Anaïs ohne ihn aufwachen würde? Doch bis zum Fahrstuhl war es ja keine Weltreise. Trotzdem hatte Finn etwas Geld in seine Shorts gesteckt. Er hatte sich angewöhnt, nie ohne Geld in der Tasche außer Haus zu gehen. Als er im Gang an Anaïs dachte, hätte er fast eine Frau übersehen, die in etwa 25 Metern Entfernung auf dem Flur stand. Normalerweise hätte er sie bemerken müssen, aber sie stand völlig regungslos da. Sie trug eine schwarze, enge Jeans und ein cyanfarbenes Tanktop. Dieser Bereich des Ganges war schlecht beleuchtet und sie hob sich von der Umgebung fast nicht ab. Ohne ihren zerfransten, orangefarbenen Kurzhaarschnitt hätte er sie wahrscheinlich übersehen. Etwas Unheimliches ging von ihr aus. Mit geschlossenen Augen wankte sie leicht, einem Zombie ähnelnd, als ob sie auf Instruktionen oder Geräusche warten würde.

»Psst, psst. Komm rein!«, hörte er eine Stimme neben sich. Eine Kabinentür stand einen Spaltbreit offen, aber er konnte niemanden entdecken.

»Psst, hier, hier unten.«

Finn sah nach unten und entdeckte den sprechenden Leguan.

»Ach du Scheiße.«

»Das kannst du laut sagen. Besser, du kommst rein.«

»Warum?«, fragte Finn, folgte aber dem Ratschlag der Echse. Die Tür ließ er hinter sich einen kleinen Spalt offen.

»Steht die Frau mit den orangen Haaren noch da draußen?«

Finn spähte durch den Spalt in den Gang. Sie stand noch immer wie scheintot an der gleichen Stelle.

»Ja, klar. Und jetzt?«

»Das ist Alina. Die linke und rechte Hand des Zauberers. Die kann sehr ungemütlich werden.«

»Zauberers? Was zur Hölle geht hier eigentlich ab? Das hier ist doch kein scheiß Fantasy Film oder doch?«

»Und warum redest du dann mit einem Leguan?«

»Stimmt eigentlich, aber es ist lächerlich. Billig klingt das.«

»Die nennen ihn Zauberer, da er irgendwie alle Probleme lösen kann. Als lächerlich würde ich mich übrigens nicht bezeichnen. Sprechende Papageien gibt es schließlich auch.«
»Die labern aber was nach. Du redest frei und mit mir.«
»Erzähl das mal deinen Freunden.«
»Besser nicht«, sagte Finn kopfschüttelnd, während er den Leguan anschaute. Vielleicht war er tatsächlich nicht ganz richtig im Kopf. Bei seinen anderen Begegnungen hier an Bord hatte er auch schon an seinem Verstand gezweifelt. Aber wie stellte man das fest, wenn alle um einen herum nicht ganz richtig im Kopf waren?
»Bin ich verrückt?«, flüsterte Finn. Er konnte es nicht glauben, dass er so was einen sprechenden Leguan fragte.
»Das fragst du mich? Ich bin nur ein Leguan. Vielleicht solltest du dich in professionelle Hände begeben. Die könnten mit dir den Beck-Depressions-Inventar- oder den Generalized Anxiety Disorder 7-Test durchführen.«
»Fuck, Alter. Ich glaub', ich dreh' durch.«
»Warte damit lieber, bis Alina verschwunden ist. Es ist nur ein gut gemeinter Ratschlag meinerseits.«
Finn wagte einen erneuten Blick in den Gang und erschrak. Die Zombietussi war nicht mehr da. Wohin war sie so schnell verschwunden? Als er den Spalt etwas weiter aufschieben wollte, stieß jemand von außen die Tür auf. Vor ihm stand Alina. Ihre Mundwinkel waren bis zum Äußersten nach oben gezogen, und legten ihre weißen Zähne, die exakt aufeinanderlagen, frei. So hatte das letzte Mal Joaquin Phoenix in seiner

Rolle als Joker gelacht, ein paar Sekunden, bevor er dem Fernsehmoderator die Rübe weggeblasen hatte.

»Ich empfehle mich«, rief der Leguan und bevor Alina oder Finn reagieren konnten, war er zwischen ihren Beinen durchgelaufen und über den Flur entwischt.

»Und was haben wir beiden Süßen so vor?«, fragte Finn vorlaut. Alina reagierte nicht, legte nur ihren Kopf von links nach rechts, wie es Sportler beim Aufwärmen machten. Dabei knackten die Gelenke ihrer Halswirbelsäule unnatürlich laut, wie bei Dragan. Finn begriff, dass es besser war, sich schleunigst aus dem Staub zu machen.

»Kabinennummer?«, fragte sie mit militärisch harter Note. Finn fasste sich ans Kinn, als wenn er überlegen wollte, dann hob er seinen Zeigefinger, als wenn ihn diese eingefallen wäre und wandte sich von ihr ab. Als er ihre Hand auf seiner Schulter spürte, lief es ihm eiskalt den Rücken herunter. Sie war knöcherig und kalt, wie die einer Toten. In einer raschen Bewegung zog Finn den Feuerlöscher aus einer Wandhalterung, drehte sich mit Schwung um und hieb ihn gegen ihren Schädel. Sie schwankte zwar rückwärts, wurde von der Wand gehalten, fiel aber nicht zu Boden, als ob ihr der Hieb nichts ausgemacht hätte. Irritiert von dem, was er sah, schlug Finn mit seiner Faust gegen den Feuerlöscher.

»Autsch. Das Ding ist hart.«

Kaum hatte er das ausgesprochen, sah er, wie sich Alina merkwürdig bewegte, fast so, als würde sie ihre Knochen wieder in die richtige Position bringen. Finn hatte genug gesehen, rempelte sie zur Seite und sprintete durch den Gang davon.

Als er um die Ecke bog, erblickte er im Vorbeirennen am Fahrstuhl das Plakat, wegen dessen er gekommen war. Es kündigte die »Seemannsgarn-Gala der Verrücktheiten« an.
»Der Verrückten wäre zutreffender gewesen«, dachte Finn, als er aus dem Gang jemand schreien hörte. Es musste Alina sein, die die Verfolgung aufgenommen hatte. Finn brauchte so schnell wie möglich eine Lösung, um sie abzuhängen. Als er sich umsah, fiel ihm ein alter Speisenaufzug auf. Bevor er hineinkroch, schickte er einen der Fahrstühle als Ablenkung nach oben. Alina würde denken, dass er diesen genommen hätte und würde wie eine Gazelle auf Drogen die Treppen hochjagen.

Finn passte gerade so in den Speiseaufzug. Als er drinnen war, musste er sich etwas verrenken, um den grünen Knopf für die Küche zu drücken. Die kleine Holzschiebetür schloss er von innen. Erst als er im engen Schacht nach unten fuhr, wurde ihm schmerzhaft bewusst, dass er gar nicht darüber nachgedacht hatte, ob der Aufzug sein Gewicht überhaupt tragen würde.
»Das hält schon, Finn. Du wirst sehen, das hält ...«, Finn konnte den Satz nicht mehr zu Ende bringen. Das fehlende »schon« in seinem Satz verformte sich in einen angstvollen gedehnten Schrei: »Scheiiiiiißßßßßeeeeeeee.«
Das Seil des Fahrstuhls war scheinbar gerissen. Zum Glück

erst auf den letzten Metern. Sein Fall in der Blechbüchse wurde etwas gebremst, da sie sich im Schacht immer wieder verhakte. Dennoch war der Aufprall so stark, dass Finn mit einem Mal von einer Staubwolke umgeben war. Als er hinter der kleinen Schiebetür Licht sah, fackelte er nicht lange und stieß sie mit seinen Füßen auf. Hustend und verdreckt, ließ er sich wie warmer Raclettekäse aus dem Fahrstuhl zu Boden gleiten. Somchai, der Koch, beugte sich zu ihm herunter und blickte ihn verdutzt an: »Was machel hie? Fahlstuhl fur Chicken, fur Essen. Nix Mensche Aufzug. Haha, du dummes Weißhaut.«
Somchai fing an zu lachen und bekam sich gar nicht mehr ein. Er fasste sich immer wieder an den Bauch, lachte und lachte. Finn war weniger nach Lachen zumute. Er klopfte sich den Staub von den Klamotten, nickte dem Koch mehrfach zu, als ob dieser nicht ganz echt in der Rübe wäre und verließ die Küche durch die Schwingtür.

Finn versuchte, das Ganze positiv zu sehen: Er hatte alles erreicht, was er sich vorgenommen hatte. Nicht unbedingt so, wie er es geplant hatte, aber er wusste jetzt, dass die Gala am nächsten Abend stattfinden würde. Es war von einer Show »der anderen Art« die Rede gewesen, was Finn nach allem, was er an Bord erlebt hatte, beunruhigte. Aber, und das war viel wichtiger, da hatte auch was von einer Registrierung für den Landgang auf die Insel der tausend Sterne gestanden.
Mit mächtig Adrenalin im Blut ging Finn zurück zum Treppenaufgang und ging zu Fuß zu Deck 3. Er freute sich, gleich

wieder neben Anaïs im Bett liegen zu dürfen. Als er mit Schwung in den Gang bog, stieß er mit einer schlanken, attraktiven Frau mit kurzem, schwarzem Bob-Haarschnitt zusammen. Sie trug einen schwarzen Mini Lederrock mit weißer Bluse. Ihre Augen, die vom Schwarz ihres Make-ups umgeben waren, erinnerten Finn an das blaue Eis eines Gletschers. Die roten Lippen hoben sich stark von ihrer hellen Haut ab. Eine kleine, spitze Nase verlieh ihr eine gewisse Spitzbübigkeit. Ein silberner Ohrring in Form eines daumengroßen Skorpions ließ bei Finn die Alarmglocken läuten. Bei dieser Dame sollte man vorsichtig sein. Auch oder vielleicht gerade, weil sie in seinem Alter war und dazu sehr souverän wirkte.

»Oh Gott, sorry. Es tut mir leid. Ich war so in Gedanken. Noch alles dran bei Ihnen, ich mein bei dir?«

»Ja, gar kein Problem. Ich hätte ja auch aufpassen können.«

Sie reichte Finn die Hand, wirkte aber sehr in Eile.

»Elodie Rayon, freut mich.«

»Finn. Einfach nur Finn«, antwortete er und wünschte sich in dem Moment etwas von ihrer Souveränität.

»Also, dann möchte ich dich nicht weiter aufhalten. Ich hab' noch was zu erledigen.«

»Um diese Zeit?«, platzte es aus Finn heraus. Die Uhr beim Fahrstuhl zeigte mittlerweile 00:30 an. »Peinlich, peinlich«, dachte Finn und hob verlegen die Augenbrauen.

»Ja«, antwortete sie kurz angebunden und machte Finn deutlich, dass ihn das überhaupt nichts anging.

»Na dann mal los.«

Sie nickte und im nächsten Moment war sie auf der Treppe, die nach oben führte, verschwunden. Bestimmt wollte sie noch jemanden in der Bar treffen. Finn wollte nicht wissen, was dort für Typen auf ihn lauern würden. »Apropos lauern«, dachte Finn und musste an Freitag denken. Er hatte es scheinbar nicht an Bord des Schiffes geschafft. Doch ohne Freitag hätte er Anaïs nie kennengelernt. Finn konnte es kaum erwarten, zu duschen und wieder zu ihr ins Bett zu steigen.

Kurz vor Anaïs' Kabine hörte er plötzlich hinter sich das Geräusch von einem Wagen, den jemand schob. Als er sich umblickte, erkannte er die beiden Zwillinge, die mit ihrem Kinderwagen in einen Mittelgang bogen. Er sah noch ihre blauen Röcke und ihre Vollbärte, dann waren das Geräusch und auch die beiden verschwunden.

»Mächtig was los«, sagte Finn lächelnd vor sich her, als er in einiger Entfernung eine Männerstimme vernahm. Die Person weinte und schien in einen Dialog mit sich selbst vertieft zu sein. Auch wenn Finns Maß für heute voll war, ging er zu ihm.

»Alles in Ordnung?«

»Verliebt bin ich, unglücklich bin ich«, antwortete er Finn mit französischem Dialekt. Sein Gehabe wirkte inszeniert, fast wie bei einer Aufführung.

»Verknallt, aber das Leben spielt nicht mit – eine elende Nummer bin ich«, fügte er hinzu.

»Da muss jeder mal durch«, antwortete Finn. Er gab sich Mühe, einfühlsam zu wirken. Der Typ vor ihm war ungefähr 1,70 m groß und schlaksig. Seine Augen wirkten, als wenn sie aus dem Schädel fallen würden. Mit seinem grauen Anzug und der passenden Weste, den dünnen, grau melierten Haaren, die er zu einem ordentlichen Seitenscheitel gekämmt hatte, wirkte er wie ein Buchhalter. Mit wässrigen, blaugrauen Augen blickte er Finn an: »Jérôme kann nicht mehr. Ich, ich kann nicht mehr. Seit Jahren begegne ich in meinen Träumen einer Frau. Es vergeht keine Nacht, in der ich sie nicht wiedersehe. Immer der gleiche, bittersüße Traum. Aber jedes Mal, wenn ich frage, wo sie wohnt, endet der Traum. Immer an der gleichen Stelle. Und ihren Namen, den sagt sie mir am Anfang, doch ich vergesse ihn immer. Jedes Mal ist er weg. Ich kann mich nur noch erinnern, dass er sanft und wunderschön klang. Ja, nur das weiß ich noch, wenn ich aus meinem Traum erwache. Jede Nacht die gleiche Leier. Der Traum geht einfach nicht weiter. Und mein Leben auch nicht.«

Finn sah ihn nachdenklich an und erschrak, als Jérôme ihn an den Armen packte und anschrie: »Verstehst du? So hilf mir doch!«

»Und wie hast du dir das vorgestellt?«

»Sag mir, was ich tun soll«, schrie er weiter. Sein zu Beginn verletzter Ton war von einem Moment zum nächsten in einen aggressiven, fordernden umgeschlagen. Finn machte einen Satz nach hinten, als Jérôme plötzlich ein Messer zückte und damit vor ihm herumfuchtelte.

»Ho, ho, ho. Immer langsam!«, hob Finn abwehrend seine Hände.

»Helfen, du sollst mir helfen!«

»Hast du es mal mit einer Frau im echten Leben probiert? So als eine Art Gegenbier wie nach einem schlimmen Kater?«

»Hä? Was soll das? Du sollst mir helfen!«

Jérôme kam ihm mit seinem Messer näher.

»Gut, nur die Ruhe. Also Bier, Drogen, Kino? Oder Sport! Hast du es mal mit Sport versucht?«

»Kino? Was ist das? Und was für ein Sport? Wie soll mir Sport helfen, die Frau aus meinen Träumen zu treffen?«

»Sport ist immer gut. Wie wäre es mit Boxen oder Gewichtheben?«

Als Finn ihn ansah, musste er grinsen. Normalerweise war ihm das Aussehen seiner Mitmenschen so ziemlich egal, es sei denn, sie landeten in seinem Bett. Niemals würde er sich witzig machen, aber das hier, das wirkte wie in einem schlechten Film. Jérômes zittriger, dünner Arm und seine knöcherige Hand, mit der er gerade mal das Messer halten konnte, zogen seine Drohgebärde ins Lächerliche. Er wirkte so schwach auf Finn, dass er ihm eher helfen wollte, als Angst vor ihm zu haben.

»Los jetzt. Hilf mir, oder ich mach' dich kalt!«

Finn sah die Klinge seines Messers im Licht blitzen. Dem Verrückten war nicht mehr zu helfen. Sollte er weglaufen oder angreifen? Statistisch zog man bei einem Angriff mit Messer immer den Kürzeren. Also besser weglaufen. Jérôme würde ihn keinesfalls einholen, so wie der beieinander war.

Plötzlich tauchte ein bierbäuchiger Mann mit polierter Glatze, blauem Hemd und schwarzer Bundfaltenhose hinter Jérôme auf. Verängstigt von seiner Anwesenheit, ließ er sein Messer fallen.

»Die Fahrkarten, bitte!«, sagte der Mann in gleichmäßigen Beamtenton.

»Fahr ..., Fahr ...«, stotterte Jérôme.

»Keine Fahrkarte, keine Reise«, antwortete der Mann monoton und fasste Jérôme an die Stirn. Blaue Blitze schossen aus seiner Hand, tanzten über Jérômes Gesicht. Es wirkte, als ob Jérôme an seiner Hand kleben und über dem Boden schweben würde. Sein Gesicht verschwand unter einem dichter werdenden Netz von blauen Blitzen, bis sich Jérôme vor Finns Augen auflöste. Von einer Sekunde zur nächsten stoppten die Blitze, der dicke Mann hob etwas vom Boden auf und hielt es vor sein Gesicht: »Die Fahrkarte! Na, wer sagt's denn. Aber jetzt isses zu spät. Diese Gäste, die sind nicht mehr, wie sie früher mal waren.«

Kopfschüttelnd steckte er die Karte in seine Hemdtasche. Finn hatte sich die ganze Zeit über rückwärts von ihm entfernt. Er hatte sofort begriffen, dass es sich um den Kontrolleur handeln musste. Anaïs hatte ihn eindringlich vor ihm gewarnt. Als Finn völlig erschrocken von der Situation zur Seite blickte, las er die Nummer von Anaïs' Kabine. Er drehte den Knauf, schob sich durch die Tür, schloss sie leise so schnell er konnte und lehnte sich schwer atmend an die Wand. Das war buchstäblich in letzter Sekunde gewesen, denn von draußen konnte er den Kontrolleur hören: »Und jetzt zu Ihnen.«

In der Kabine war es dunkel und als Finn einen Blick in den

Raum wagte, sah er Anaïs schlafend im Bett liegen. Anscheinend hatte sie von seinem kleinen Ausflug nichts mitbekommen. Leise schlich er sich ins Bad, zog sich aus und duschte. Als er seine Shorts durchwühlte, fiel ihm auf, dass das Geldbündel fehlte. In der Küche hatte er es nicht verloren, das hatte er sofort geprüft. Wo also dann? Da fiel ihm der Zusammenstoß mit Elodie ein. Dieses kleine Miststück hatte alles genau geplant. Sie musste ihn bestohlen haben, dieses kleine, geschickte Luder. »1:0 für dich«, dachte Finn. Über den Verlust selbst war er nicht besonders traurig; er hatte noch genügend von den bedruckten Scheinen, die ohnehin meist nur Probleme mit sich brachten.

»Hmmm, Finn, du riechst so gut«, säuselte Anaïs halb schlafend, als er sich anschmiegte.

»Und du erst«, flüsterte er. Anaïs roch leicht nach Pfirsich, was Finn sehr mochte. Wie wichtig waren doch Düfte und Gerüche. Finn schloss die Augen und sah sich unter einem blauen Himmel, auf einer grünen Wiese, an einem Pfirsichbaum gelehnt liegen. Binnen Minuten fiel er in einen tiefen, traumlosen Schlaf. Doch selbst in der Schwärze seines Schlafes kam es ihm vor, als ob alles um ihn herum nach Pfirsich riechen würde.

Finn wusste nicht, wie lange er geschlafen hatte, als er aufwachte und die Sonne durch das Kabinenfenster, fast bis auf ihre Kopfkissen, schien. Anaïs lag noch immer schlafend, mit dem Rücken zu ihm gedreht. Das Laken war ihr von der

Schulter bis zur Taille heruntergerutscht. Ihre Haut im warmen Licht der Sonne. Dieser Moment hätte noch Ewigkeiten dauern können, doch da drehte sich Anaïs zu ihm. Als sie die Augen aufschlug, strich er ihr ein paar Strähnen aus dem Gesicht. Sie lächelte und genoss seine Hände und seinen Daumen, der ihr sanft über die Lippen strich. Finn spürte ein wohliges Gefühl, das sich in seinem Körper ausbreitete. Er würde Anaïs nie mehr gehen lassen.

»Gut geschlafen?«

»Kann man schlecht schlafen neben einer Frau wie dir?«

Anaïs lächelte zufrieden, nahm seine Hand und spielte mit seinen Fingern: »Heute schon was vor, mein Held?«

»Nur diese Gala.«

»Was für eine Gala?«, fragte Anaïs nebensächlich nach.

»Die Seemannsgarn-Gala der Verrücktheiten.«

»Die was, bitte?«, sie wartete die Antwort nicht ab, sondern strich mit ihren Händen durch seine Haare, »Deine Haare sind grau. Ist das Staub?«

Finn schüttelte den Kopf und sah, wie weiße Staubkörner von ihm fielen. Gestern Nacht hatte er geduscht, sich aber nicht mehr die Haare gewaschen. Besorgt beugte sich Anaïs über ihn.

»Wie ist das passiert?«

»Na ja, gestern Nacht wurde ich wach. Da ist mir das Poster beim Fahrstuhl eingefallen. Von dieser komischen Gala. Ich wusste doch nicht, wann, wo und warum sie stattfindet.«

»Willst du mir sagen, du bist gestern Nacht noch mal raus?«

»Ja, aber nur kurz.«

Anaïs' Gesichtsausdruck änderte sich schlagartig. Finn wusste gar nicht, wie ihm passierte, als ihm Anaïs eine Ohrfeige verpasste: »Bist du irre? Ich hatte dir doch erzählt, dass es nach Mitternacht gefährlich ist. Auch vom Kontrolleur hatte ich dir erzählt, oder etwa nicht?«

Finn war überrascht über ihren Ausbruch und hielt sich von der Ohrfeige die Wange: »Ja, hast du, aber ...«

»Nichts aber. Wenn dich der Kontrolleur erwischt hätte, dann wärst du ...«

»Ja, der Kontrolleur«, warf Finn kleinlaut ein.

»Du hast ihn gesehen?«

»Nicht nur ihn. Auch Elodie, dieses kleine Luder. Die hat mich echt bestohlen! Dann waren da noch der sprechende Leguan, Jérôme, der sich in Luft aufgelöst hat und Alina, ein vollkommen durchgeknalltes, orange haariges Luder. Die ist auf 'nem Zombietrip oder so was. Aber der Leguan und ich, wir konnten ihr entkommen. Leider ist dabei der Speiseaufzug mit mir drin abgestürzt und Somchai hat sich fast totgelacht. Du weißt doch, dieser irre, thailändische Sous-Chef. Ja und da muss ich mich haartechnisch eingedreckt haben.« Finn fuhr sich erneut durch die Haare und musste wegen des Betonstaubes husten. Anaïs sah ihn fassungslos an.

»Bist du total bekloppt?«, schluchzte sie.

»Es tut mir leid, Anaïs. Ich wollte nur helfen.«

»Du hättest draufgehen können! Und ich wäre aufgewacht, ohne dich. Ich hätte auf dich gewartet, aber du wärst nie mehr zurückgekommen.«

»Ich hab' nicht nachgedacht. Wird nicht wieder vorkommen. Wirklich, Anaïs.«

»Das will ich hoffen. Du verdammter Mistkerl!«, Anaïs gab ihm einen Stoß in die Seite und umarmte ihn. Finn war froh, dass sich ihre Stimmung so schnell verbessert hatte.

»Aber jetzt erzähl mir alles haarklein. Insbesondere von diesem Jérôme. Du sagtest, er hätte sich aufgelöst?«

Finn schaute nachdenklich zu Boden. Er musste an die letzten Worte des Kontrolleurs denken: »Und jetzt zu Ihnen.« Ihm wurde bewusst, wie knapp er gestern Nacht dem Tod entkommen war und das nicht zum ersten Mal.

Die Gala

Gebannt lauschte Anaïs Finns Ausführungen. Immer wieder fragte sie ihn über Details aus. Sie ging genau wie er davon aus, dass Elodie eine professionelle Diebin war. Von Alina, Maurices Assistentin, hatte sie auch schon gehört. Scheinbar hatte der Zauberer hier an Bord das Sagen. Der besoffene Kapitän José sicherlich nicht.

Als Finn fertig war, bestellten sie sich eine Mahlzeit, die einem Brunch sehr nahekam, schliefen noch einmal ein und duschten wieder zusammen. Finn rieb Anaïs mit schäumender Seife ein und spülte sie mit der Handbrause ab. Er streichelte sie an den Seiten, ihre Brüste, massierte sie, während sie sich leidenschaftlich küssten. Wie ein sanfter Regen prasselte kühles Wasser auf ihre warmen Körper. Sie liebten sich mit einer Hingabe, die der Anfang von etwas Neuem war. Ein gemeinsames Leben mit Höhen und Tiefen, aber vor allem die Prophezeiung eines Lebens voller Glück und einer einzigartigen Liebe.

Die Zeit verging wie im Fluge, so wie sie es immer tat, wenn sich das Leben mal von der guten Seite zeigte. Später bestellte Anaïs Kaffee und Apfelkuchen mit Zimt. Finn spielte mit der Sahne herum und verpasste Anaïs einen Klecks auf der Nase. Sie nahm das lachend hin, neigte ihren Kopf leicht zur Seite und schaute Finn von unten mit aufgeschlagenen Augen an.

Schweren Herzens machte sich Finn nach fünf auf den Weg. Genau wie Anaïs war er davon überzeugt, dass die Lösung auf der Insel zu finden sein würde.

Der Fahrstuhl schien auf Finn zu warten. Wenige Minuten später befand sich Finn auf dem Weg zu Deck 6. Als er ausstieg, hörte er schon von Weitem Musik, die aus einem der großen Veranstaltungssäle zu kommen schien. Er folgte ihr und erreichte eine schwarze Schwingtür mit zwei runden Fenstern, die man mit Spiegelfolie verklebt hatte. Als er die Tür aufdrückte, konnte er seinen Augen nicht trauen. Finn hatte einen sauberen, hellen Saal erwartet, mit großen Tischen, weißen Tischdecken und poliertem, silbernem Tafelbesteck, wie man sich die Umgebung bei einem Gala-Abend so vorstellte. Stattdessen fand er sich in einem Raum wieder, dessen Boden und Wände schwarz gestrichen waren. Darin befanden sich kleine Bistrotische, wie man sie in französischen Bars verwendete. Der Raum war recht dunkel, das Licht gedimmt. Ein paar kreisrunde, schwache Lampen waren in den Boden eingelassen. Auf runden Tischen mit schwarzen Tischdecken, die mal für zwei und mal für vier Gäste Platz boten, standen kleine rote Schirmlampen. Mehr als die Hälfte der Tische im Saal waren belegt.

Das Licht einer Discokugel tanzte über die Wände und den Boden, malte glitzernde Muster in schillernden Bewegungen. Das Etablissement glich eher einem Nachtklub als einem Gala-Saal. Hinzu kam, dass auf einer kleinen, leicht erhöhten Bühne eine Frau zu erotischer Musik um eine Stange wirbelte. Der

größte Teil der Bühne war leer, lediglich ein paar Plastikpalmen standen einsam herum.
Auf der rechten Seite der Bühne befand sich ein längerer Tisch, der einzige mit einer weißen Tischdecke. An ihm saßen José, der Kapitän, seine nymphomanisch veranlagte Celeste, Alina, die irre Rothaarige und Maurice. Dank ihrer Namensschilder konnte sich Finn endlich mal ein Bild von allen machen. Maurice, der geheimnisvolle Zauberer, trug stilecht ein schwarzes Langarm-Hemd mit Mandarinkragen. Sein autoritärer Charakter war förmlich spürbar. Er war Ende fünfzig, von gepflegtem Äußeren und schlanker Statur. Mit seinem sonnengebräunten Teint und von seinem Namen her konnte er fast nur aus einem französischsprachigen Land kommen. Markante Wangenknochen und der streng nach hinten frisierte, schwarze Kurzhaarschnitt gaben seinem Gesicht eine kalte Eleganz. Die Haut seiner Augenpartie und Stirn wirkte unnatürlich glatt und verlieh ihm dazu etwas Unheimliches. Es sah aus, als ob Teile seines Gesichts keinerlei Gefühlsregungen zeigen könnten, wie es bei Botox-Boys der Fall war. Seine tief liegenden Augen verliehen seinem Blick eine unerbittliche Starre. Steif, mit geradem Rücken, saß er regungslos auf seinem Stuhl und beobachtete alles.
Auch unter den Passagieren erkannte Finn einige wieder. Zum Beispiel Steve, der an einem der Tische schlief. Dann Valeria, die tatsächlich in ihrem Lack-Outfit aufgetaucht war und ihr durchgeknallter Millionär und Gönner, der dicke Goldmann. Des Weiteren befanden sich im Publikum der Balletttänzer,

Klaus, Agnes und der korpulente Mann, der Finn den Weg versperrt hatte, der Junkie und die kleine Diebin Elodie. Natürlich ließ sich auch Henry die Gala nicht entgehen. Er trug tatsächlich seinen Safari-Helm und hatte es sich auf einer Couch, die etwas abseits stand, bequem gemacht. Von dort aus verfolgte er die Show liegend, die Beine ausgestreckt, die Stiefel auf der Lehne.

Ein sehr illustres Publikum, das sich hier eingefunden hatte. Von exzentrisch, verrückt, halbseiden, sexsüchtig und versoffen war alles versammelt.

Finn suchte sich einen Tisch auf der linken Seite aus, wo deutlich weniger Passagiere saßen. Kaum hatte er Platz genommen, kam von der Seite ein Kellner angestürmt und knallte eine Flasche Bier knapp neben seinem Teller auf den Tisch. Er wollte reklamieren, dass er kein Bier möchte, aber da war der Kellner schon wieder verschwunden. Wenn er es aus dem Augenwinkel richtig gesehen hatte, war es auch nicht irgendein Kellner, sondern seine Küchenbekanntschaft Somchai gewesen. Als sich Finn genauer umsah, fiel ihm auf, dass es vier Kellner gab, was nicht besonders merkwürdig gewesen wäre, doch seltsamerweise sahen sie alle aus wie Somchai.

Die Frau an der Stange erinnerte Finn etwas an Mia Farrow aus Pulp Fiction. Nur trug sie einen blonden Pony und mit ihren schwarz geschminkten Lidstrichen, porzellanweißer Haut und ihrem knallrotem Lippenstift sah sie verruchter oder treffender, verkommener aus. Zur Musik von Charles Mingus »Goodbye Pork Pie Hat« gab sie ihr Bestes an der Stange. Finn musste sagen, dass die Frau Talent hatte. Sie bewegte sich, als wäre die Stange ein Teil von ihr, oder genauer gesagt wie eine Schlange, die sich ohne jede Mühe um was auch immer winden konnte. Sie trug einen schwarzen Body, der an der Vorderseite offen war und tiefe Einblicke gewährte. Das Latexmaterial verdeckte knapp ihre Brüste, zeigte viel nackte Haut und endete erst weit unter ihrem Bauchnabel. Der Fetzen Textil bot die Möglichkeit, ihr Tattoo, das vom Bauchnabel bis zu ihrer Kehle reichte, zur Schau zu stellen. Es bestand aus einer Vielzahl von miteinander verschlungenen Schlangen. Sie verschmolzen zu ihrem Hals hinauf zu einer größeren Schlange, die im Kopf einer Frau mit langen, schwarzen Haaren endete. Dort, wo man das Gesicht der Frau erwartete, befand sich nichts; diese Stelle hatte der Tätowierer ausgelassen. Aus dem Kopf der Frau ohne Gesicht ragte eine Schlangenzunge heraus. Es sah aus, als ob sie an der Kehle der Tänzerin züngeln würde. Finn erinnerte es vage an manche Werke von René Magritte. Ihre Beine waren ebenfalls tätowiert. Es waren teure und aufwendige Ero guro Tätowierungen. Ein sehr spezieller Stil der japanischen Kunst, in der man vulgäre Motive mit erotischen Inhalten mischte, um eine Ästhetik des Grotesken zu erschaffen. Manche ihrer Tattoos enthielten daher grausige Gewaltdarstellungen. Für ein Kreuzfahrtschiff war das definitiv die falsche Tänzerin; sie passte eher in einen teuren, verruchten Nachtklub. Auf jeden Fall wusste sie, wie sie das Publikum in ihren Bann ziehen konnte. Die Zuschauer waren mucksmäuschenstill, bis die Musik verstummte und sich die

Tänzerin stilvoll vor dem Publikum verbeugte.
Kaum hatte sie ihre Aufführung beendet, schoss ein eleganter Mann in grauem Anzug auf die Bühne und zog an einem alten Mikrofon, das wie bei früheren Boxkämpfen von der Decke heruntergelassen wurde: »Voilà! Die beste Tänzerin zwischen Thailand und dem Rest der Welt. Un grand applaus pour Lys, s'il vous plaît!«
Wäre Belmondo nicht schon tot gewesen, dann hätte er genau dort auf der Bühne gestanden. Die Ähnlichkeit war einfach frappierend. Sogar eine Filterlose steckte in seinem Mundwinkel, als er sich zur Tänzerin drehte und demonstrativ in die Hände klatschte. Finn mochte French Noir Filme und hatte auch viele mit Jean-Paul Belmondo gesehen. Daher musste er lachen, als er sah, dass auf seinem Namensschild doch tatsächlich Pierrot stand.
Das Publikum klatschte euphorisch, manche stampften sogar auf den Boden. Bei den Gästen handelte es sich auf jeden Fall nicht um die üblichen Passagiere eines Kreuzfahrtschiffes. Eigentlich passte hier niemand so recht rein.
Allen voran der scheinbar stets besoffene Kapitän, der am Tisch sitzend, während der Vorführung seine Finger in den Mund geschoben hatte, um damit laut zu pfeifen. Natürlich schenkte sich Kapitän José aus einer Whiskeyflasche, die vor ihm stand, immer wieder nach und trank das Glas mit einem Schluck aus. Wenn er in diesem Tempo weiter trank, so schätze Finn, würde er das Ende des Abends nicht mehr erleben.
Maurice schien das Treiben nicht allzu sehr zu interessieren.

Wie festgefroren bewegte er sich kein Stück. Auch seine Mimik blieb kalt, was Finn auf sein Botox-Gesicht schob. Dafür beobachtete die orange haarige Alina, gleich neben ihm, die Reaktionen des Publikums wie ein kleines Kind beim Kasperletheater. Immer wieder wollte sie Maurice an den Arm fassen, besann sich dann aber eines Besseren. Sie wirkte verstört, als wenn man sie zum ersten Mal unter die Leute gelassen hätte.
Bei Josés Frau Celeste sah das anders aus. Ein kleines Cannes-Sternchen, mit pastell-rosafarbenen, langen Haaren, im Shag Cut. Der fransige Pony passte perfekt zu ihr. Er umrahmte ihr sonnengebräuntes, fast gebügeltes Gesicht und unterstrich ihre blauen Augen und rosafarbenen, vollen Lippen. Das enge blau-silberne Paillettenkleid, das verteufelt kurz war und ziemlich viel Haut zeigte, stand ihr unverschämt gut. Ihr ganzer Look wirkte rebellisch und lässig zugleich. Celeste rauchte, genauer gesagt saugte theatralisch an ihrer Zigarette, die in einem Perlmutt-Mundstück steckte. Ihr Stuhl stand neben und nicht hinter dem Tisch. Finn konnte ihre langen Beine in den hohen, offenen Stiletto High Heels sehen, die sie regelmäßig, wie stundenlang einstudiert, übereinander schlug. Es kam ihm vor, als würde ihr Kleid dabei jedes Mal etwas höher rutschen, was Celeste aber keineswegs zu stören schien. Ganz im Gegenteil sogar, es war offenbar beabsichtigt, denn im Publikum hatte sie ihr nächstes männliches Opfer ausgemacht. Ein Herr in weißem Smoking, Ende 30, mit Glatze. Er formte seine Lippen immer wieder zu einem Kussmund, während Celeste kokett zurücklächelte, um ihn in seinem Vorhaben zu bestärken.

Kaum war der Applaus verklungen, kündigte Pierrot an, dass nun eine Karaoke-Einlage folgen würde. Parallel zu seinen Worten flackerte eine Neon-Leuchtreklame mit den gelb geschwungenen Worten »Karaoke, Baby« auf der Bühne auf.
Gleich darauf rumorte es an einem der Tische in der Mitte des Saals. Finn konnte nicht sehen, was da ablief, da ihn ein Bühnenscheinwerfer blendete. Er bekam nur mit, dass sich ein Mann und eine Frau aufgebracht und laut unterhielten. Erst als sie in Richtung Bühne gingen, konnte er ihre Umrisse erkennen.
»Ein großes Applaus für Sid & Nancy, nos jeunes mariés. Venez ici ! Herzlich willkommen auf unserer Feier!«
Bei Sid & Nancy handelte es sich um ein Punker-Pärchen mit Tomahawk-Frisuren. Sie trug eine halb zerrissene Netzstrumpfhose, einen rot-schwarz karierten Minirock, der eher einem Streifen glich, mit zwei übereinander hängenden Nietengürteln. Ein schwarzes, bauchnabelfreies Tanktop, unzählige Ketten um den Hals und eine Jeansweste machten Nancys Outfit geradezu perfekt. Ihre Haare, ein Wasserstoffperoxid gebleichter, blonder, gerade geschnittener Pony, endete in einem regenbogenfarbenen Tomahawk, der erst am Hinterkopf ansetzte.
Ihr Gatte trug eine schwarze Jeans, ebenfalls mit obligatorischem Nietengürtel, ein schwarzes T-Shirt und eine Jeansweste. Auf der Rückseite seiner Kutte befand sich ein Aufnäher der Band Misfits. Sein Tomahawk war klassisch, begann oberhalb der Stirn und berührte, aufgrund der Größe, fast seinen

Nacken. Beide kreischten laut, während Nancy mit dem Kopf headbangte. »Zwei Punks auf einem Kreuzfahrtschiff? Das ist fast so wie eine rechtsradikale Glatze auf einem Punk Konzert. Entweder haben sie diese Hochzeitsreise geschenkt bekommen, möchten die Leute schocken oder einfach nur nerven. Wie sitzt man eigentlich mit einer Tomahawk Frisur im Flieger? Geht das, oder gibt es da reisefreundliche Versionen?«, dachte Finn. Nicht, dass er etwas gegen Punks hatte, ganz im Gegenteil, früher war er mit denen um die Häuser gezogen.

Auf der Bühne flüsterte Nancy Pierrot etwas ins Ohr.

»Allez, on y va! ›Basket Case‹ von Green Day.«

An der Seite der Bühne blitzte ein Bildschirm auf, von dem der Text zum Song lief. Punktgenau wurde die Musik eingespielt. Sid & Nancy beachteten den Interpreter nicht, sie kannten den Text auswendig. Wie richtige Stars agierten sie mit dem Publikum und lieferten eine perfekte Show ab. Leider versagte kurz vor dem Ende des Songs die Musikanlage. Enttäuscht warfen sie ihre Mikrofone auf die Bühne. Pierrot versuchte, die Situation zu retten, war aber erfolglos. Das Publikum pfiff eine Person im Blaumann aus, die sich an den Kabeln zu schaffen machte. War der Techniker etwa auch Somchai? Bei dem Licht konnte Finn sein Gesicht nicht genau erkennen.

Das Pärchen verließ, mit erhobenen Mittelfingern, erbost die Bühne. Einige der Gäste schrien sie an, wollten, dass sie auf der Bühne blieben. Sid schnappte sich das Bier eines der Gäste, trank es aus und warf es mit einem gekonnten Wurf an die Wand in der Ecke des Saals. Nach einem Austausch verbaler

Nettigkeiten bahnten sich die beiden ihren Weg zurück durch die Menge.

Als Finn die Reaktionen des Ehrentisches beobachtete, war er amüsiert. Die Nymphomanin spielte noch immer ihr Spiel. José trank mittlerweile direkt aus der Flasche und schrie seine Frau von der Seite an. Wahrscheinlich hatte er trotz seines vernebelten Kopfes doch noch Wind von ihrem Vorhaben bekommen. Die durchgeknallte Orange haarige lachte kirre und applaudierte laut, mittlerweile als einzige, während Maurice unverändert wie festgeklebt auf seinem Stuhl saß.

»Was für 'ne Scheiße. Aber dem Namen des Events wird es gerecht«, dachte Finn, trank aus und erschrak sich förmlich, als der Kellner ihm sofort eine neue Flasche auf den Tisch knallte. Pierrot lief währenddessen wie ein aufgeregter Gockel auf der Bühne hin und her. Er sprach den Kapitän an, der daraufhin seinen Mund weit aufriss und ihn wie ein Löwe anbrüllte. Pierrot nahm schließlich alles selbst in Hand und kam mit einem schwarzen Barhocker zurück. Diesen stellte er in der Mitte der Bühne auf. Nach ein paar Handzeichen seinerseits, leuchtete ein Spot auf den Hocker. Mit einer Ansage versuchte er das Publikum zu beruhigen: »S'il vous plaît, Mesdames et Messieurs, je vous en prie. Bitte, bitte meine Damen, meine Herren. Ich bitte Sie.«

Als Finn zur Seite sah, da er im Augenwinkel eine Bewegung wahrgenommen hatte, blickte er zunächst auf den Bauchnabel einer langbeinigen Frau. Es war Elodie, die geschickte Diebin, die ihn bestohlen hatte. Sie trug eine enge, gebleichte Jeans, ein bauchfreies Tanktop sowie eine dünne, rote Lederjacke, die im Brustbereich eine schräge weiße und eine darunterliegende schwarze Linie aufwies. Die Haare ihres schwarzen Bobs reichten an den Seiten fast bis zu ihrem rot geschminktem Mund. Ohne eine Regung in ihrem Gesicht starrte sie Finn an, griff in ihre Hose und legte Finns Geldbündel vor ihm auf den Tisch: »Ist hier noch frei?«

Finn sah das Geldbündel, das mit einem Gummiband zusammengehalten wurde, an. Es sah genauso aus, wie er es in Erinnerung hatte, als wenn kein einziger Schein fehlen würde. Er machte eine einladende Geste mit der Hand und nickte.

»Bitte, setz dich. Ein schlechtes Gewissen bekommen?«, antwortete Finn souverän und wunderte sich darüber, dass eine Diebin ihre Beute zurückbrachte.

»Ein schlechtes Gewissen habe ich immer«, sagte sie, ohne mit der Miene zu zucken.

»Klingt anstrengend.«

»Ist es auch.«

»Warum bringst du mir das Geld zurück?«

»Es ist deins.«

»Ja, aber normalerweise stiehlt man etwas und bringt es anschließend nicht zurück, oder?«

»Ach ja? Kennst du dich damit aus?«

»Hä?«

»Finn, das ist doch dein Name? Es tut mir leid, ich bin Kleptomanin. Ich habe den Drang zu stehlen und es macht mich verrückt. Gestern habe ich dir das Geld gestohlen, ich konnte nicht anders. Da ist ein Zwang. Ich weiß, es klingt verrückt.«

»Das ist nicht verrückt. Schau dich mal um.«

Elodie sah sich zu den Gästen um. Einige rauchten, Goldmann rieb sich ständig die Nase und hielt in seiner Faust ein blutiges Taschentuch; der Kapitän hatte mittlerweile seinen Kopf in den Nacken gelegt und ließ den Whiskey in seinen Hals fließen. Man konnte sehen, wie er ihm am Kinn hinunterlief.

»Ich weiß, was du meinst. Aber meine Zwangsstörung kann mir nicht nur finanziell schaden. Die Bullen interessiert es wenig, ob ich ihren Ausweis nur gestohlen habe, um einen Drang zu befriedigen.«

Finn musste lachen: »Verstehe. Ist für die wahrscheinlich schwer vorstellbar oder die denken, dass du sie verarschst.«

»Mach' ich aber nicht. Ich muss nichts stehlen, um über die Runden zu kommen, auch wenn ich in der letzten Zeit einen Engpass habe.«

»Engpass? Das kenne ich nur zu gut. Hier, nimm!«

Finn schob das Geldbündel über den Tisch, bis es vor ihr lag. Ihre Augen weiteten sich kurz, der Blick unsicher. Die Lippen öffneten sich, schlossen sich wieder und ein flüchtiges Zögern huschte über ihr Gesicht, als sie es in die Hand nahm und wieder einsteckte.

»Danke, Finn.«

»Dafür möchte ich aber einen kleinen Gefallen von dir.«

»Finn, ich bin nicht so eine!«, sagte sie forsch und wollte das Geldbündel wieder hervorholen, doch Finn hielt sie am Arm fest.

»So war das nicht gemeint. Du sollst mir nur helfen.«
»Was Illegales?«
»Na ja, vielleicht ein wenig. Nur was Kleines.«
Elodie schaute Finn nachdenklich an, bevor sie nickte: »Okay, dann schieß mal los.«
Finn war froh über ihre Antwort. Elodie war sehr geschickt und gut aussehend. Vielleicht würden ihm ihre Fähigkeiten auch später noch mal von Nutzen sein.
»Ich muss auf diesen Landgang.«
»Die Insel der tausend Sterne?«
»Ja, genau. Nur hab' ich kein Ticket.«
»Genau wie ich.«
»Und dabei sollst mir weiterhelfen.«
»Wie soll ich das machen?«
»Siehst du das ältere Pärchen dort hinten am Tisch? Er hustet ununterbrochen und sie sieht aus, als ob sie Fieber hätte.«
Elodie blickte sich um und sah, dass der alte Mann hustete. Er winkte sofort entschuldigend, als er mitbekam, dass sie ihn beäugte.
»Die beiden da. Klar, seh' ich.«
»Schau mal, was vor der alten Dame auf'm Tisch liegt.«
»Zwei rechteckige, bedruckte Papiere oder so was. Genau kann ich es nicht erkennen.«
»Das sind zwei Tickets für den Landgang. Als ich vorhin an ihrem Tisch vorbeikam, konnte ich lesen, was auf den Tickets stand.«
»Verstehe.«

Finn wollte ihr noch Tipps geben, wie sie es anstellen könnte, doch da war Elodie schon aufgestanden und auf dem Weg zum Tisch des älteren Pärchens. Von Weitem konnte er nur hören, dass sich der Mann wegen seines Hustens bei ihr entschuldigte. Schließlich sah er, wie sich Elodie an ihren Tisch setzte, etwas auf einen Zettel schrieb, diesen den beiden reichte und sie umgehend den Saal verließen. Elodie kam wieder an Finns Tisch zurück.

»Jetzt sind sie weg, verdammt! Wie sollen wir jetzt an die Tickets kommen?«

Ohne eine Miene zu verziehen, legte sie ihm aufgefächert beide Tickets auf den Tisch.

»Wow! Du verstehst deinen Job.«

»Danke, aber die sind nicht gestohlen. Sie haben mir die Karten geschenkt.«

»Echt jetzt, einfach so?«, fragte Finn erstaunt.

»Ja, ich habe ihnen ein Rezept aufgeschrieben. Was mit Honig und Ingwer. Sie müssen sich eine leichte Grippe eingefangen haben. Jetzt sind sie deswegen auf dem Weg zur Bar oder in die Küche. Auf den Landgang wären sie ohnehin nicht gegangen.«

»So einfach?«

»So einfach.«

»Also gut, ich brauche nur eins. Nimm das andere für dich.«

»Danke, Finn. Natürlich auch für das Geld. Falls du noch mal meine Hilfe brauchst ...«

»Dann lass' ich ein Portemonnaie auf meinem Handtuch am

Strand liegen«, sagte Finn grinsend. Zustimmend stieß er mit seiner Faust gegen ihre.

In der Zwischenzeit hatte sich das Publikum beruhigt und Pierrot fuhr mit seiner Ansage fort: »Mesdames et Messieurs, zu unserem Hauptakt. Je suis ravi de vous présenter cette Country-Sängerin aus Amerika. Un Applaus für Megan!«
Das Licht auf der Bühne wurde heruntergefahren und etwas ruckelig wanderte ein Spot vom Barhocker auf den Vorhang in der Mitte der Bühne. Erst sah man, wie eine Hand mit weiß lackierten Fingernägeln den roten Vorhang hielt. Dann schob sich der Kopf einer Sängerin seitlich hindurch, bevor sie selbstbewusst und lachend die Bühne betrat. Eine sympathische Blondine mit langen Haaren, einem weißen T-Shirt und Jeans-Hotpants. Das Publikum war so leise, dass man jeden ihrer Schritte in den Cowboystiefeln aus weißem Schlangenleder hören konnte. Um ihren Hals hing eine große Akustikgitarre. Halb sitzend, nahm sie auf dem schwarzen Barhocker Platz und fing an zu spielen. Das Lied handelte von der Freude und Aufregung über eine aufblühende Liebe.
Finn fragte sich, was solch eine gute Country-Sängerin auf diesem Schiff machte. Er stand nicht unbedingt auf Country, aber die Frau hatte was. Begeistert klatschte er, während der Kellner, den er immer einen Bruchteil einer Sekunde zu spät bemerkte, wieder eine Flasche Bier auf den Tisch knallte. Erst als er Elodie fragen wollte, ob sie noch etwas trinken möchte, stellte er fest, dass sie nicht mehr neben ihm saß. Finn trank

das Bier aus, dann stand er auf und schickte sich an, zu gehen. Grinsend schaute er sich nach links und rechts um. Er schien es geschafft zu haben, dieses Mal ließ sich der Kellner nicht blicken.

Vor dem Ausgang entdeckte Finn einen Tisch, auf dem eine Liste für den Landgang auslag. Er schaute auf sein Ticket, auf dem sein ehemaliger Besitzer namens Joseph Miller stand, nahm den Kugelschreiber und trug den Namen unter Barbara Miller ein. Elodie beabsichtigte also auch, die Insel zu besuchen. Laut einem Informationsblatt auf einem Whiteboard würde es mehrere Fahrten geben. Die ersten Boote würden um 10:00 Uhr ablegen. Finn würde versuchen, auf einem dieser Boote zu sein.

Auf dem Weg zum Ausgang rempelte ihn José, der Kapitän, an. Er stank furchtbar nach Alkohol, schwankte und murrte etwas vor sich hin. Ein Blick in Richtung seines Tisches erklärte einiges. Seine Nymphomanin und die Glatze waren nicht mehr im Saal. Sie war anscheinend aufs Neue erfolgreich gewesen und der temperamentvolle Kapitän wollte nun seinem Ärger Luft machen.

Landgang

Auf seinem Rückweg zog es Finn vor, die Treppe zu Deck 3, auf dem sich Anaïs Kabine befand, zu nehmen. Noch bevor er zu ihr ging, besuchte er das Außendeck, um etwas frische Luft zu schnappen. Auf dem Weg dahin kam er sich fast schuldig vor, da so was für Anaïs nicht infrage kam. Es war nicht gut, sie warten zu lassen, aber es würde nicht einfach werden, Anaïs zu befreien, das spürte Finn in jeder Ader seines Körpers. Einen klaren Kopf zu behalten, das war, was zählte. Das ganze Bier, das er getrunken hatte, sprach allerdings eine andere Sprache.

Auf dem Außendeck des fahrenden Kreuzfahrtschiffs schaute Finn über das dunkle Meer Thailands. Der Himmel war voller Sterne, die wie kleine Diamanten funkelten. Finn genoss das Geräusch der Wellen, die vom Rumpf des Schiffes geteilt wurden. Ein leichter Wind strich über sein Gesicht. Er spürte die salzige Luft des Meeres auf seinen Lippen, sah die Silhouetten der Wellen, die im sanften Licht des Mondes tanzten. In der Ferne konnte Finn die Umrisse einiger Inseln erahnen, die geheimnisvoll im Dunkeln lagen. Nach ein paar Minuten fühlte er die Kühle der Nachtluft und ließ sich vom gedämpften Dröhnen der Motoren einlullen.

Auf der Insel der tausend Sterne würde er die Lösung finden, da war er sich sicher. Vielleicht könnte er schon morgen Anaïs aus ihrem goldenen Käfig befreien. Das lag doch drin, oder nicht? Wenn alles gut ginge, würde er mit ihr ganz von vorn anfangen. Das wäre schön, dachte Finn, als er sich langsam auf den Weg zu ihrer Kabine machte. Eine für Thailand ungewöhnliche kalte Brise erfasste ihn und hinterließ eine Mischung aus Zweifel und Angst.

Als Finn die Kabinentür aufdrückte, lief ihm Anaïs aufgeregt entgegen.

»Na und? Hat alles geklappt?«

Sie umarmte ihn, drückte sich fest an ihn und küsste Finn am Hals.

»Ja«, sagte Finn erleichtert. Er fühlte sich ausgelaugt und müde.

»Das ist alles? Erzähl mal.«

Finn gähnte, erzählte ihr aber bereitwillig alles, was sich auf dem skurrilen Abend ereignet hatte. Um ihr Hoffnung zu machen, berichtete er auch von Elodie, in der er eine Verbündete gefunden hatte. Zunächst wollte er Freitag außer Acht lassen, aber er konnte seine Zweifel schlecht für sich behalten, dass er das Gefühl hatte, er wäre an Bord des Schiffes.

»Obwohl du Freitag nirgends gesehen hast? Vielleicht hat er frühzeitig Bekanntschaft mit dem Kontrolleur gemacht?«

»Das könnte natürlich sein. Vielleicht ist alles unbegründet und er hat es nicht aufs Schiff geschafft.«

»Und du willst auf das erste Boot um 10:00?«

»Ja, ich will dem Treiben hier ein Ende machen. Ich will dich, Anaïs, nur dich, ohne diese Kabine hier.«

»Ach Finn. Das wünsche ich mir auch«, sagte Anaïs und sie

küssten sich. Als sie ihn ins Bett ziehen wollte, hielt sie Finn zurück.
»Lass mich noch meinen Rucksack checken und frisch machen.«
»Na gut, Finn, viel wird's ja nicht sein. Aber dann gehen wir zusammen duschen.«
Anaïs grinste ihn mit einem Hintergedanken an, der Finn trotz seiner Müdigkeit sehr gefiel. Neugierig öffnete sie seinen Rucksack. Zur Machete und dem Feuerzeug legte sie noch eine Schachtel Zigaretten dazu. Das Geld nahm Finn, bis auf ein paar Scheine, heraus und reichte es Anaïs. Sie verstaute es in ihrer Tasche und wühlte darin, bis sie ein Portemonnaie hervorholte und ein Foto herauszog. Erst strahlend, dann leicht melancholisch reichte sie es ihm. Doch als Finn danach griff, zog sie ihren Arm zurück. Sie ging zum Tisch, schrieb und malte etwas mit dem Edding auf die Rückseite. Dann kam sie wieder zu ihm und drückte ihm das Foto in die Hand.
»Damit du mich nicht vergisst, Finn.«
»Ich werde dich nie vergessen.«
Das Porträt zeigte Anaïs auf der Croissette in Cannes. Im Hintergrund sah man einen Teil der Promenade mit dem Strand und einem funkelndem Meer. Anaïs war sonnengebräunt, trug einen weißen, gehäkelten Triangel-Bikini, an dessen Slip kleine weiße Muscheln hingen. Mit der einen Hand hielt sie ihren Strohhut fest, den der Wind zur Seite bog. Sie strahlte, lachte dieses ganz besondere Lachen, was Finn so an ihr liebte. Ihre weißen Zähne, die tiefbraune Haut und ihre smaragdgrünen

Augen, alles strahlte. Finn konnte nicht genug von dem Foto bekommen und bewegte es behutsam in seiner Hand, als ob er auf magische Weise versuchte, Anaïs auf dem Bild zum Leben zu erwecken. Schließlich drehte er es um. Auf der Rückseite entdeckte er ein Herz, das von einem spitzen Pfeil durchbohrt war. Darunter hatte Anaïs ihren Namen geschrieben.

Finn streichelte mit seiner Hand über ihr Gesicht und ließ sie auf der Wange ruhen. Sie blickten sich tief und lange in die Augen, als ob in ihnen genau das war, was sie schon lange suchten. Mit einem Mal wurden Anaïs' Augen wässrig. Finn sah, wie sich eine Träne löste und ihr langsam über die Wange glitt. Mit dem Handballen rieb er sie zur Seite.

»Danke für alles, auch dafür, Anaïs«, sagte Finn und hob das Foto in die Höhe, bevor er es in die Außentasche seiner Shorts steckte.

»Nanana! Das klingt ja fast so als ob du dich aus dem Staub machen würdest«, überspielte sie die Situation mit zittriger Stimme, während sie krampfhaft versuchte, ihr Weinen zu unterdrücken, »Falls uns doch etwas trennt, hast du das Foto.«

»Uns wird nichts trennen. Es wird alles gut laufen, vertrau mir«, antwortete Finn und hielt sie an der Schulter fest.

»Das mach' ich doch. Es ist nur so ... ich fühl' mich so unheimlich hilflos.«

Finn strich sanft über ihr Gesicht. Immer wieder bemerkte er, wie seine Gedanken den Raum verließen, sich in Sorgen verfingen, um zurückzukehren und alles wieder von vorn losgehen zu lassen. Er sah sie gebannt an, als ob er diesen Moment für immer einfrieren, in sich bewahren wollte. Schließlich nahm er sie an der Hand und führte sie ins Bad. Vor der Dusche zog er sie, zogen sie sich langsam, fast in Zeitlupe aus. Zu keinem Moment lösten sich ihre Blicke. Sie gingen in die Dusche, umarmten und küssten sich. Erst langsam, zart, fast zurückhaltend, dann voller Leidenschaft. Weder Finn noch Anaïs schlossen dabei auch nur eine Sekunde ihre Augen. Sie wollten sich keine einzige Sekunde voneinander entfernen. In der geräumigen, begehbaren Dusche ließen sie sich zu Boden gleiten. Finn beobachtete, wie Anaïs den Moment genoss, aber auch, dass sie ab und zu ins Grübeln verfiel und den Tränen nahe war. Mit Hingabe küsste er jede Stelle ihres Körpers. Sie bewegte sich unter ihm, rutschte weg. Finn spürte den kühlen Fliesenboden unter seinen Händen, bevor er seine Welt verließ und ihre betrat.

Mitten in der Nacht schliefen sie ein weiteres Mal miteinander und mussten später lachen, als sie Lust auf Pizza bekamen, die trotz der Zeit sofort geliefert wurde. Sie lagen Arm in Arm, bis Finn sah, wie sich Anaïs' Augen langsam schlossen. Zufrieden schlief Finn Sekunden später zu den Saxofon-Klängen einer alten Aufnahme von Illinois Jacquets' »Harlem Nocturne« ein. Leider war sein Schlaf alles andere als ruhig.

Er träumte von seinen Begegnungen an Bord des Schiffes. Immer wieder versuchte er, von Anaïs zu träumen, aber er bekam es einfach nicht hin. Sein Traum endete plötzlich und abrupt: Er sah sich mit Somchai mitten im Ozean auf einem Felsen stehend. Der Koch, in voller Uniform, sah ihn an und reichte ihm einen Pizzakarton. Als Finn ihn öffnete, blickte er auf eine fettige Käsepizza. Sie war mit zerrissenen Schnipseln des Fotos von Anaïs belegt. Er sah ihr Gesicht, den Hut, Teile des gemalten Herzens und das breite, diabolische Lächeln des Kochs, der ihn beobachtete. Gleich darauf versanken alle Schnipsel im geschmolzenen Käse und Finn schrak hoch.

»Alles okay?«, fragte ihn Anaïs, deren Kopf auf seiner Brust lag.

»Was, wer? Oh Mann, Anaïs. Bist du es?«

»Ja, wer sonst? Gibt es da etwas, was du mir sagen möchtest?«

»Nein, nein. Da gibts niemanden. Ich, ich hab' nur schlecht geträumt.«

»Erzähl doch!«

»Nee, lass mal.«

»Na gut«, antwortete sie widerwillig. »Wie sieht's mit Frühstück aus?«

»Shit. Wie spät ist es denn?«

»Keine Angst, es ist noch vor neun. Dir oder besser uns bleibt noch Zeit.«

Finn stieg frischer Kaffeeduft in die Nase. Als er sich umsah, entdeckte er auf dem Boden vor der Durchreiche ein reichlich beladenes Tablett mit Baguette, Croissants, Butter, Honig, Marmelade und zwei Eiern. Zufrieden sah er Anaïs hinterher, wie sie nackt aus dem Bett stieg, um es zu holen. Ihr süßer, kleiner Hintern. Bei dem Anblick musste er sich zusammenreißen, nicht an etwas anderes wie Frühstück zu denken. Sie besaß eine unglaubliche Leichtigkeit, wenn sie nackt durch die Kabine lief. Das gefiel Finn irgendwie.

»Frühstück für meinen Helden!«

»Das bleibt noch offen«, platzte es aus Finn heraus und er bereute sofort, dass er es gesagt hatte. Mit einem Lachen versuchte er, es herunterzuspielen.

Anaïs bestrich ein Stück vom Ende eines Croissants mit etwas Butter und Marmelade, dann steckte sie es Finn in den Mund.

»Du bist mein Held, hörst du? Du schaffst das und du kommst wieder zurück. Ich glaub' an dich, vergiss das nicht.«

»Ja, nein. Klar doch, Anaïs. Tut mir leid.«

Sie aßen beide ihr Frühstück, verloren aber keine großen Worte. Schon jetzt fühlten sie sich voneinander getrennt. Da war ein unsichtbares Band zwischen ihnen, das kurz davor war zu zerreißen. Es nannte sich Abschied.

Nach einer langen Dusche mit ihr, bei dem Finn die Bilder der letzten Nacht durch den Kopf schossen, zog er sich an und stand schließlich mit dem Rucksack auf dem Rücken vor Anaïs.

»Ja, dann ... ach Scheiße, Anaïs. Ich hasse Abschiede.«

»Wer mag die schon?«, antwortete sie geknickt, stellte aber ihre Stimmung sofort um, als ob sie einen Schalter dafür gefunden hätte. Sie küsste Finn und lachte: »Na los, mein Held!«

Finn griff zum Türknauf. Er bekam keine Luft mehr, die Situation erdrückte ihn. Es war ihm peinlich, so schwach vor Anaïs zu stehen und es hätte ihnen beiden ganz sicher nicht gehol-

fen. Finn riss die Tür auf, machte einen Schritt in den Gang. Er wollte noch einen Blick auf Anaïs werfen, als ein Durchzug die Tür mit einem lauten Rums zuknallte. Hatte das etwas zu bedeuten? Finn blieb noch einen Moment stehen, legte seine Hand an die Tür und hätte schwören können, dass Anaïs auf der anderen Seite das Gleiche tat. Bevor er sich auf dem Weg zum Fahrstuhl machte, meinte er, ein leises Schluchzen hinter der Tür zu vernehmen.
Im Gang des Schiffes war außer dem stetigen Geräusch der Motoren nichts zu hören. Finn stieg in den Fahrstuhl und fuhr auf Deck 7, dem vereinbarten Treffpunkt für den Ausflug.

Auf dem Sonnendeck hatten sich schon einige Passagiere eingefunden. Die erste Gruppe, zu der auch er gehörte, bestand aus zehn Passagieren. Elodie war nicht dabei, was ihm ganz recht war. Seine Gedanken waren bei Anaïs und so bekam er nur durch einen Schleier mit, dass sie mit großer Verspätung in einem der Boote zu Wasser gelassen wurden.
Erst das Schunkeln an Bord holte ihn aus seinen Tagträumen zurück. Es war warm, die Sonne brannte schon fast senkrecht vom wolkenlosen Himmel. Aus einem kleinen Weltempfänger, den Agnes, die neben Pierrot saß, in der Hand hielt, spielte »Sur mon île« von Raphaële Lannadère. In dem Chanson sang eine Künstlerin von einer Trauminsel. Er handelte von vergänglicher Liebe, den wandelnden Jahreszeiten und lebendigen Straßen, während die Zeit auf der Insel wie im Flug verging.
Agnes entdeckte Finn im Heck des Bootes sitzend, winkte und

grinste ihm zufrieden zu. Dabei zog sie genüsslich an ihrer Zigarette, die sie scheinbar vergessen oder aus Rücksicht nicht angesteckt hatte. Die Luft schmeckte nach Salz und als das Boot Fahrt aufnahm, spritzte Finn immer wieder Gischt ins Gesicht. Er ließ das Salzwasser auf seiner Haut trocknen und spürte nach kurzer Zeit, wie es in seinem Gesicht spannte. Melancholisch schaute Finn ein letztes Mal zum Schiff, dann ließ er seinen Blick auf dem Meer ruhen. Noch etwas entfernt lag vor ihnen die Insel der tausend Sterne. Nachdenklich hielt Finn seine Hand ins klare Wasser und genoss die Sonne im Rücken. Das Boot glitt über eine Unterwasserlandschaft von farbigen Korallen, auf denen vereinzelt blaue und rote Seesterne lagen. Neben dem Boot schossen farbenfrohe Fische in alle Himmelsrichtungen davon. Clownfische schwammen um violette Seeanemonen und alles glänzte im Sonnenlicht, wirkte von Menschen verschont.

Vom Motorengeräusch aufgeschreckt, entfernte sich ein Riffhai blitzschnell in tieferes Gewässer. Auch ein großer Tintenfisch suchte vor den Eindringlingen im Paradies Zuflucht unter einem Felsen. Verträumt schaute Finn dem Treiben unter Wasser zu und war überrascht, als vor ihnen die Insel in ihrer vollen Größe aus dem Meer ragte. Während sich an beiden Seiten flache Hochebenen oberhalb einer Steilküste erstreckten, erhob sich im Inselinneren ein hoher, grauer Berg. Das Eiland war größtenteils von dichtem Urwald bedeckt. Vereinzelt konnte Finn Palmenwälder ausmachen, deren Blätter das Licht silbern reflektierten. Die Felsen der Steilküste ragten wie riesige, scharfe Zähne in den Himmel empor. Von einer Vielzahl von Farben durchzogen, schimmerten im Sonnenlicht besonders die hellbraunen Felsen, die an ihrem Ende in verschiedene Grauschattierungen übergingen. Die Felsspitzen, die ein wenig an die Zahnreihen eines Hais erinnerten, standen im Kontrast zu ihrer glatten Oberfläche. Die Brandung und die tropischen Naturgewalten mussten sie über Jahrzehnte geformt haben. Sie verliehen der Insel eine mystische Atmosphäre.

Das Boot steuerte auf eine atemberaubende Kulisse zu, die uneinnehmbar schien. Die Uferlinien der Steilküste waren von goldenem Sand gesäumt. Der Bootsmann vollzog eine Kursänderung, um parallel zur Küste zu fahren und außerhalb des Riffs zu bleiben. Sollte das Boot in die Brandung geraten, wäre es unweigerlich dazu verurteilt, am Kliff zu zerschellen. Finn war beeindruckt von den Naturgewalten und von dem Krach, den die Wellen verursachten, die gegen das Kliff schlugen und dann in weißer Gischt zerfetzten. Jetzt, wo sie näher gekommen waren, wirkten die glatten Wände der Felsen wie Speere, die mahnend in den Himmel zeigten. Obwohl sie sich außerhalb der Wellen befanden, schwankte das Boot von einer Seite zur anderen. Finn war es ein Rätsel, wo sie an der Insel anlegen sollten, schließlich war von einem Landgang die Rede.
Plötzlich sah er, dass Pierrot trotz der Bewegungen an Bord aufstand und etwas auf Französisch rief. Nur konnte es weder der Bootsmann, der ihn mit einer Handbewegung aufforderte,

sich wieder zu setzten, noch Finn selbst verstehen. Als Pierrot wieder saß, hielt er Agnes an der Schulter fest, während sie sich über den Rand des Bootes beugte und übergab. Die anderen Passagiere schlugen sich tapfer, sahen aber recht blass um die Nase aus. Finn fragte sich, ob der Bootsmann vorhatte, die Insel zu umrunden, um in sanftere Gewässer zu gelangen. Es klärte sich von selbst, denn mit einem Mal tat sich zwischen den Felswänden eine Lücke auf. Zuvor hatte man sie nicht sehen können, da sie durch einen Felsen, der vor der Insel im Meer lag, verdeckt gewesen war. Die Lücke entpuppte sich als eine kleine Seepassage. Sie war von beeindruckenden Felswänden flankiert und groß genug, dass an dieser Stelle keine Brandung herrschte. Ein wenig erinnerte es Finn an die Einfahrt zu Fjorden in Norwegen. Nur waren hier die Felswände sehr viel enger beieinander und sie befanden sich auch nicht auf einer großen Fähre, sondern in einem Beiboot. Durch die imposante Höhe der Felsen fühlte es sich an, als ob sie in einer Nussschale dahintreiben würden. Nach ein paar Metern verlangsamte der Bootsmann die Fahrt und versuchte, das Boot in der Mitte zwischen den Felswänden zu halten. Finn sah, dass sie direkt auf den Eingang einer Höhle zusteuerten. Sie war so breit und hoch, dass einige Meter in ihr vom Sonnenlicht beleuchtet wurden.

Ein weiteres Mal wurde das Boot verlangsamt. Das Motorengeräusch war genau wie die Brandung, die draußen herrschte, nur noch leicht zu hören. Und so glitten sie fast geräuschlos durch das Wasser, das unter ihnen immer dunkler wurde. Als das Licht schließlich völlig ausblieb und die Dunkelheit ihr Boot verschluckte, schaltete der Bootsmann einen starken Scheinwerfer an, der sich direkt am Bug befand. Die plötzlich erleuchtete Szenerie wurde von lautem »Oh und Aah« der Passagiere begleitet.

Pierrot zeigte auf riesige Stalaktiten hoch über ihnen, die Hunderten von Fledermäusen Unterschlupf boten. Vom Licht des Scheinwerfers aufgeschreckt, flogen sie über die Köpfe der Bootspassagiere hinweg. Unbeeindruckt dessen steuerte der Bootsmann weiter durch das unterirdische Gewässer, das enger wurde und immer mehr einem Fluss glich. Die weit herunterhängenden, hellbraunen Stalaktiten zeichneten im Licht des Scheinwerfers ein geheimnisvolles Bild. Dazu ergab sich ein Schattenspiel, das den Eindruck erweckte, die Decke würde sich über ihnen bewegen, lebendig sein. Fasziniert von dem Schauspiel streckten einige Passagiere ihre Köpfe hoch und kommentierten alles mit einem aufgeregten Gemurmel. Nach ungefähr fünf Minuten sah Finn Licht am Ende der Höhle. Was als ein hell leuchtender Punkt begonnen hatte, vergrößerte sich mit jedem Meter, bis es so groß war, dass das Licht sie vollkommen umgab und sie aus der unterirdischen Passage hinausfuhren.

Finns Augen brauchten etwas, bis sie sich an das Tageslicht gewöhnt hatten, doch was er vor sich sah, raubte ihm den Atem. Sie befanden sich auf einer Bucht innerhalb der Insel, die ein Atoll zu sein schien. Hinter ihnen erstreckten sich hohe, teilweise mit grüner Vegetation bewachsene Kalksteinfelsen vom Höhlenausgang sichelförmig in beide Richtungen. An den Enden dieser Felsformation flachte das Kliff auf beiden Seiten der Insel ab und ging sanft in einen vor ihnen liegenden Sandstrand über, der den Kreis um die Bucht schloss.

Hinter dem Strand, der nun vor ihnen lag, erstreckte sich nicht nur das offene Meer, sondern auch zerklüftete Felsformationen, die den Eindruck erweckten, dass das Wasser dort sehr flach war. Ein altes Schiffswrack, das mit Schlagseite auf dem Strand lag, bestätigte Finns Theorie. So verrostet wie es aussah, war es wohl vor geraumer Zeit gestrandet. In unmittelbarer Nähe des Schiffes wuchsen Kokospalmen und verliehen der Umgebung den Eindruck einer Oase. Ein paar Seevögel und ein Schwarm von Papageien hatten scheinbar das Wrack als ihre neue Heimat in Beschlag genommen. Finn leuchtete ein, warum der Bootsmann den Weg durch die Höhle genommen hatte. Abgesehen von einem vorgelagerten Riff und flachem Wasser, hätte sie die Strömung gegen einen der Felsen drücken können. Am Ende hätte sie das gleiche Schicksal wie das Schiffswrack erwartet. Die Insel war also nur von einer Seite, und zwar durch die Höhle, zu erreichen. Das hieß auch, dass es nur einen Weg gab, diese Insel wieder zu verlassen.

Das Wasser war so spiegelglatt, dass es den Anschein hatte, sie würden auf einem See fahren. Plötzlich bemerkte Finn im Augenwinkel eine Bewegung. Als er durch das Wasser sah, bemerkte er einen Dugong. Das gutmütige Tier begleitete sie ein gutes Stück, bis das Wasser am Ufer des Strandes zu flach wurde. Der Bootsmann verlangsamte, schaltete schließlich den Außenbordmotor aus, klappte ihn aus dem Wasser und sie glitten dahin, bis sich das Boot in den Sand des Strandes grub. Mit einem leichten Ruck endete ihre Fahrt und der Bootsmann wendete sich mit einer Ansprache an die Passagiere: »Meine Damen und Herren, wir wären am vorläufigen Ende dieser Reise. Ich wünsche Ihnen einen schönen Aufenthalt. Falls Sie schnorcheln, beachten Sie bitte, dass dies ein letztes Stück unberührter Natur ist. Von einem Besuch des Dschungels rate ich Ihnen ab, dort lauern viele Gefahren. Die Reederei möchte nicht, dass sich jemand von Ihnen hier verletzt oder gar stirbt.« Beim letzten Satz ging ein Lächeln über das Gesicht des Bootsmanns. Wenn es Finn richtig einschätze, interessierte er sich keinen Deut für die Sicherheit seiner gut betuchten und des Lebens verwöhnten Passagiere, sondern spielte sein Pflichtprogramm ab: »Aber lassen Sie sich davon nicht den Aufenthalt vermiesen. Wer auf dem Strand bleibt, der ist safe und hat eventuell die Möglichkeit, Delfine und Wale zu beobachten. Sollten Sie einen Leoparden oder Tiger zu Gesicht bekommen, schreien Sie laut und laufen so schnell Sie können davon.« Der Bootsmann lachte so laut und heftig, dass er anfing zu husten. Nur mit äußerster Mühe gelang es ihm, sich wieder in den Griff zu bekommen: »Vergessen Sie das, war nur ein Scherz. Es ist fast unmöglich, in Thailand auf einen Leoparden oder Tiger zu treffen.«

Einige der Passagiere kamen sich sichtlich verarscht vor und es entstand ein lautes Gemurmel, was der Bootsmann durch

seine Autorität zu unterdrücken versuchte. Finn sah, dass er einen Ausdruck aus seiner Weste zog.
»Noch ein Hinweis, den ich Ihnen aufgrund rechtlicher Bestimmungen der Reederei mitteilen muss. Bitte beachten Sie alle giftigen und gefährlichen Tiere auf der Insel und im umliegenden Gewässer. Nehmen Sie sich in Acht vor: Haien, Skorpionfischen, Steinfischen, Titan-Drückerfischen, Kegelschnecken, Würfelquallen, Blaupunktrochen, Seeigeln und, last but not least, Schlangen, insbesondere der Gelblippen-Seekrait, deren Gift tödlich ist. So, ich glaube, das war's. Also viel Spaß auf der Insel. Wir sehen uns am späten Nachmittag hier am Strand wieder, dann erwartet Sie unser Koch YinYin mit einer Variation aus Meeresfrüchten«, dabei zeigte der Bootsmann auf YinYin, der in seiner goldschimmernden Kochuniform neben ihm stand und begann, mit einem Kochlöffel, wirr lachend gegen eine gusseiserne Riesenpfanne zu schlagen, »Anschließend geht unsere Reise zurück und Sie haben die Möglichkeit, sich an unserer Bar einen oder mehrere Abenteuer-Cocktails zu genehmigen. Bitte entschuldigen Sie, dass unsere Anreise länger gedauert hat wie geplant. In wenigen Minuten werden wir Sandwiches und Getränke am Schiffswrack servieren.«
Finn blickte zum Himmel. Laut Sonnenstand musste die Mittagszeit bestimmt schon eine Stunde her sein.
Der Bootsmann lachte diabolisch: »Nun denn, Ihnen einen unvergesslichen Aufenthalt!«

Unter Sternen

»Na, junger Herr, Lust auf ein Abenteuer?«

Finn drehte sich kauend um und sah Henry in voller Safari-Ausstattung vor sich stehen. Der Propeller in seinem Tropenhelm drehte laut, was aber scheinbar nichts brachte, denn der Schweiß floss ihm nur so durchs Gesicht.

»Huch, Henry, nicht wahr?«, rasch schluckte Finn den letzten Bissen seines Sandwichs hinunter und wischte sich mit einer Serviette den Mund.

Henry nickte, nahm den Helm ab und wischte sich mit einem weißen Tuch, das er aus seinem Safarihemd zog, den Schweiß aus dem Gesicht: »Zu Ihren Diensten. Wo soll's denn hingehen?«

»Wenn ich das so genau wüsste.«

»Gut, so. Gut, so. Der Weg ist das Ziel«, bemerkte Henry und zeigte mit dem Finger zu einem Ende des Strandes, »Lassen Sie uns in diese Richtung gehen. An diesem Ende scheint das Kliff flacher zu sein. Von da können wir auf die Hochebene der Insel gelangen. Kurz durch den Dschungel, dann müssten wir an einem Wasserfall vorbeikommen. Oder war der auf der anderen Seite? Nein, da sollte doch der See mit Süßwasser sein. Na, wie auch immer, beides gut, um Vorräte aufzufrischen. Ja, auf jeden Fall. Ich weiß, wo's langgeht, vertrauen Sie mir!«

Ohne eine Antwort abzuwarten, schnappte sich Henry seinen Rucksack und marschierte los. Finn versuchte, über den Strand Schritt zu halten, aber der Sand, in dem er immer wieder einsank, erschwerte sein Vorhaben. Finn hätte ihm nie zugetraut, dass er ein solches Tempo hinlegen würde.

»Henry, warten Sie! Geben Sie mir meinen Rucksack!«, rief er ihm hinterher.

»Ah, sehr löblich. Sie planen, alles allein durchzustehen. Versteh' ich, versteh' ich gut«, antwortete Henry, der stehen geblieben war, und reichte ihm den Rucksack.

Am Kliff angekommen beobachtete Finn, wie Henry leichtfüßig über die großen, glatten Findlinge und Korallenfelsen hochkletterte. Als er ihm folgen wollte, entdeckte er bei einem der Felsen etwas Schimmerndes im Sand. Finn bückte sich, schaufelte mit den Händen den Sand zur Seite und enthüllte eine Kette aus mehreren Holzkugeln. An ihr baumelten verschiedene Talismane: ein aus Knochen gefertigter Elefant mit Sanskrit-Symbolen, ein sitzender, bronzefarbener, in Glas gegossener Buddha und eine aus Messing gefertigte Röhre. Sie erweckte besonders seine Aufmerksamkeit. Es schien, als könne eins ihrer Enden aufgeschraubt werden. Bei dieser Arbeit hatte jemand sehr viel Wert auf Details gelegt. Finn war fasziniert von der aufwendigen und detailreichen Verarbeitung. Sowohl auf der Röhre als auch auf dem bronzenen Buddha befanden sich grazile Inschriften und Symbole. Als er sie schüttelte, stellte er fest, dass sich etwas in der Röhre befand. Vorsichtig drehte er an ihrem Deckel, der sich erst nicht bewegte, dann aber doch nachgab. Finn drehte seine Hand, damit der Inhalt nicht in den Sand fallen konnte und kippte vorsichtig die offene Röhre. Etwas Schwarzes rutschte heraus. Es war eine aus schwarzem Resin gefertigte Wespe. Auf ihrem Körper befanden sich verschiedene Symbole und Zeichnungen. Schließlich kamen einige Pflanzensamen zum Vorschein, die Finn fast aus der Hand gefallen wären.

»Alles in Ordnung da unten?«, rief Henry fragend, den Finn aus seiner Position kaum noch sehen konnte. Er stand bereits auf der Hochebene des Kliffs. Hektisch ließ Finn Wespe und Samen in die Röhre gleiten, schraubte sie zu und hing sich die Kette unter seinem Shirt um den Hals.

»Na klar, Henry. Ich bin gleich da.«

Finns Aufstieg verlief problemlos, nur die Wärme und Luftfeuchtigkeit trieben ihm den Schweiß aus den Poren. Oben angekommen, stützte er sich schwer atmend auf seine Knie.

»Schauen Sie doch. Das nenne ich eine Aussicht, nicht wahr?«

Henry hatte vollkommen recht. Als Finn zurückschaute, lag unter ihnen der gesamte, sichelförmige Sandstrand, der sich bis zur gegenüberliegenden Seite der Insel erstreckte. Dort konnte er auch verschiedene Sandstrände kleiner, im Kliff eingelassener Buchten, einen Wasserfall und den Höhleneingang sehen, durch den sie mit dem Boot angekommen waren. Vor ihnen erstreckte sich die Hochebene der Insel. Mit einigen Ausnahmen war die komplette Insel mit dichtem Dschungel bewachsen. Hauptsächlich handelte es sich um Bäume, deren Äste und Blätter sich weit ausbreiteten und ein natürliches Dach bildeten. Die restliche Vegetation bestand aus Palmenwäldern und Bananenbäumen, die das Licht der Sonne reflektierten.

Noch stand Finn mit Henry auf einer recht kahlen Ebene, aber kaum zweihundert Meter von ihnen entfernt, änderte sich die Vegetation und ein dichter Dschungel begann. Bei dem Anblick wusste Finn nicht, was er hier eigentlich machte. Wo sollte hier die Lösung für Anaïs' und sein Problem zu finden sein? In diesem Dschungel dort vor ihm? Oder doch dort unten am Strand? Vielleicht sogar im Wasser? Finn hatte das Gefühl, seine Zeit zu verschwenden. Ratlosigkeit und Zweifel machten sich in ihm breit.

»Mal etwas Lächeln«, rief Henry ihm zu.

»Fick dich!«, zischte Finn erbost.

»So schlimm? Das geht vorbei, mein Freund.«

»Wer sagt, dass Du mein Freund bist? Was machen wir hier und wo willst du hin?«

»Die Schätze des Lebens entdecken. Neue Kulturen kennenlernen, Erfahrungen sammeln. Das hier ist besser als Fernsehen, das ist live!«

»Mann, Henry, wenn du wüsstest. Mal abgesehen von unserem Ausflug hier. Du hast schon mitbekommen, dass wir auf einem Schiffswrack ausgelaufen sind?«

»Also so schlimm ist das Boot auch nicht beieinander, junger Mann.«

»Manchmal glaube ich, dass alle Menschen entweder komplett durchgeknallt oder völlig verblödet sind.«

»Interessante Theorie. Falls Sie die Bildungsreformen ansprechen, dann gebe ich Ihnen recht. Verlässliche empirische Daten darüber gibt es aber meines Erachtens nicht.«

»Mensch, Henry, du schaust kein TV, YouTube, Instagram oder TikTok und was weiß ich noch.«

»Nee, ich habe keinen Fernseher und der Rest sagt mir nichts.«

»Du Glücklicher.«

»Wenn Sie meinen. Ich brauch' nichts außer die Freiheit, zu reisen und neue Dinge zu sehen.«

»Okay, schon gut. Lass uns das alles wieder vergessen. Sorry, wegen vorhin.«

»Warum denn?«

»Na, du weißt schon.«

»Nein, was denn?«

»Dass ich dir gesagt habe, du ... na, dass ich dir gesagt habe, du sollst dich ficken.«

»Ach so, na ja, ihr Jugendlichen habt eure eigene Sprache. Keine Ahnung, was du mir damit sagen wolltest.«

»Ja, is' schon gut, Henry. Also, was liegt an?«

Henry vollzog eine Handbewegung, die auf einen kleinen Tierpfad wies.

»Er führt uns auf direktem Weg in den Dschungel.«

»Verstehe.«

Finn zog seine Machete aus dem Rucksack und folgte Henry, der sich sofort auf den Weg gemacht hatte. Die Steigung zum Dschungel war auszuhalten, kostete aber bei der Luftfeuchtigkeit einiges an Kraft. Finn spürte, dass seine Gedanken immer wieder abwanderten. Bevor er den Dschungel betrat, sah er sich ein letztes Mal um. Einige der Passagiere tollten am

Strand herum, andere hatten es sich wie YinYin im Schatten der Palmen am Schiffswrack bequem gemacht. Als er seinen Blick kurz über die Bucht schweifen ließ und das Wasser betrachtete, erschrak er. Der Bootsmann hatte keinen Deut übertrieben. Im Wasser tummelten sich ganze Schwärme von Haien. Dort schwimmen zu gehen, war nicht nur gefährlich, es kam einem Selbstmord gleich. Immer wieder sah er, wie die Haie aufeinander losgingen und das Wasser aufgewirbelt wurde. Die Meerseite hinter dem Strand wirkte dagegen fast idyllisch ruhig. Das Wasser des Riffs war so klar, dass Finn die farbigen Korallen und die Schatten riesiger Fischschwärme beobachten konnte.
Als sich Finn wieder dem vor ihm liegenden Dschungel zuwandte, bemerkte er, dass sein Hals vollkommen trocken war. Wie ein Stromschlag durchfuhr ihm die Erkenntnis, dass er das Elementarste vergessen hatte. Er blieb stehen und rief: »Wasser! Verdammt, Henry, haben Sie Wasser dabei?«

Finns Augen mussten sich an den dunkleren Dschungel gewöhnen. Zunächst konnte er Henry nicht ausmachen, doch dann entdeckte er ihn an einem massiven Baum stehend, von dem Lianen herunterhingen. In kürzester Zeit war er tief in den Dschungel vorgedrungen. Einige Sonnenstrahlen drangen durch die Blätterdächer und beleuchteten Henrys Gesicht. In dieser Szene, wie er neben einem Baum auf der Anhöhe stand, mit einem Bein auf dem Felsen, verlieh ihm das schimmernde Licht eine beinahe heroische Ausstrahlung. Er wirkte wie ein lebendiges Denkmal, das ihm zu Ehren errichtet worden war. Finn hatte alle Hände voll zu tun, um sich mit seiner Machete den Weg durch die teilweise zugewachsene Vegetation zu bahnen. Wie hatte das Henry nur hinbekommen? Hatte er einen einfacheren Weg zur Anhöhe gefunden? Es kam Finn ohnehin vor, als ob Henry von unbekannten Kräften getragen wurde. Völlig verschwitzt erreichte er schließlich die Stelle, an der er Henry zuletzt gesehen hatte. Finns Stimmung sank in den Keller, als er feststellte, dass der Dschungel vor ihm noch undurchdringlicher wurde. Was Finn allerdings besonders beunruhigte, war die Tatsache, dass von Henry jede Spur fehlte. Wie konnte er sich in diesem undurchdringlichen Dschungel so rasch fortbewegen? Finn spürte die Anstrengung in jedem seiner Knochen. War Henry vielleicht ein Wahnsinniger, der erst in diesem Umfeld richtig auflebte und alle anderen konditionell in den Schatten stellte? Allein sein Durst setzte Finn schon genug zu. Von der Müdigkeit, die er auf eine sich anbahnende Dehydration zurückführte, mal ganz zu schweigen. Er war die Wärme und Feuchtigkeit einfach nicht gewohnt. Im Hotel am Strand zu liegen war etwas anderes, als sich seinen Weg mit einer Machete durch einen Dschungel zu bahnen.

Schwer atmend setzte er sich auf einen hohlen Baumstamm. Als er vor sich herschaute, wurde ihm bewusst, dass der ganze Boden, auf dem er lief, zu leben schien. Da waren haarige Raupen, Käfer, glatte Würmer, Körper von toten Insekten, die zerteilt und von Ameisen davongetragen wurden.

Auf einmal spürte er etwas Haariges über seine Hand kriechen. Vorsichtig sah Finn zur Seite, darauf bedacht, keine hektischen Bewegungen zu machen, um das Tier auf seiner Hand nicht zu provozieren. Doch als er sah, was auf seiner Hand hockte, gingen Finn die Nerven durch: Es war eine riesige Vogelspinne. Er sprang auf und schüttelte seine Hand panisch in alle Richtungen. Obwohl die Spinne längst nicht mehr zu sehen war, schlug er seine Hand unaufhörlich ans Bein. Er konnte noch immer den leichten Druck ihrer haarigen Beine spüren.

Nachdem er sich etwas beruhigt hatte, sah er sich um. Während seines imaginären Kampfes mit der Spinne hatte er sich von seiner ursprünglichen Position entfernt. Alles um ihn herum schien noch dichter bewachsen zu sein. Er befand sich nicht mehr auf einer Anhöhe, sondern in einem kleinen Flussbett, in dem sich kleine schwarze Tümpel mit übel riechendem Wasser aneinanderreihten. Sein Herz schlug so heftig, dass es ihm vorkam, als würde es jeden Moment explodieren.

»Henry? Henryyyyyy!«, schrie er verzweifelt in den Dschungel hinein. Doch er bekam keine Antwort. Warum hatte Henry nicht auf ihn gewartet? Er konnte ihn doch nicht einfach so zurücklassen. Finn schaute zum Blätterdach der Bäume. Unbemerkt drehte er sich dabei im Kreis, bis er sich taumelnd an einem Baum festhalten musste. Erst jetzt begriff Finn, dass er nicht nur Henry, sondern auch die Orientierung verloren hatte. Schwitzend, seine Machete verzweifelt umklammernd, wischte er sich an der Schulter den Schweiß aus dem Gesicht. Die dichte Vegetation machte eine Orientierung unmöglich.

Ein weiteres Mal rief er nach Henry, hielt sofort inne, um jedes nur denkbare Geräusch aufzuschnappen, doch da war nichts, außer dem Lärm der Vögel und ein paar Makaken, die sich in den Baumkronen tummelten. Er war allein, er hatte Henry verloren, er hatte sich verirrt. Was seine Situation besonders verschlimmerte, war das fehlende Wasser. Wie hatte er nur darauf kommen können, ohne Wasser aufzubrechen? In seinem Zustand und mit seinem begrenzten Wissen war es nahezu unmöglich, Henry in diesem undurchdringlichen Dschungel zu finden. Die einzige Option schien zu sein, umzukehren und so schnell wie möglich zum Strand zurückzugehen. Doch in welche Richtung? Alles um ihn herum sah gleich aus. Finn bekam Panik, merkte, wie er im Begriff war, zu hyperventilieren. In einem letzten Versuch, mit dem er sich eher von seiner Angst befreien wollte, als dass es ihm nutzen würde, hob er seine Hände an den Mund und formte einen Trichter. Als er jung war, hatte er das nach einem Besuch im Affenhaus erlernt. Sein Affenschrei durchbrach die Stille des Dschungels, die ihn förmlich zu erdrücken schien. Der Klang, eine Mischung aus schrillen Schreien und tiefen Lauten, hallte durch die Bäume. Eine Antwort ließ nicht lange auf sich warten. Aus der undurchdringlichen Vegetation brach eine lebendige Kakofonie von Affenrufen hervor. Einige schienen neugierig, andere warnend. Plötzlich knackten Äste, als sich ein paar Affen in den Baumwipfeln bewegten, um den merkwürdig klingenden Artgenossen näher unter die Lupe zu nehmen. Finn lauschte gebannt den Schreien der Affen. Es schienen immer mehr zu werden. Er hatte eine ganze Horde auf sich aufmerksam gemacht. Gefahr lag in der Luft. Finn schrie, dieses Mal war es der verzweifelte Schrei eines Mannes, der Todesangst spürte. Wie von Sinnen rannte er los. Äste schlugen gegen seine Schienenbeine, manche in sein Gesicht. Panisch schlug er beim Laufen mit der Machete um sich und rannte, als ob der Teufel hinter ihm her wäre.

»Henryyyyyyyyy!«, schrie er laut, bevor ihn zu seiner Verwunderung der Dschungel freigab. Doch Finn blieb nicht stehen, sondern rannte, sich beim Laufen immer wieder umsehend, weiter. Ihn beschlich das Gefühl, dass ihm etwas dicht auf den Fersen war und sich in der nächsten Sekunde zeigen würde. Völlig außer sich fixierte Finn mehrere Stellen des Dschungels, aus denen jemand oder etwas kommen könnte, doch es passierte nichts. An einem abgebrannten Baumstumpf ließ er sich zu Boden sinken. Die Erde um ihn herum war schwarz. Vor nicht allzu langer Zeit musste es hier gebrannt haben. Wahrscheinlich hatte er es nur dem Feuer zu verdanken, das hier gewütet hatte, sonst würde er sich noch immer im dichten Dschungel befinden.

Als ihn eine Brise erfasste und er das Salz in der Luft roch, fühlte er sich gleich besser. Jetzt war er nicht mehr in einem dunklen Käfig mit tausenden Tieren eingesperrt. Finn konnte den blauen Himmel sehen, bekam wieder Luft. Ungefähr so musste sich jemand fühlen, der aus dem Knast kam und nun hingehen durfte, wo er wollte. Ganz ohne Mauern, ohne jegliche Grenzen.

Finn ging weiter über die Ebene, bis er den höchsten Punkt erreicht hatte. Von dort hatte er eine Aussicht auf die Meerseite, wo das Kreuzfahrtschiff vor Anker lag. Sofort kam ihm Anaïs in den Sinn, die in der Kabine auf ihn und eine Lösung wartete. Erschrocken stellte er fest, dass er sich sehr weit vom Strand entfernt hatte.
Henry hatte von einem Wasserfall und einem See erzählt. Aber würde er ihn im Dschungel tatsächlich finden können? Er war vermutlich besser beraten, sich anderswo Flüssigkeit zu beschaffen. Nur wo das sein sollte, war ihm unklar. Bis sein Blick auf die Kokospalmen fiel. Er hatte doch eine Machete, also worauf wartete er noch?

Eine Kokosnuss vom Baum zu holen, stellte sich schnell als Schnapsidee heraus. Die Bäume waren einfach zu hoch und Finn rutschte immer wieder ab. Sosehr er es auch versuchte, er schaffte es nicht, am Stamm hochzuklettern. Also entschied er sich dafür, Nüsse auf dem Boden zu suchen – und tatsächlich fand er sogar zwei, die noch grün waren. Ungeduldig bearbeitete Finn eine der Kokosnüsse mit seiner Machete. Bei seinen letzten Schlägen spritzte ihm Kokosnusswasser um die Ohren. Die Freude stand ihm ins Gesicht geschrieben, denn es roch gut. Gierig trank er die Nuss bis zum letzten Tropfen aus. Sie schmeckte hervorragend und war sogar etwas kühl. Als nichts mehr aus der Nuss kam, spaltete er sie mit der Machete, war aber sehr enttäuscht. Es befand sich kaum Fruchtfleisch in ihr. Die andere Nuss war kleiner und eignete sich für den Transport. Sie wog zwar etwas, aber er konnte sie mühelos in seinem Rucksack verstauen. Finn beschloss, die Insel weiterzuerkunden, als er plötzlich ein Geräusch aus dem Dschungel hörte. Es klang wie das Knacken einiger Äste.

»Henry? Henry, bist du das?«

Das Knacken hörte sofort auf. Während Finn angespannt auf eine Antwort wartete und genau hinhörte, begannen plötzlich die Äste im Dschungel viel häufiger und schneller zu knacken. Irgendwas schien sich zu nähern. Henry hätte ihm doch sicher geantwortet. War es ein Mensch oder ein Tier, das ihm folgte?

Finn schulterte seinen Rucksack und rannte los. Es war eine innere Eingebung, die ihn warnte, dass sich dort nichts Gutes näherte. Nach ein paar hundert Metern hielt er sich nach Luft japsend an einer Palme fest, als er im selben Moment eine Bewegung im Augenwinkel wahrnahm. Genau an der Stelle, wo er aus dem Dschungel gekommen war, stand ein dunkelhäutiger Mann mit weißen Streifen auf der Stirn. Aufrecht und stolz versuchte er gar nicht erst, Deckung zu suchen. Er stand einfach nur da und schaute in Finns Richtung. In seiner Rechten hielt er einen langen Speer, dessen Spitze senkrecht in den Himmel zeigte. Dann sah Finn, dass der Mann etwas in seiner anderen Hand hielt. Er musste zweimal hinschauen, bis er begriff, was es war. Voller Entsetzen dämmerte Finn die Erkenntnis: Es war ein Kopf, ein verdammter Kopf, den er in seiner Hand hielt! Vom Wahnsinn gepackt, stürmte Finn über die offene Ebene in einen angrenzenden, kleineren Teil des Dschungels. Er rannte, merkte, wie die Luft immer knapper

wurde und seine Lunge förmlich zu bersten schien. Beim Verlassen des Dschungels, in dem er Henry verloren hatte, war Finn kurz aufgefallen, dass dieser Teil des Dschungels kleiner und luftiger war. Sollte er sich bis zu dessen Ende durchkämpfen können, würde er eine offene, fast kahle Ebene erreichen, die über die Höhle führte, von der sie ursprünglich auf die Insel gekommen waren. Hinter dieser Ebene begann ein richtig dichter Dschungel, der die Insel quasi in zwei Teile teilte.
Finn keuchte panisch beim Laufen. Durch den kleinen Teil des Dschungels hatte er es problemlos hindurch geschafft. Als er die Gesteinsformation über dem unterirdischen Fluss erreichte, rannte er an mehreren Holzpfählen vorbei. Auf ihnen steckten Schädel menschlicher Skelette, die alle eines gemeinsam hatten: Sie wirkten wie eine Warnung vor dem Dschungel, der vor ihm lag.
Völlig erschöpft, hielt Finn inne und stützte sich auf seine Knie. Als er zurückblickte und die Ebene über dem unterirdischen Fluss panisch nach dem Mann absuchte, konnte er ihn nicht ausmachen. Erst als Finn markerschütternde Schreie hörte, entdeckte er ihn. Er hatte die Verfolgung aufgenommen und zu Finns Entsetzen war er nicht mehr alleine. Ein zweiter Mann lief neben ihm her und trug einen Tierkadaver auf seiner Schulter. Sein Oberkörper war vom Blut des Tieres verschmiert. Finn schrie auf vor Angst und rannte weiter. Er spürte die Anstrengung deutlich in seinen Beinen. Jeder seiner Schritte wurde unsicherer und es kam, wie es kommen musste; plötzlich knickte Finn um und fiel der Länge nach hin. Er-

schöpft raffte er sich wieder auf und humpelte zu einem Haufen großer Findlinge. Entkräftet von seiner Flucht, ließ er sich hinter den Steinen zu Boden gleiten. Noch immer außer Atem wagte er einen Blick um die Ecke. Die beiden Männer waren um einiges näher gekommen. Sie standen jetzt vor den Pfählen mit den aufgespießten Schädeln, schrien sich in einer ihm fremden Sprache an und gestikulierten wild mit ihren Armen. Immer wieder deutete einer von ihnen mit dem Speer in Finns Richtung, doch der Kumpane schüttelte energisch seinen Kopf. Erschöpft lehnte sich Finn wieder an die Felsen und tastete sein Fußgelenk ab. Es schien nicht gebrochen oder verstaucht sein. Dennoch war er ab sofort leichte Beute für seine Verfolger. Sah so das Ende aus, sah so sein Ende aus? Und was sollte aus Anaïs werden? Was würde sie von ihm denken, wenn er nicht mehr zurückkehren würde?

Als Finn erneut einen Blick wagte, sah er, dass sich der eine Mann entfernte, während der mit dem Speer ihm ärgerlich klingende Worte hinterherrief und den Stiel seines Speers mit Wucht in den Untergrund rammte. Dann drehte er sich noch einmal kurz in Finns Richtung, spuckte voller Verachtung auf den Boden, zog den Speer heraus und stampfte seinem Kumpanen hinterher.

Finns Anspannung fiel von ihm ab, als er beobachtete, wie sie im Dschungel, wo er Henry verloren hatte, verschwanden. Er atmete erleichtert aus und spürte, wie sich eine schwere Last, die seine Brust fest zugeschnürt hatte, langsam löste. Allerdings kehrte dieses bedrückende Gefühl zurück, als er seine

Augen schloss und an den Kopf dachte, den einer von ihnen in der Hand gehalten hatte. War das der Grund für Henrys plötzliches Verschwinden gewesen? Hatten sie ihm im Dschungel aufgelauert? Finn machte sich Vorwürfe und verteufelte seine unmögliche Mission. Was sollte er auf dieser Insel schon finden, was weiterhelfen konnte?

Nach einer längeren Verschnaufpause beschloss Finn, die Warnung der aufgespießten Schädel zu ignorieren und machte sich auf in den dichten Dschungel, der vor ihm lag. Umzukehren, war keine Option. Vielleicht war es ein Trick der beiden Männer abzuziehen, um ihm später aufzulauern und ihn zu töten.

Meter um Meter kämpfte sich Finn mit seiner Machete mühsam durch das Dickicht aus Lianen und Gestrüppen. Es schien, als ob sich die Pflanzen zusammengetan hatten, um ihn aufzuhalten. Die Umgebung wurde zunehmend dunkler und um Finn herum raschelte und knackte es immer wieder im Unterholz.

Es kam ihm vor, als ob er sich schon eine Ewigkeit durch den Dschungel kämpfen würde, als das Unterholz plötzlich lichter wurde. Zu seinem Entsetzen trat er, nur wenige hundert Meter von den aufgespießten Schädeln entfernt, wieder auf die Hochebene. Ohne es zu merken, war er die letzten Stunden im Kreis gelaufen.

Entmutigt beschloss er, nun doch in die Richtung zurückzugehen, aus der er ursprünglich gekommen war. Statt den Pfad durch den Dschungel, wo er Henry verloren hatte, zu nehmen, entschied er sich dafür, die Klippe als Orientierung zu nutzen. So konnte er wenigstens sicherstellen, sich bei der einbrechenden Dunkelheit nicht noch einmal zu verlaufen. Resigniert schleppte sich Finn über die Hochebene in Richtung der Bucht im Inneren des Atolls, bis er die steil abfallende Klippe erreichte.

Als er seinen Blick über die Bucht und den dahinterliegenden Strand schweifen ließ, erstarrte er: Sie waren weg! Er war allein! Der Strand war wie ausgestorben. Warum hatten sie die Insel vorzeitig verlassen? Vielleicht wegen der Insulaner? Finns Herz schlug rasend gegen seine Brust. Das Blut pochte in seinen Ohren. Sie hatten ihn zurückgelassen, einfach so!

Finn war verzweifelt. Im Dunkeln würde er es auf keinen Fall schaffen, sich im Dschungel zu orientieren. Also blickte er sich nach einem geeigneten Schlafplatz um. Er entschied sich für eine Gruppe von Palmen, lud seinen Rucksack ab und säuberte mit einem vertrockneten Palmenblatt den Boden. Dann hackte er mit der Machete ein paar große Blätter von umliegenden Pflanzen ab und machte sich daraus ein Lager. Für einen Städter hatte er relativ gute Arbeit geleistet; sein improvisiertes Bett war einigermaßen weich.

Mittlerweile war es dunkel geworden. Erschöpft setzte er sich, öffnete mit seiner Machete die zweite Kokosnuss und trank sie. Finn blickte über die Bucht und dachte an Anaïs. Wie es ihr wohl ging? Was er dann sah, verschlug ihm den Atem. Das Wasser lag spiegelglatt unter ihm und in Strandnä-

he fluoreszierte es Gletscher-blau. Finn war fasziniert von diesem einzigartigen Naturschauspiel. Der gesamte Saum des Strandes war illuminiert. Als er seinen Blick zum Himmel erhob, fiel ihm auf, wie treffend der Name der Insel doch war: Über ihm wölbte sich ein sagenhafter Sternenhimmel.
Da es kälter wurde, suchte Finn trockene Äste und Gräser zusammen. Zum Glück hatte er das Feuerzeug dabei. So züngelten, rascher als erwartet, die Flammen vor ihm. Die Wärme des Feuers gab ihm Sicherheit, Hoffnung und Trost. Leider war dem Feuerzeug beim Anzünden das Gas ausgegangen, er würde es also nicht noch einmal benutzen können. Es dauerte nicht lange, bis ihn die Wärme des Lagerfeuers einlullte, er vor Müdigkeit auf die Seite fiel und schlief.
Mitten im Schlaf weckte ihn unsanft ein lautes Geräusch. Als er versuchte, im Halbdunkeln der Morgendämmerung etwas zu erkennen, standen einige Männer, mit weißen Strichen auf der Stirn, vor ihm. Voller Angst stützte sich Finn auf seine Ellbogen und versuchte, ihnen auf dem Rücken kriechend zu entkommen. Unerwartet traf ihn etwas an der Seite seines Halses, bevor alles um ihn herum verschwamm.

Die Zeremonie

Als Finn erwachte, fand er sich zu seinem Entsetzen in einem engen Bambuskäfig wieder. Sonnenstrahlen brachen durch das dichte Blätterdach der umliegenden Bäume und schnitten wie scharfe Klingen über seine Augen. Er packte die Bambusröhren, aus denen der Käfig gefertigt war, rüttelte daran, in der Hoffnung, dass sie nachgeben würden, doch sie waren zu massiv. Als er die Stäbe fassend, gekrümmt und schwitzend auf dem erdigen Boden saß, entdeckte er etwas entfernt einen alten Mann. Er saß im Schneidersitz, mit geschlossenen Augen, vor einem knisternden Feuer, schien zu schlafen. Seine Stirn zierten zwei weiße Streifen und zwischen den Beinen hatte er eine braune Trommel eingeklemmt. Die wettergegerbte Haut, die wie trockenes Leder wirkte und an den Armen herunterhing, war ein Sinnbild für das harte Leben auf der Insel. An manchen Stellen wies sein Körper lange, schlecht verheilte Narben auf. Wahrscheinlich hatte er sich diese im Kampf oder bei der Jagd zugezogen. Seine grauen Haare wehten sanft im Wind, er gab ein fast beruhigendes Bild ab. Wahrscheinlich hatte er die Aufgabe, auf Finn aufzupassen, während das Dorf schlief.

Soweit es Finn in gebückter Haltung möglich war, versuchte er, sich zu orientieren. Sein Gefängnis befand sich auf einem runden Platz, der von auf Stelzen gebauten Bambushütten umgeben war. Vom Panoramablick über die Bucht war nichts geblieben. Das Dorf, in dem er sich befand, schien mitten im

Dschungel zu liegen. Aus einigen der umliegenden Hütten stieg Rauch auf und ein angebundenes Schwein trottete grunzend auf dem Platz umher.
Finn griff an seine Handgelenke, die rote Striemen aufwiesen. Sie schmerzten von den Seilen, mit denen man ihn gefesselt hatte. Er konnte sich nur in Fragmenten daran erinnern. Sein ganzer Körper war dabei in Mitleidenschaft gezogen worden, denn sie waren nicht gerade zimperlich mit ihm umgegangen. Ähnlich wie das Schwein musste er die ganze Nacht draußen geschlafen haben. Sie hatten ihn wie ein Tier eingesperrt, ohne Wasser oder Brot. War er von Kannibalen gefangen genommen worden? Wie viel Zeit blieb ihm noch, bis er als exotisches Barbecue enden würde?
Als Finn den Mann rufen wollte, um ihn nach Wasser zu bitten, brachte er, außer ein paar merkwürdigen Lauten, keinen Ton heraus. Es reichte aber, um den Mann zu wecken. Erschrocken sah er zu Finn, der sich im Käfig bewegte und an den Streben ruckelte. Keine Sekunde später begann er energisch, auf seine Trommel zu schlagen. Es musste sich dabei um ein Warnsignal für die Dorfbewohner handeln, denn plötzlich war es aus mit der verschlafenen Atmosphäre. Aus allen Himmelsrichtungen strömten Menschen aus ihren Hütten und versammelten sich auf dem Platz.
Als Erstes kamen junge Männer mit sehnigen Körpern, die Lendentücher in dunklen Farben trugen. Dann folgten die Älteren und zum Schluss die Frauen mit ihren Kindern. Sie waren in kunstvoll gewickelte, farbige Sarongs gekleidet und tru-

gen hölzerne Armreifen, die bei jedem Schritt klimperten. Die jungen Männer waren bewaffnet und trugen einen aufwendigen Kopfschmuck. Er bestand aus einer Mischung von exotischen Federn grüner Sittiche, feinen Pflanzenfasern und kleinen, weißen Muscheln. Ihre Oberkörper zierten Ketten aus runden Holzperlen, an denen verschiedene Amulette hingen. Sie ähnelten der Kette, die Finn unter seinem Shirt trug.

Die Dorfbewohner stimmten in einen Gesang ein, der von lauten Schreien und klatschenden Händen begleitet wurde. Tanzend bildeten sie einen Kreis ums Lagerfeuer. Als sich der gesamte Platz gefüllt hatte, öffnete sich die Tür einer Hütte mit aufwendigen Holzverzierungen, einer breit ausladenden Treppe und einem roten Dach. Um das gesamte Haus hingen Schnitzereien von Tieren, Menschen und Symbolen. Schließlich erschien ein dürrer, sehr großer Mann im Rahmen der Tür. Er hob sich deutlich von allen anderen ab. Während die Männer und Frauen mit nacktem Oberkörper erschienen waren, trug er ein weißes Gewand mit einer langen Kette. Im Gegensatz zu den anderen Mitgliedern seines Stammes, die alle kurzes, dichtes, schwarzes Haar trugen, war seines lang und schlohweiß. Auch sein Kopfschmuck wirkte edler und viel pompöser. Sein bedachter, aufrechter Gang ließ Finn drauf schließen, dass es sich um den Anführer des Stammes handeln musste. Als er in Richtung des Lagerfeuers schritt, machten ihm alle Platz und bildeten einen Gang für ihn. Die Frauen blickten unterwürfig zu Boden, als er an ihnen vorüberging. Mittlerweile hatten sich so viele Dorfbewohner eingefunden,

dass die Menschenmenge fast bis zum Käfig reichte, in dem Finn kauerte. Man beäugte ihn von allen Seiten, einige tuschelten und schienen sich über sein Aussehen zu amüsieren.
Die Ankunft des Anführers am Lagerfeuer kam dem Auftritt eines Popstars gleich. Die Menge begann, in einer infernalen Lautstärke zu toben. Finn hatte mittlerweile versucht, sich aufzusetzen, soweit es die Höhe seines Käfigs zuließ. Mit seinen Händen umklammerte er die Bambusröhren über seinem Kopf. Als der Anführer vor ihm stehen blieb und eine Handbewegung machte, stoppte der ohrenbetäubende Gesang sofort. Finn versuchte, eine freundliche Miene aufzusetzen, um zu zeigen, dass er keine Gefahr darstellte und wohlgesinnt war, erstarrte aber sofort unter dem durchdringenden Blick des Anführers. Auf keinen Fall wollte er ihn provozieren und damit vielleicht sein Leben riskieren.

Nach einer gewissen Zeit, die Finn unendlich vorkam, sprach der Anführer zu ihm. Doch so sehr sich Finn bemühte, er verstand kein einziges Wort. Hilflos versuchte er, diesen Umstand mit Handbewegungen klarzumachen, aber er begriff schnell, dass es ein sinnloses Unterfangen war. Bei den Versuchen zu sprechen schmerzte sein Hals so sehr, dass er mit einer Geste versuchte, um Wasser zu betteln. Immer wieder führte er seine Hände vor seinem Mund zusammen und legte seinen Kopf in den Nacken, um eine Trinkbewegung anzudeuten. Die Dorfbevölkerung beobachtete ihn genau und manche äfften seine Handbewegungen nach. Schließlich sagte der Anführer etwas zu einem Mann, der sich zu ihm gesellt hatte. Dieser gab ein paar Handzeichen und zwei dünne, sehr flinke Männer erschienen mit einem offenen Tongefäß, das sie an Henkeln zu Finn trugen. Neben seinem Käfig stehend, hoben sie den Krug an und schütteten den Inhalt über Finns Kopf. Mühsam versuchte er, jeden noch so kleinen Spritzer des Wassers aufzufangen, um zu trinken. Als die Dorfbevölkerung ihn bei seinem sinnlosen Unterfangen beobachtete, begannen sie zu lachen, bis ihr Anführer sie mit einer Handbewegung zum Schweigen brachte. Finn ignorierte alles so gut es ging und versuchte, sogar Wasser aus seinen Haaren zu quetschen. Fast alles ging daneben und versickerte im Boden. Noch nie war Finn so bewusst geworden, wie kostbar einfaches Wasser war. Sein weiterer Versuch, etwas zu sagen, ging im erneuten Geschrei und Gesang der Dorfbevölkerung unter. Er begriff nicht, wie ihm passierte, als man den Deckel seines Käfigs öffnete und er von zwei Männern herausgezogen wurde. Sie gingen sehr ruppig mit ihm um, was zu vermuten ließ, dass nun der schlechtere Teil bevorstand.

Sie hatten bereits ein Gestell aufgebaut, das einem Galgen glich. Ein Strick aus Lianen hing von ihm herunter. Beim Anblick des Ganzen schwante Finn nichts Gutes. Hatten sie vor, ihn an diesem Teil zu portionieren, zu erhängen oder einfach in der Sonne bis zu seinem Tod austrocknen zu lassen? Finn schrie, als die Männer ihn an den Armen hinter sich her schleiften und ihn unter dem galgenähnlichen Konstrukt wie einen Sack zu Boden warfen. Um den Galgen herum hatte sich ein Orchester aus Trommlern und Flötenspielern eingefunden. Das Getrommel und der Gesang waren mittlerweile so laut, dass er sich nur noch wünschte, sie würden wenigstens alles rasch über die Bühne bringen und er würde nicht allzu lange leiden müssen.

Finn spürte, dass etwas um seine Fußgelenke gewickelt wurde. Als er einen Blick erhaschen wollte, war es schon zu spät. Er spürte einen unglaublichen Zug an seinen Knöcheln. Meter um Meter wurde er über den Erdboden geschleift. Die Fesseln schnitten ihm in die Fußgelenke, als sie ihn hochzogen, bis er schließlich am Seil kreisend, mit dem Kopf nach unten hing. Finn schrie wie am Spieß. Nicht aufgrund der Schmerzen, sondern aufgrund der Todesangst, die ihn gepackt hatte. Nach ein paar Drehungen am Seil rutschte ihm sein Shirt über das Gesicht und fiel zu Boden. Lediglich seine Kette, die er doppelt um den Hals trug, hing noch an ihm herunter. Finn zappelte wie ein Fisch an der Angel. Er versuchte, mit den Füßen den Strick hinunterzustreifen, aber es half nichts; er saß bombenfest.

Finns Hilferufe gingen im Lärm und Gespött der Dorfbevölkerung unter, bis sie, wie von einem Schalter umgestellt, abrupt verstummten, als jemand nach der Kette um seinen Hals griff und sie in Augenschein nahm. Jetzt war nur noch das Seil zu hören, das aufgrund seines Zappelns auf den Bambusröhren schabende Geräusche von sich gab. Unter der Dorfbevölkerung machte sich Gemurmel breit, dann wackelte das Seil, an dem er hing. Finn erschrak, als er zu Boden fiel. Jemand hatte

die Fußfesseln, an denen er hing, zerschnitten.
Als er sich umsah, blickte er in die freundlichen Gesichter zweier Frauen, die ihn aufsetzten und ihm eine Kalebasse zum Trinken reichten. Finn zitterte so sehr, dass er jede Menge Wasser verschüttete, bevor er es schaffte, aus der Öffnung des Gefäßes zu trinken. Die Frauen neben ihm kicherten. Dann nahmen sie ihn an der Hand und brachten Finn zu einem Bach, der am Dorf vorbeiführte, wo er gewaschen und neu eingekleidet wurde. Wieder zurück im Dorf, bekam er zu essen, konnte aber beim besten Willen nicht sagen, was er da aß. Auf jeden Fall war es verdammt scharf und die Frauen lachten, als sie sahen, wie Finn seinen Mund immer wieder wie ein Fisch auf dem Trockenen öffnete.

Nach dem Essen brachte man ihn zu dem Haus, aus dem ursprünglich der Anführer getreten war. Man wies Finn an, er solle an einer bestimmten Stelle im Schneidersitz warten. Die Hütte war sehr geräumig und bot für einige Personen Platz. Verschiedene Kokosmatten und geflochtene Teppiche zum Sitzen ließen darauf schließen, dass dort Versammlungen eines ausgewählten Kreises stattfanden.
Es dauerte nicht lange, bis jemand den Vorhang am Eingang zur Seite zog und Sonnenlicht kurz den Raum erhellte. Finn wagte nicht, sich umzudrehen. Es war nicht irgendein Mann, der an ihm vorüberging, sondern der Anführer des Stammes. Noch immer trug er sein weißes Kostüm und den aufwendigen Kopfschmuck. Nachdem er an Finn vorbeigegangen war, nahm

er ihn ab und steckte ihn auf ein Holzgestell. Dann setzte er sich, in einigen Metern Entfernung, gegenüber von Finn auf den Boden. Der Vorhang am Eingang bewegte sich erneut, was bedeutete, dass eine weitere Person die Hütte betreten hatte. Derjenige blieb allerdings hinter Finn stehen. Wahrscheinlich war es eine Wache.

Der imposante Anführer hielt seine Augen geschlossen und begann eine Melodie zu singen, die einem Mantra ähnelte. Währenddessen brachten zwei Frauen eine große Schale, in der getrocknete Äste und verschiedenartige Blätter vor sich hin glimmten. Binnen Sekunden war der Raum von einem weißen Rauch erfüllt, dessen Duft an Räucherstäbchen erinnerte. Der Gesang des Anführers wurde immer lauter und unruhiger, dennoch fühlte sich Finn wohl, ja fast behaglich. Ihm war, als ob sein Kopf langsam wärmer wurde und sich sein Geist vom Körper löste.

»Krass, Alter. Ich bin auf diese Insel gekommen und jetzt gehe ich mit dem Anführer eines Inselvolkes, das mich töten wollte, auf einen Mega Trip«, dachte Finn. Sekunden später begann sein Kopf, wie der des Anführers, gegen seinen Willen rhythmisch zu wippen. Er wunderte sich, aber es erschreckte ihn nicht, dass er in den Gesang einstimmte, obwohl ihm weder die Sprache noch die Melodie geläufig waren. Finn nahm, wie durch einen Schleier wahr, dass sich die Hütte um ihn herum auflöste. Erst verschwanden die Wände, dann folgte das Dach. Er blickte fasziniert und breit grinsend in einen blauen Himmel, an dem ein weißer Vogel seine Kreise zog. Das Dorf, der umgebene Dschungel, alles um ihn herum war verschwunden. Erst in diesem Moment bemerkte Finn, dass der Anführer und er nicht mehr am Boden saßen. Sie standen sich in einem Abstand von etwa zwei Metern gegenüber. Der Anführer hatte die Augen geschlossen, aber Finn konnte sehen, dass sich seine Augen hinter den Lidern nervös und rasant bewegten. Immer wieder hüllte sie der weiße Rauch ein. Je mehr er in ihn sah, desto mehr formten sich Dinge in ihm. Schemenhaft sah er sich selbst, mit verschmiertem Oberkörper und weißen Strichen auf der Stirn. Die Vision verschwand so schnell, wie sie gekommen war, und löste sich mit anderen ab. So sah er viele Dinge aus seiner Vergangenheit. Es fing an im Schlawinchen, mit einem Mitglied der Hells Angels, der mit Stahlhelm am Tresen saß und ihm zuprostete. Er sah verschiedene Orte in Berlin, einen alten Flipper und einen Joint, der ihm gereicht wurde. Finn erschrak, als er seine inzwischen verhasste erste Liebe küsste, zu seiner Überraschung, mit ihr den Laden verließ, um draußen auf der Straße auf einen Jetski zu springen. Der stand vor dem Eingang, als wenn ihn jemand vertäut hätte. Das Wasser reichte bis an die Häuserwände. Es war durchsichtig und Finn sah dunkles Kopfsteinpflaster, das in der Sonne glänzte. Der Motor heulte auf und dann jagten sie mit dem Teil durch die Straßen seiner Jugend, fast so, als ob es Venedig wäre. Irgendwann löste sich der Jetski unter ihnen auf und Finn saß auf der Bank seines Lieblingsitalieners. Er klopfte nervös mit seiner roten Packung Gauloises auf den Tisch, während er gefühlte zwanzigmal sah, wie seine Hand immer wieder das Glas mit Rotwein füllte. Gino lächelte von Weitem und kam auf schnellen Sohlen zu ihm. Er servierte eine dampfende Meeresfrüchte-Pizza. Im Dunst bewegten sich auf ihr die Fangarme der kleinen Tintenfische, während sich Muschelfleisch wie Würmer durch den geschmolzenen Käse bohrte. Plötzlich erhellte ein Blitz die ganze Szene und er befand sich in Frankreich auf der Dune de Pilat, der größten Wanderdüne Europas. Eine Frau stand ohne Bikinioberteil vor ihm und fragte Finn wie in einer billigen Werbung, ob er sie eincremen könnte, was er mit einem breiten Lächeln im Gesicht auch tat. Kaum war er fertig, begutachtete er ihre glänzenden Brüste in der Sonne. Es kam Finn vor, als ob sie sich vergrößerten und sich dann um ihn stülpten, bis es dunkel wurde und er komplett in ihnen verschwand. Sekunden später blickte Finn auf eine Discokugel aus den 80er-Jahren. Seltsam war nur, dass er dabei war, aus dem Abfluss eines Spülbeckens inmitten einer verrauchten Strandbar zu kriechen. Jenlain Flaschen, Kronenkorken flogen an seinem Kopf vorbei, dann landete er hart auf dem Sitz eines R5, mit dem er über eine Brücke schoss. Doch sie bot nicht genug Platz für einen riesigen Camper und sein Auto. Finn schrie und schaute in das Gesicht eines gutmütigen, dicken, rotbäckigen Mannes. Er trug bayerische Tracht und grinste, während er auf ihn zuhielt. Kurz vor dem Zusammenstoß löste sich die Szenerie auf und es blieb nur der dicke Mann zurück. Hinter ihm ragte ein Bierzelt in den Himmel. In der Entfernung drehte sich ein Riesenrad. Wieder ein Schnitt und Finn fuhr durch einen Tunnel der Münchner U-Bahn, nur war die nächste Haltestelle nicht der Odeonsplatz, sondern Pigalles in Paris. Ein Zuhälter mit Pelzmantel und rotem Hut schaute ihn unfreundlich an, während er sich mit einem Stilett den Dreck unter den Fingernägeln herauskratzte. Finn ging eine Seitentreppe am Montmartre hinab, rauchte wahlweise oder rannte durch verregnete, dunkle Gassen. Was er auch tat, er stand immer wieder oben an der gleichen Treppe, am Montmartre. Es folgte ein weiterer Schnitt und er schaute aus dem Fenster eines alten Saab. Er fuhr dahin auf einer deutschen Autobahn. Alles roch nach Sommer und langen Nächten. Finn sah Menschen ins Meer springen. Dann folgte die Grenzöffnung in Berlin. Ein paar stinkende Trabbis, die knatternd durch die Straßen fuhren und viele lachende Menschen, die an nichts Böses dachten. Finn sah sich am Alex mit seinem Ticker. Später im Sommerbad Pankow auf dem 7er-Turm. Das Wasser war glatt unter ihm und Finn sprang, tauchte ein in kühles Nass. Doch er tauchte nicht wieder im Becken auf, sondern in der Bucht einer Insel. Es war die Insel der tausend Sterne. Finn sah die Schatten von Haifischen, die in der Bucht kreisten; ein Dugong half ihm, schützte ihn vor den Haien, während er wie vom Teufel geritten durch das Wasser schwamm. Er sah einen riesengroßen Sternenguckerfisch, dann eine Grotte. Die Sonne brannte, es war heiß und ein weißer Seevogel schien ihm den Weg zu zeigen. Aber welchen Weg denn? Es folgte ein weiterer Schnitt und er sah den Hafen einer kleinen Stadt. Er sah Anaïs, die auf dem Bett in ihrer Kabine saß und weinte. Sie weinte seinetwegen. Dann konnte sich Finn nicht mehr halten und riss unter Anstrengungen seine Augen auf. Waren sie die ganze Zeit über geschlossen gewesen?

Der Anführer stand vor ihm, schwieg, aber seine Anwesenheit beruhigte Finn. Es wirkte, als ob er ihm etwas sagen wollte. Doch er sagte nichts, zeigte ihm nur eine Schale mit weißer Farbe. Finn sah ihn dankbar an und lächelte, als der Anführer seine Finger in die Schale tauchte und ihm damit zwei Striche auf die Stirn malte. Dann stellte er die Schale beiseite und hielt seine Hände an Finns Schläfen. Es kam Finn vor, als ob seine Gedanken in ihn eindringen würden. Es war ihm egal, er ließ es zu. Nach einer gewissen Zeit, vielleicht waren es Stunden, vielleicht auch nur Minuten, sprach er durch seine Gedanken zu ihm: »Cortez hat den Boden entweiht, die Geister erzürnt. Finde den Sternsplitter, bringe das Amulett zurück an seinen Ort und löse den Fluch! Folge deinem Schicksal, geh ins Innere des Bergs!«
»Ich verstehe dich, wir sprechen die gleiche Sprache. Du weißt jetzt alles von mir, von Anaïs und den Grund meines Besuchs«, antwortete Finn in seinen Gedanken, bevor er sich der Dunkelheit hingab.

Finn erwachte, mit seinen Shorts bekleidet, in einer der Hütten des Dorfes. Seine Kette, die ihm wahrscheinlich das Leben gerettet hatte, wirkte glühend warm und lag schwer auf seiner Brust. Er fühlte sich matt und erschöpft, aber von innen gestärkt. Da war jetzt etwas, was vorher nicht zugegen war.

Finn konnte es fühlen, aber nicht beschreiben, nur dass es sich gut anfühlte und ihm helfen würde.
Ein Vorhang aus Leder wurde zur Seite gezogen. Draußen war es bereits dunkel. Man musste ihn nach der Zeremonie mit dem Anführer hierher gebracht haben. Finn wunderte sich, warum er die Zusammenkunft als Zeremonie und nicht wie vorher als Trip bezeichnet hatte. Da fiel seine Aufmerksamkeit auf zwei Frauen. Sie blieben neben dem Eingang stehen und sprachen zu ihm. Finn hörte den fremden Laut ihrer Sprache, der für ihn erst keinen Sinn ergeben hatte, doch zu seiner Verwunderung verstand er plötzlich, was sie sagten. Als er nickte und ihnen dann wie selbstverständlich in ihrer Sprache antwortete, geriet er kurz ins Stocken und fasste sich an seinen Hals. Wie war das nur möglich? Er verstand sie und sie verstanden ihn? Die zwei Frauen nickten höflich, neben dem Eingang wartend, bis Finn ebenfalls nickte und sie näher kamen. Sie trugen flache Körbe in ihren Händen. In ihnen befanden sich auf Bananenblättern alle möglichen Speisen. Finn sah gebratenen Fisch, die Innereien aller möglichen Tiere, dampfende Süßkartoffeln und verschiedene Nüsse und Früchte. Ein starker Duft von Chili lag in der Luft. Die Frauen überließen ihm zwei Kalebassen mit Wasser. Die Ältere von ihnen sah ihn an und teilte ihm höflich mit, dass er das Dorf noch vor Sonnenaufgang verlassen müsse. Auf Finns Frage nach dem Grund schwiegen beide und verließen die Hütte.
Finn hatte einen unglaublichen Hunger und aß alles restlos auf. Anschließend trank er sehr viel Wasser und pinkelte

durch ein Loch im Boden der auf Pfählen stehenden Hütte. Woher er das Wissen hatte, dass es sich bei dem Loch um eine Toilette handelte, wusste er nicht, aber er wusste, dass es stimmte.
Neben seinem Bett entdeckte er seinen Rucksack. Als er ihn öffnete, war noch alles vorhanden, aber er kam ihm vor wie aus einer anderen Welt. Das passte alles nicht mehr zu ihm, auch nicht zur Umgebung. Dennoch entnahm er das Geld und steckte es sich in die Tasche seiner Shorts. Zwar hatte das Geld auf dieser Insel keinerlei Wert, doch vielleicht könnte es nützlich sein, um das Atoll zu verlassen. Die Zigaretten und das leere Feuerzeug ließ er mit dem Rucksack zurück. Finn hatte jetzt neues Gepäck. Zumindest sagte ihm das seine innere Stimme, als er zum Ausgang der Hütte blickte. Dort entdeckte er eine Kalebasse, die man mit einer Kordel auf dem Rücken tragen konnte. Daneben hingen eine große, weiße Seemuschel, mit der man gefährliche Meerestiere unter Wasser vertreiben konnte, und ein Kugelfisch ohne Stacheln, dessen Mund man mit einer tonähnlichen Masse verschlossen hatte. In ihm befand sich eine Mixtur, die man zum Schutz gegen Haie verwenden konnte. Finn zuckte zusammen, als er darüber nachdachte, woher er all diese Dinge wusste. Wie war das nur möglich? Neben dem Ausgang fand Finn auch einen Bogen, einen Köcher mit Pfeilen und seine Machete.

Nach dem Essen verging kaum eine halbe Stunde und er wurde sehr müde. Finn begriff, dass er auf sich allein gestellt war. Der Krieger musste ruhen, bevor er in den Kampf zog. Unweigerlich musste er lachen. Er wusste nicht, ob dieser Gedanke aus seiner Zeit kam, bevor er hierhergekommen war, oder ob es einer dieser Gedanken war, die sich im inneren Dialog an ihn wendeten. Was vor ihm lag, beunruhigte ihn nicht mehr; er hatte eine andere Sicht auf die Dinge bekommen. Nur beim Gedanken an Anaïs spürte er noch immer eine innere Unruhe aufsteigen, von der er dachte, dass sie ihm genommen worden wäre. Vermutlich würde er sie nie wiedersehen. Aber er hatte die Möglichkeit, ihr einen letzten Dienst zu erweisen: den Bann zu brechen, damit sie das Schiff verlassen konnte. Am Ende hätte dann doch noch alles seinen Sinn, auch wenn er sie nie mehr spüren, sie nie mehr in seinen Armen halten würde.

Weg der Weisen

Als die Sonne aufging, war Finn schon lange unterwegs. Seine innere Stimme hatte ihn, durch einen Palmenwald, bis zu einem kleinen, malerisch gelegenen See geführt. Dort legte er eine Pause ein und füllte seine Kalebasse mit Wasser auf. Die umliegenden Palmen spiegelten sich auf der schwarzen Wasseroberfläche des Sees, das erste Licht ließ das Wasser geheimnisvoll glitzern. An einer Stelle konnte Finn schon vermuten, wie sich die Farbe des Sees durch das Licht ändern würde. Das war der See der Tränen, zumindest nannten ihn die Bewohner der Insel so.

Finn zog sich aus, legte seine Klamotten auf einen Stapel. Erst jetzt wurde ihm klar, dass er barfuß unterwegs war. Er musste unweigerlich das Bild eines Eingeborenen abgeben: Pfeil, Bogen und Köcher auf dem Rücken, der glatte Kugelfisch, die weiße Muschel und seine Kalebasse. Um seinen Hals die Kette, die ihm das Leben gerettet hatte, auf der Stirn zwei weiße Striche. Das Einzige, was ihn unterschied, waren seine Hautfarbe und seine dunkelgrünen Shorts.

Er stieg in das erfrischende, kühle Süßwasser. Als er tiefer hineinging, stieß er mit seinen Füßen gegen etwas. Vorsichtig tastete er unter Wasser nach dem Gegenstand und beförderte eine Reuse, in der sich einige Süßwasserkrebse befanden, zutage. Als wenn er Gold gefunden hätte, rannte Finn aufgeregt mit der Reuse ans Ufer. Dort grub er mit den Händen eine Kuhle im Boden und stapelte drumherum ein paar Steine als

Feuerstelle. Schließlich knüllte er getrocknetes Gras mit der Hand zusammen und legte es auf den Boden. Mit den Feuersteinen, die an der Kalebasse hingen, probierte er, ein Feuer anzuzünden. Finn beherrschte es tatsächlich, schon die ersten Funken ließen das Gras an einer Stelle aufglimmen. Er führte es sofort zum Mund, pustete erst sanft, dann stärker. Finn empfand ein erhabenes Gefühl, als schließlich eine Flamme aus dem Gras züngelte. Sofort legte er es in die Feuerstelle und schichtete dünne, trockene Äste auf. Binnen Minuten hatte er tatsächlich sein erstes Feuer, ganz ohne Feuerzeug oder Streichhölzer, entfacht.

Es war nicht einfach, die Krebse aus der Reuse herauszufischen, ohne dass ihn die Scheren erwischten. Nachdem er sie mit der Machete getötet und in Bananenblätter eingewickelt hatte, legte er die Päckchen aufs Feuer. Es dauerte nicht lange, bis Finn ein unglaublich guter Duft von frisch gegrilltem Krebsfleisch in die Nase stieg.

Mit der Machete holte er die Bananenblätter aus dem Feuer, faltete sie auf und probierte das heiße Krebsfleisch. Der Geschmack war einfach unglaublich. Niemals hätte er gedacht, dass sie so gut schmecken würden.

Nach dem Essen bereute er seine Dummheit, Feuer gemacht zu haben. Was, wenn ihn die Eingeborenen auf der anderen Inselseite gesehen hatten? Weit entfernt war er schließlich nicht mehr. Die Ebene, auf der er sich befand, hinunter, schon würde er zum langen, sichelförmigen Sandstrand gelangen. Von dort aus wäre er in Windeseile beim Kannibalenstamm auf der anderen Seite der Insel. Auch das wusste er plötzlich. Umgekehrt wären sie genauso schnell bei ihm. Finn löschte rasch das Feuer. Als Rauch aufstieg, deckte er panisch Bananenblätter über die Feuerstelle. Bevor er sein Lager verließ, trank er noch Wasser aus dem See, das einen sehr reinen Geschmack hatte.

Zu seiner Überraschung landete ein riesiger weißer Seevogel, nur ein paar Meter von ihm entfernt, auf einem Findling. Finn erkannte den Vogel aus seiner Vision im Dorf, wusste, dass er ihm helfen würde. Ein Teil in ihm hielt die Erkenntnis für unglaublich, ein anderer für vollkommen normal.

Vom See aus führte ihn ein ausgetretener Tierpfad bis zur Kante des Kliffs. Das Meer unter ihm ragte an dieser Stelle weit ins Innere der Insel hinein. Vorsichtig wagte Finn einen Blick hinunter. In einer idyllischen Bucht gut hundert Meter unter ihm bewegten sich die Wellen sanft wie Seide über den goldgelben Sandstrand. Aufgrund der Höhe und der glatten Felswände war diese Bucht nur vom Meer zu erreichen. Bei hoher Tide, so schätzte Finn, würde das Wasser den ganzen Strand bedecken. Es war traumhaft schön, die Seeluft zu atmen und den Vogel dabei zu beobachten, wie er die Bucht hinunter schoss, um gleich darauf, wieder zurückzukehren. Finn hatte einen gefiederten Freund gefunden.

Am Ende der kleinen Bucht folgte er einem weniger ausgetretenen Pfad. Vereinzelt musste er sich mit der Machete den Weg bahnen. An diesem Abschnitt der Insel war der Boden feucht, beinahe moorig. Immer wieder versank Finn bis zum Knöchel im Morast.

Nach einem schwierigen Marsch durch das kleine Sumpfgebiet wurde der Boden glücklicherweise trockener, doch die Vegetation immer dichter. Finn war schon vor geraumer Zeit aufgefallen, dass das Geräusch des Meeres nicht mehr zu hören war. Der Weg hatte ihn ins Inselinnere gebracht. Sobald er bergab laufen würde, müsste er zwangsweise zum sichelförmigen Sandstrand kommen und von dort auf den gegenüberliegenden Teil der Insel, wo die Kannibalen lebten.

Die Sonne erhellte den Boden des Palmenwaldes, durch den Finn lief. Sporadisch sah er den Vogel über sich fliegen. Er folgte ihm Schritt auf Tritt, oder folgte Finn ihm? Nach einer gewissen Zeit öffnete sich der Palmenwald vor seinen Augen und gab den Blick frei auf eine Lichtung. In einiger Entfernung, von der Vegetation hervorragend getarnt, entdeckte Finn eine kleine Hütte. War das etwa ein Außenposten der Kannibalen? Aber das konnte nicht sein. Schließlich befand sie sich auf der Inselseite des Stammes mit den weißen Streifen auf der Stirn – genau die gleichen Streifen, die auch er trug.

Plötzlich hörte er im Dschungel mehrere Makaken aufgeregt schreien. Sie schienen vor einer Gefahr zu warnen. Einem Gefühl folgend, warf sich Finn zu Boden. Hatte er seinen veränderten Bewusstseinszustand der Zeremonie des Anführers zu verdanken? Finn lauschte, ob er etwas hören konnte, dann robbte er zu den Überresten einer umgestürzten Palme. Auf dem Boden liegend, zog er so leise wie möglich Pfeil und Bogen von seinem Rücken. Seine Sinne waren geschärft, er nahm das Schreien der Affen sehr ernst. Es kam ihm vor, als ob sie mit ihm kommunizieren würden. Finn spannte den Bogen und hielt den Pfeil schussbereit. Vorsichtig wagte er einen Blick über den Stamm der Palme. Plötzlich sprang, ungefähr fünfzig Meter entfernt, ein Mann hinter einem Baum hervor. Ohne zu zögern, schoss er einen Pfeil auf Finn. Er verfehlte ihn um Haaresbreite. Federnd blieb der Pfeil eine Nasenlänge entfernt im Stamm der Palme stecken. Finns Herz raste, während der Krieger einen weiteren Pfeil aus seinem Köcher zog. Sein nächster Schuss würde garantiert treffen. Finn musste handeln, und zwar sofort. Er konzentrierte sich, visierte den Krieger mit seinem Pfeil an und ließ die Sehne los. Nur Sekundenbruchteile später bohrte sich der Pfeil tief in den Oberkörper des Kriegers. Entsetzt beobachtete Finn, wie der Mann sich mit einem Schrei den Pfeil förmlich aus der Brust riss, wobei Blut in alle Richtungen spritzte. Eine Sekunde später glitt ihm der Bogen aus der Hand und er stürzte vornüber auf den erdigen Boden.

Finn wartete ein paar Minuten, um sicherzustellen, dass nicht ein weiterer Angreifer auf ihn wartete, dann schlich er zu dem regungslosen Mann, der mit dem Gesicht nach unten dalag. Als er ihn auf den Rücken drehte, sah er Augen, die ins Leere starrten. Zwei rote Streifen zierten seine Stirn – ein Kannibale! Der Krieger war tot, Finn hatte ihn getötet. Er fühlte sich schuldig, doch er hatte keine andere Wahl gehabt und sich nur verteidigt. Hätte sein Schuss nicht getroffen, würde er jetzt vermutlich da liegen.

Ohne Zeit zu verlieren, durchsuchte Finn seinen Lederbeutel, in dem sich allerdings nur ihm unbekannte Kräuter und Nüsse befanden. Anschließend nahm er ihm seine Pfeile ab und steckte sie in seinen Köcher. Plötzlich ließ ihn ein Geräusch hochschrecken. Mit einer Sicherheit, als hätte er es schon sein ganzes Leben gemacht, spannte er seinen Bogen und drehte sich fortwährend in alle Richtungen, um zu sehen, ob sich ein Angreifer näherte. An einer Stelle raschelte es im Gebüsch. Finn zielte auf die Stelle, dann sah er ein Wildschwein aus seinem Versteck rasen. Es verschwand sofort im gegenüberliegenden Teil des Palmenwaldes. Erleichtert zog er den Bogen wieder auf seinen Rücken, steckte den Pfeil zu den anderen und beschloss, sich die Hütte näher anzuschauen. Scheinbar war der Mann alleine hergekommen. Wahrscheinlich hatte es Finn auch nur dieser Tatsache zu verdanken, dass er noch lebte.

Seltsamerweise war die Hütte, im Unterschied zu den Behausungen des Dorfes, nicht auf Pfählen, sondern ebenerdig gebaut. Der Seevogel, der nicht mehr von Finns Seite wich, tänzelte auf dem Giebel hin und her, bevor er es sich auf dem Blatt einer nahestehenden Palme bequem machte. Die Treppe, die auf eine kleine Terrasse der Hütte hinaufführte, gefiel Finn. In der Ecke hing eine handgemachte Hängematte, in der man bestimmt Gefahr lief, sofort einzuschlafen. Auf der anderen Seite der Terrasse stand ein archaisch zusammengenagelter Stuhl mit einem Hocker. Im Eingang der Tür hingen Überbleibsel von langen Palmenwedeln. Der Bewohner wollte sich auf diese Weise scheinbar gegen Mücken schützen. Die Tür war leicht angelehnt und aus massivem Bambus. Sie knarzte laut, als Finn sie öffnete und eintrat. Er war beeindruckt von der Mühe, mit der man die Hütte dekoriert und ausgestattet hatte. Alle Wände waren mit geflochtenen Bambusmatten verkleidet. Das Innere der Hütte bestand aus einem einzigen Raum und erinnerte an die Basisstation eines Expeditionsteilnehmers. Alles wirkte funktional und war bestimmt der Traum jedes Aussteigers. Der Besitzer hatte sich sogar die Mühe gemacht, ein Fenster mit Holzrahmen zu verbauen. Alles handgemacht, jedoch ohne Glasscheibe. Aber mithilfe eines Holzstückes konnte man das Fenster sogar in verschiedene Positionen anwinkeln. Auf dem Boden davor lag ein altes, verdrecktes Tuch, was vermutlich als Gardine gedient hatte. Die Hütte schien schon seit längerer Zeit unbewohnt zu sein. Es roch modrig und in den dunklen Ecken hingen größere Spinnweben. Finn staunte nicht schlecht und überlegte, wie der ehemalige Bewohner dieser Hütte all die ganzen Gegenstände hergebracht hatte. Auch wenn der Strand nicht mehr allzu weit entfernt war, hätte das ein Mensch alleine bestimmt nicht geschafft. Das galt insbesondere für das Bett und den riesigen alten Schreibtisch, der den größten Teil des Raumes einnahm. Jemand musste ihm bei seinem Vorhaben geholfen haben. Auf jeden Fall hatte der Bewohner oder die Bewohnerin ein einsames Leben geführt. Das kleine Bett unter einem zusammengerollten Moskitonetz in der Ecke des Raumes war lediglich für eine Person ausgelegt. An seinem Fußende befand sich, auf

einer Holzkiste, ein vierarmiger Kerzenständer mit fast heruntergebrannten Kerzen, daneben ein geflochtener, flacher Korb. Finn studierte einige der Zeichnungen und Skizzen von Tieren und Pflanzen. Es gab kaum eine freie Stelle an den Wänden, an der nichts hing. Schließlich nahm er auf einem runden, aus Holz gefertigten Lehnstuhl hinter dem Schreibtisch Platz. Es tat gut, mal wieder auf einem bequemen Stuhl zu sitzen. Entspannt drehte sich Finn hin und her und nahm alles auf dem Schreibtisch liegende näher in Augenschein.
In einer Ecke stand ein weiterer Leuchter mit heruntergebrannten Kerzen. Auf einer Ledermatte lagen mehrere Karten dieser und anderer Inseln, ein alter Kompass, ein Briefdolch, eine geschnitzte Holzmaske, ein Tintenfass, mehrere Bleistifte, Lineale und nautische Messinstrumente, die Finn nicht zuordnen konnte. In der Ecke hinter ihm an der Wand lehnte der Stoßzahn eines Elefanten. Darüber war ein imposantes Haifischgebiss mit allen Zähnen angebracht. Finn hatte schon immer eine Abneigung gegen Jäger. Ganz egal, ob sie in Deutschland oder in Afrika ihr perverses Spiel trieben. Was Finns Aufmerksamkeit besonders weckte, waren drei Bildrahmen auf einem Holzregal, in denen hinter Glas verschiedene Käfer auf einer Nadel aufgespießt waren. Daneben lag ein geschnürtes Paket an Briefen, das man mit einer Tintenwippe beschwert hatte. Neugierig stand er auf, ging um den Tisch herum, als er plötzlich ein Geräusch, wie das Knarzen einer Diele, hinter sich vernahm. Er schaffte es, sich umzudrehen, aber um dem Knüppel des Mannes mit den roten Streifen auf

der Stirn auszuweichen, reichte es nicht. Er schickte ihn mit einem Schlag zu Boden. Finn wurde kurz schwarz vor Augen. Der Mann dachte scheinbar, dass er ihn ausgeschaltet hatte, denn er wandte sich ab und ging zum Ausgang. Finns Kopf dröhnte, als er sich mühsam erhob. Er fühlte sich schwindlig und ihm entwich ein schmerzverzerrter Laut. Mit aufgerissenem Mund drehte sich der Angreifer sofort um und stürmte mit erhobenem Knüppel auf ihn zu. Dieses Mal gelang es Finn, seinen Schlag mit dem Unterarm abzublocken und er konterte mit einem Aufwärtshaken. Dieser traf den Mann hart und an der richtigen Stelle. Es schien, dass seine Lebensenergie in nur einer Millisekunde entwichen wäre, als er vor Finn zu Boden sackte. Erschöpft, mit berstendem Puls, stützte Finn sich auf die Kante des Schreibtisches. Doch auch er hatte seinen Feind unterschätzt. Blitzartig war er wieder auf den Beinen und holte erneut mit seinem Knüppel aus. Geistesgegenwärtig ergriff Finn den Briefdolch vom Tisch, duckte sich zur Seite, sodass ihn der Schlag knapp verfehlte und rammte dem Angreifer schreiend den Dolch in den Hals. Das Blut spritzte wie aus einer Fontäne. Verzweifelt griff sich der Krieger an den Hals und versuchte, die Blutung zu stoppen, aber anscheinend hatte Finn die Halsschlagader getroffen. Kaum eine Sekunde später gab der Mann gurgelnde Geräusche von sich und fiel um. Nach Luft ringend, rannte Finn auf die Terrasse: Er hatte schon wieder einen Menschen auf dem Gewissen.

»Verdammte Scheiße, was ist mit diesen Typen los? Hier versuchen alle, mich zu killen. Warum? Warum verdammt noch mal?«, schrie er von der Terrasse in den Palmenwald. Natürlich antwortete ihm niemand, nur der Vogel, der noch immer auf dem Palmenblatt saß, schlug mit den Flügeln. Als sich Finn beruhigt hatte, ging er zurück in die Hütte und nahm hinter dem Schreibtisch Platz. Mit einem Stofftuch, das fein säuberlich gefaltet auf dem Schreibtisch lag, wischte er sich den Schweiß von der Stirn und das Blut von den Händen. Dabei fiel ihm das gestickte C auf dem Stoff auf. Aus Wut über seine Situation warf er das zerknüllte Tuch gegen einen Stapel von Papieren, aus denen Fotos herausrutschten. Finn warf einen Blick auf die Fotos: Eines davon zeigte einen südländischen Mann mit Dreitagebart, Schlapphut, grünem Hemd und dazu passender Hose. Er stand in heroischer Pose, mit seinem Stiefel auf dem Schädel eines toten Löwen, und hielt sein Gewehr mit beiden Händen fest. Im Hintergrund waren Lehmhütten und ein paar schwarze Frauen mit Halsringen zu sehen. Finn tippte, dass es sich dabei um Afrika handeln musste. Der Typ erinnerte ihn an Henry, der es hoffentlich rechtzeitig zum Strand zurückgeschafft hatte. Allerdings sah er viel jünger, durchtrainierter und irgendwie boshaft aus. Außerdem würde Henry bestimmt nicht auf Großwildjagd gehen. Ein anderes Foto zeigte eine Frau in weißem Kleid, mit passendem Hut, der ihr Gesicht etwas verdeckte. Ihre Haut war hell und von zarter Blässe. Handelte es sich hierbei um seine Frau? Das dritte Bild zeigte den tollen Großwildjäger geschniegelt und gebürstet im Sakko, mit Hemd und Krawatte. Dieses Foto war in Lübeck entstanden. Das konnte Finn am Holstentor erkennen, vor dem

sie alle posierten. Es wirkte wie ein Familienausflug oder besser eine Taufe. Sie waren alle sehr fein angezogen und das Foto war an einem sonnigen Tag entstanden. Mit Ausnahme des Großwildjägers lachten alle. Er stand zwar in der Nähe der Frau mit dem Kinderwagen, wirkte aber fehl am Platz. Man sah ihm förmlich an, dass ihn die Anwesenheit aller nervte. Der Kinderwagen mit einer dahinterstehenden, stolzen Mutter schien ihn nicht zu interessieren. Das Baby trug eine dünne weiße Mütze, auf der Stirn war in kursiver Schrift ein Buchstabe gestickt, den er aber nicht lesen konnte. Das letzte Foto zeigte den tollen Jäger und einige Arbeiter, die dabei waren, einen uralten Banyanbaum zu fällen. Während sie sich vor der malerischen Kulisse eines Palmenwaldes abschufteten, der Finn an die Stelle erinnerte, wo er das Wrack des Kreuzfahrtschiffes betreten hatte, stand dieser Typ einfach da, mit seinen Daumen lässig im Gürtel eingehakt und grinste entspannt. Sein Hemd war weit aufgeknöpft und so konnte Finn sehen, dass er eine Lederkette mit einem ovalen, smaragdgrünen Amulett trug.
Die Bilder waren wegen der Feuchtigkeit leicht gewellt. Finn steckte sie ein. Warum er das tat, wusste er nicht.
»Was für ein egozentrischer, eingebildeter Fatzke«, dachte er, stelzte über den toten Kannibalen und nahm den Stapel Briefe aus dem Holzregal. Zurück am Schreibtisch löste er vorsichtig das Paketband des Briefstapels, nahm den obersten Brief und lehnte sich zurück. Gut leserlich stand der von Hand geschriebene Empfängernamen auf dem Umschlag: Miguel Cortez.

»Hab ich's nicht gewusst? Cortez, so heißt du also, du mieses Schwein. Den ganzen Terror, den Anaïs und ich haben ertragen müssen. Alles nur wegen eines impotenten Katzenjägers? Was hast du verbrochen, dass andere leiden müssen? Was, bitte?«

Etwas respektlos riss er den Brief aus dem Umschlag. Anfangs überflog er die Zeilen. Es ging um die Beziehung zu seiner Frau. Sie betonte immer wieder, dass er ihr fehlen würde und er heimkehren solle.

»Wo sind Informationen, die ich nutzen kann? Komm schon, Cortez. Zeig mir was!«

Finn las noch weitere Briefe, nahm sich nun aber mehr Zeit dafür. Er wollte auf keinen Fall riskieren, wichtige Informationen zu übersehen. Ausnahmslos waren alle Briefe von Cortez' Frau. Sie hatte ihm regelmäßig geschrieben und der feine Herr hatte es anscheinend nie für notwendig gehalten, auch nur einen von ihnen zu beantworten.

Seine Frau kam nicht mit seiner Entscheidung klar, ins Ausland, speziell nach Thailand, auszuwandern. Sie bezeichnete ihn zunächst als Ehebrecher, später als verdammten Hurensohn, der seine Tochter und sie selbst zurückgelassen hatte. Was Finn besonders auffiel, war die Tatsache, dass sie ihm in fast jedem ihrer Briefe mitteilen musste, dass ein Familienmitglied gestorben war. Zum Ende der Briefsammlung bat sie ihn inständig, sich auf einem Begräbnis blicken zu lassen. Wahrscheinlich standen sich seine Frau und der Tote sehr nahe. Sie bat ihn mehrfach, er solle nicht ihretwegen, sondern zu Ehren des Toten und wegen seiner Tochter am Grab erscheinen. Im letzten ihrer Briefe wirkte sie trotz ständiger Hiobsbotschaften fröhlicher. Sie erwähnte eine neue Bekanntschaft und flehte ihn an, wenigstens ein paar Fragen zu beantworten. Mit diesem Brief endete die einseitige Kommunikation; Finn konnte keine jüngeren Briefe mehr finden. Als er ihn wieder in den Umschlag stecken wollte, fiel ihm ein Porträt-Foto entgegen. Es war ein Abzug dessen, welches er in seiner Außentasche dabeihatte. Vorsichtig berührte Finn das Foto mit seinen Fingern. Es schmerzte ihn, denn dieses Foto und die Bilder seiner Erinnerung würden das Einzige sein, was ihm von Anaïs bleiben würde. Finn starrte sehr lange auf das Foto und es wäre eine Lüge gewesen zu behaupten, dass er nicht geweint hätte. Er tat es, aber leise, denn es fehlte ihm jegliche Kraft. Erinnerte es ihn doch daran, dass er Anaïs versprochen hatte, den Bann zu brechen und sie zu befreien. Das war er ihr schuldig und um das zu schaffen, musste er sich zusammenreißen.

Schließlich machte sich Finn an den Schubladen des Schreibtisches zu schaffen. Sie waren verschlossen, doch Cortez hatte den Schlüssel unter den Karten versteckt, wo ihn Finn schnell fand. Hastig öffnete er sie und untersuchte ihren Inhalt. Er fand den Pass von Cortez, eine Pistole ohne Munition, spanische Golddubletten, Marienbildchen, sowie ein kleines Notizbuch, das sich als Tagebuch entpuppte. Finn steckte es ein, als das ferne Grollen eines herannahenden Gewitters ihn aufhorchen ließ.

Damit hatten sich seine Pläne, am selben Tag noch zur anderen Seite der Insel zu marschieren, erledigt. Er würde erst bei Sonnenuntergang und vermutlich mitten in einem Gewitter auf dem Teil der Insel ankommen, in dem die Kannibalen, erkennbar an den roten Strichen auf der Stirn, lebten. Ein paar Stunden Rast würden ihm auf jeden Fall guttun.

Finn ging zum Bett, um das Kopfkissen aufzuschütteln. Kaum hatte er es hochgehoben, machte er einen Satz zurück. Ein schwarzer Skorpion, der darunter geschlafen hatte, schoss quer über das Laken. Finn beobachtete, wie er am Fußende des Bettes auf den Deckel der Holztruhe krabbelte und in einem Spalt verschwand. Als er zur Truhe ging und sie öffnete, bot sich ihm ein gruseliges Bild. Die Kiste war voll mit mumifizierten Schlangen. Unter dem Deckel befanden sich eine Schlangengreifzange und ein Gitter, in dem sich Petrischalen mit einer Gummihaut befanden. Cortez hatte scheinbar regelmäßig das Gift von Schlangen extrahiert. Das würde natürlich erklären, warum er abseits des Dorfes akzeptiert worden war. Vielleicht hatte er ja den Status eines Schamanen gehabt.

Bevor er es sich in der Hütte für die Nacht bequem machen würde, wollte Finn die Kiste mit den Schlangenkadavern und vor allem den Toten beseitigen. Als Erstes packte er den Mann bei den Armen und schleifte ihn aus der Hütte. Draußen begrub er ihn und seinen Stammesfreund in einer Kuhle, umgeben von ein paar Palmen. Anschließend zerrte er die Holzkiste aus der Hütte und versteckte sie hinter einem Gebüsch.

Als Finn alles erledigt hatte, ging er zurück und schloss den Eingang von innen. Dabei fiel ihm die Stelle auf, an der vorher die Kiste gestanden hatte. Im Boden befand sich eine Falltür mit eingelassenem, gusseisernen Ring. Finn zog an dem Ring und unter einiger Kraftaufwendung gelang es ihm, die Falltür zu öffnen. Etwas irritiert schaute er auf den erdigen Boden unter der Hütte. Die Entfernung war nicht sehr hoch und so sprang Finn kurzerhand hinunter. Dieser geheime Kellerraum war von außen nicht einsehbar. Daher war das Tageslicht, das durch die Ritzen der Bohlen drang, schwach, aber es reichte, dass Finn eine kleine Öllampe mit integriertem Anzünder entdeckte. Cortez hatte sie an einem Haken im unterirdischen Raum gehängt. Finn zündete sie an und leuchtete die Umgebung ab. Neben ein paar Kisten, in denen sich getrocknete Stücke von Kokosnüssen befanden, blickte Finn in einen dunklen Gang, den man nur geduckt betreten konnte. Er leuchtete mit der Öllampe hinein, konnte aber kein Tageslicht an seinem Ende ausmachen. Der Gang musste sehr lang sein und weit von der Hütte entfernt enden. Das Schlitzohr Cortez hatte sich einen Joker, einen Fluchtgang gebaut. Auf einen dauerhaften Frieden mit den Stämmen der Insel hatte er sich also nicht verlassen. Finn lag nichts daran, den Tunnel zu erkunden. Er war vielmehr an dem Tagebuch interessiert. Also löschte er die Öllampe, hängte sie zurück an den Haken und kletterte wieder nach oben. Dort angekommen, legte er eine Bambusmatte auf die Falltür und beschwerte sie mit dem Lehnstuhl. Er fühlte sich einfach wohler damit.

Finn machte es sich auf dem Bett, dessen Bettlaken feucht und muffig roch, bequem und studierte das Tagebuch. Es bestätigten sich einige Dinge, die er schon vermutet hatte. So hatte er recht behalten in seiner Annahme, dass eines von Cortez' Fotos tatsächlich am Palmenwald, wo das Schiffswrack lag und er zum ersten Mal Anaïs begegnet war, aufgenommen worden war. Schon Jahre bevor Anaïs und er zum Kreuzfahrtschiff gekommen waren, war Cortez dort gewesen. Er hatte entgegen dem Willen der gläubigen Dorfbevölkerung einen großen Banyanbaum fällen lassen und so nicht nur die Elefanten, die sich an diesem heiligen Ort versammelten, sondern auch die Götter erzürnt. Eine Reihe von Unfällen, Krankheiten und Todesfällen ereignete sich schon ein paar Wochen später und wurde zur Regelmäßigkeit. Aufgrund dessen verließen die Einheimischen diesen Teil der Insel. Nach dem Scheitern des Projektes wurde Cortez von seinen Geldgebern und erzürnten Inselbewohnern gesucht. Die einen wollten Geld, andere Rache, wieder andere verlangten den Ort durch Zeremonien zu säubern, um die Ordnung wieder herzustellen. Weiterhin hatte Cortez von der Insel, auf der sich Finn befand, Wind bekommen. Er wusste mehr als andere über diese Insel. Anhand von alten Büchern und Aufzeichnungen vermutete er hier einen Goldschatz, den die Spanier in Sicherheit gebracht hatten. Während der Kolonialzeit hatten sie Interesse an der Expansion ihrer Herrschaft und Einflussnahme auf die Region gehabt. Cortez schrieb immer wieder vom Khmer-Reich, mit dem berühmten Angkor Wat in Kambodscha als seinem kulturellen

Zentrum. Es war eine bedeutende Macht in Südostasien gewesen, zu der viele Seefahrer gehört hatten. Während seiner Blütezeit hatte es große Teile des heutigen Thailands, Kambodschas, Laos' und Vietnams kontrolliert. Den Schatz auf dieser Insel sollten Spanier erbeutet und hier versteckt haben. Wenigstens vermutete das Cortez. Deshalb war er auf diese Insel gekommen.

Er schrieb auch über die Briefe seiner Frau und dass er nicht mehr zu ihr zurückkehren wollte. Er passte in kein Europa, fühlte sich der Wissenschaft und Entdeckungen verpflichtet. Cortez war überzeugt, dass ihm seine Frau das Kind untergeschoben hatte. Die Briefe seiner Frau waren an einen Freund gegangen, der sie gesammelt und ihm fortwährend zugestellt hatte. Jetzt wurde Finn klar, wieso die Anschrift auf den Umschlägen Bangkok gelautet hatte. Von den Todesfällen in der Familie hatte er also gewusst, aber er schien den Fehler nie bei sich gesucht zu haben. Noch nicht einmal das Foto seiner Tochter hatte ihn umstimmen können. In einer Passage schrieb er, dass er die Briefe lange Zeit nicht geöffnet hatte, da er fürchtete, sie würden ihn in seinem Lebenswerk beeinflussen.In seinen jüngsten Aufzeichnungen fing er an, die Einheimischen auf Koh Chang in den Dreck zu ziehen. Er konnte ihr abergläubisches Verhalten nicht nachvollziehen. Sie warfen ihm vor, dass er durch das Fällen des Banyanbaumes und das Entweihen des heiligen Gebiets einen Fluch herauf beschworen hatte. Erst später in seinen Aufzeichnungen räumte er ein, dass der Tod einiger Familienmitglieder nicht viel mit Zufall zu tun haben konnte. Wirkte sich der Fluch auch auf ihn aus? Nur warum starb er nicht? Schließlich war er der Einzige, der für die ganze Misere verantwortlich war. Wollte man ihn ermahnen, wollten die Geister, dass er seinen Frevel rückgängig machte, um das Gleichgewicht wieder herzustellen? Was blieb ihm von seinem damaligen Projekt? Ein voll eingerichtetes Schiff, das über die Jahre vor sich hin rottete? Oder hatte es mit seinem Amulett zu tun? Auf einer Seite seines Tagebuchs hatte er begonnen, es zu skizzieren, aber nie fertiggestellt.

Cortez schrieb auch über die Kannibalen und ihre Gebräuche. Sie taten ihm selbst nichts, was ihm ein großes Rätsel war.

Wie oder mit wem er auf die Insel gekommen war, hatte Cortez in seinen Aufzeichnungen nicht erwähnt. Leider war das Tagebuch lückenhaft geführt worden. Immer wieder gab es längere Pausen in seinen Aufzeichnungen.

Auf jeden Fall hatte er einigen verletzten Dorfbewohnern mit den weißen Strichen geholfen und sie erfolgreich heilen können. Sie wurden ihm gegenüber immer wohlgesinnter und freundlicher. Cortez schrieb, dass sie ihm erlaubten, ihren Teil der Insel zu betreten, später sogar dort zu leben. Der Kontakt zwischen ihnen war auf jeden Fall sporadisch und beschränkte sich auf die Inanspruchnahme seiner speziellen Fähigkeiten mit einhergehendem Austausch von Nahrung und Waffen.

Erst, als er keine Briefe mehr von seiner Frau erhielt, machte er sich langsam Sorgen. Schließlich hatte sie ihm über Jahre hinweg geschrieben, ohne jemals eine Antwort zu erhalten. Cortez vermutete, dass ihr etwas zugestoßen sein könnte. Er begann tatsächlich, sich Vorwürfe zu machen und zog sogar eine Reise nach Europa in Betracht.

Seine Tagebucheinträge endeten damit, dass er nun den genauen Ort des Schatzes kennen würde. Cortez wollte ihn bergen und sich gleich darauf auf den Weg zu seiner Frau machen. Seine Tochter schien ihm nach wie vor unwichtig zu sein. Er machte sich fast keine Gedanken um sie, obwohl er sie als Baby das letzte Mal gesehen hatte. Nur ein paar Sätze drehten sich überhaupt um sie. Er rätselte, wie Anaïs heute aussehen würde. Ebenso stellte er sich ein Treffen mit ihr vor, stellte das aber einen Satz später, gleich wieder infrage. Seine Frau bezeichnete Cortez nach wie vor als Schlampe, die ihm ein Kind angehängt hatte. Finn kam mit den widersprüchlichen Aussagen von Cortez überhaupt nicht klar. Je mehr er über ihn las, desto mehr verachtete er ihn.

Überleben

Mitten in der Nacht riss Finn ein heftiges Gewitter aus dem Schlaf. Der Platzregen, der über der Hütte niederging, war so heftig, dass es nicht lange dauerte, bis ihm Wassertropfen auf die Stirn klatschten. Schlaftrunken sah er vom Bett aus durch das Fenster. Immer wieder erhellten grelle Blitze die ganze Szenerie. Die im Regen glatt wirkenden Stämme der Palmen bewegten sich im Wind, während ihre Blätter lautstark hin und her schlugen. Die Bäume wirkten wie riesige, schwarze Seeanemonen, die sich immer wieder in die gleiche Richtung bogen. Ein Gewitter von solch einer Intensität kannte Finn nicht. Das Unwetter auf der Insel erschien ihm, als ob es darauf abzielte, jegliches Leben auszulöschen.

Letzten Endes hatte Finn sein Schicksal aber genau diesem Unwetter, genauer gesagt den Blitzen, zu verdanken. Ohne sie wären ihm die dunklen Schatten, die sich zwischen den Bäumen auf die Hütte zubewegten, niemals aufgefallen.

»Fuck, fuck, fuck«, flüsterte er leise vor sich hin und überlegte, was er machen sollte. Da waren einige, die ihm trotz des Regens den Garaus machen wollten. Finn sprang aus dem Bett, packte das Notizbuch in die Außentasche seiner Hose und hängte sich seine Habseligkeiten um. Dabei versuchte er, möglichst lautlos vorzugehen.

Vorsichtig hob er den Stuhl an, trug ihn weg und öffnete behutsam die Bodenluke. Er ließ sich nach unten gleiten und hielt sie mit der darüberliegenden Bambusmatte fest. Bevor er die Luke schloss, schob er die Matte durch einen kleinen Spalt hin und her, bis sie die Luke perfekt verbarg. Er hatte die Öllampe gerade vom Haken genommen und wollte sie anzünden, als über ihm die Tür aufgestoßen wurde. Finn verharrte, um nicht durch ein Geräusch auf sich aufmerksam zu machen. Als sie mit einem Höllenlärm begannen, die Einrichtung der Hütte zu demolieren, beschloss er, dass es Zeit war, durch den Tunnel zu flüchten. Im Versteck zu warten, kam nicht infrage. Sollte sich bei dem Chaos, das sie über seinen Köpfen anrichteten, die Matte verschieben, säße er in der sicheren Falle.

Langsam tastete er sich zum Tunneleingang und betrat ihn. Während er vorsichtig einen Fuß vor den anderen setzte, glitt seine freie Hand über die feuchte, modrig riechende Wand. Finn wagte nicht, die Öllampe anzuzünden, denn er wusste nicht, wie weit das Licht aus dem Tunnel heraus zu sehen wäre. Wenn die Kannibalen das Licht oder einfach nur den Geruch der Lampe wahrnehmen würden, wäre es zu spät für ihn. Finn war barfuß unterwegs und die nasse Erde, in die er einsank, sodass sie sich durch seine Zehen quetschte, ekelte ihn so sehr, dass er am liebsten schreiend durch den Tunnel gelaufen wäre.

Nach ein paar Metern legten sich riesige Spinnennetze über sein Gesicht. Sie waren so stabil, dass sie zögernd nachgaben und erst einen Moment später zerrissen. Mit seiner freien Hand vortastend, spürte er an den glitschigen Wänden immer wieder Würmer und allerhand krabbelnde Käfer. Die Raupen oder Tausendfüßler waren nicht minder eklig. Ohne Licht

durch den Tunnel zu gehen, glich einem Selbstmordkommando. Aber im Vergleich mit den Kannibalen war es definitiv die bessere Wahl.
Als Finn weiter vordrang und ihm plötzlich etwas gegen das Bein sprang, war es zu viel für ihn. Er unterdrückte einen Schrei, aber so konnte es in dieser Dunkelheit nicht weitergehen. Zitternd entzündete er die Öllampe. Das warme Licht breitete sich rasch aus und wirkte sofort beruhigend auf ihn. Im schwachen Licht entdeckte er die Ursache seiner Panik: einen Frosch. Glücklicherweise gab es in Thailand keine toxischen Frösche. Obwohl die Lichtquelle ihm ermöglichte, die Wände und den Boden des Tunnels zu sehen, änderte es nicht viel an seiner Situation. Es offenbarte eher Dinge, die er lieber nicht gesehen hätte – darunter eine Vielzahl von Riesenkrabbenspinnen, die an der Decke hingen. Zumindest war das Rätsel gelöst, was ihn manchmal am Kopf berührt hatte. Die Spinnen waren nicht gefährlich, sahen aber so aus. Finn ekelte sich, seit er denken konnte, vor Spinnen. Daher war dieser Tunnel für ihn eine besonders harte Prüfung. Aber, wovor er sich noch mehr ekelte, waren Dinge oder Tiere, die er schwer oder gar nicht sehen konnte. Und genau diese Dinge vermutete er im matschigen Boden, den er barfuß durchlief. Jedes Mal, wenn er etwas berührte, zuckte er unweigerlich zusammen und sprintete kurz los. Hier gab es doch sicher auch Blutegel. Trotz allem kämpfte er sich Meter um Meter durch den Tunnel. Nach einer Weile verspürte Finn Stärke und eine innere Ruhe, die ihn durchdrang. Mit ihr schwand seine Angst, und

das letzte Stück erschien ihm fast wie ein Spaziergang. Diese Besonderheit hatte er nach der Zeremonie mit dem Anführer an sich wahrgenommen. Er musste sich nur noch am Ende des Tunnels zwischen großen Findlingen hindurchquetschen und war endlich draußen.

Auf die Knie gestützt, atmete Finn konzentriert ein und aus. Er war den Kannibalen entkommen, zumindest vorerst. Es hatte aufgehört zu regnen, doch die Luftfeuchtigkeit war so hoch, dass Finn nur schlecht atmen konnte.

Finn löschte die Öllampe, um nicht entdeckt zu werden. Der Mond stand zwischen den aufgerissenen Wolken und sein Licht ermöglichte ihm eine halbwegs gute Sicht. Schließlich folgte er einem Pfad, der bergab führte; von der Himmelsrichtung schien er also richtig zu sein. Nach wenigen Minuten erreichte er einen kleinen Palmenwald, den er durchquerte, bis er schließlich in eine weite offene Ebene gelangte.

Der sichelförmige Sandstrand, über den er vorhatte, auf die andere Seite der Insel zu kommen, lag vom Mondlicht angestrahlt vor ihm. Das Wasser fluoreszierte in einem kalt-blauen Licht, das nicht von dieser Welt zu kommen schien. Der ganze Strand glich einer leuchtenden Milchstraße.

Finn wollte gerade weitergehen, als plötzlich weit hinter ihm unheimliches Geschrei erklang. Als er sich umdrehte, sah er Flammen in den dunklen Nachthimmel züngeln. Anscheinend brannte die Hütte lichterloh. Vermutlich hatten die Kannibalen die beiden Krieger gefunden und würden nun ihren Tod rächen wollen. Dort, wo er sich befand, gab es keine Möglichkeit, sich zu verstecken. Beim Strand unter ihm sah es nicht anders aus: Er war weit und breit einsehbar und das alte Schiffswrack, das etwa auf der Hälfte lag, stellte nicht wirklich ein Versteck dar. Zurück konnte er nicht mehr und noch mal in den Tunnel zu steigen, war undenkbar. Es gab also nur einen Weg: über den Strand, um so rasch wie möglich die andere Seite zu erreichen. Der Nachteil war, dass er sich dort auf dem Gebiet der Kannibalen bewegen würde.

Obwohl sich die Öllampe als nützlich erwiesen hatte, entschied er sich, sie zurückzulassen. Finn versteckte sie unter den Wurzeln eines Gebüschs, falls er es sich später noch anders überlegen würde. Dann rannte er, so schnell es das Mondlicht zuließ, über die Ebene zum Strand hinunter.

Am Korallenfelsen, unter dem der Strand begann, angekommen, konnte er gerade noch rechtzeitig stoppen, um nicht vom Felsen zu fallen. Die Kannibalen würden seine Fußspuren im Sand sofort entdecken. Also kletterte Finn an einer anderen Stelle ein kleines Stück abwärts und sprang schließlich in das knöcheltiefe Wasser. Die fluoreszierende Flüssigkeit spritzte zur Seite und verband sich sofort wieder. Es kam ihm vor, als ob jeder seiner Schritte einen fluoreszierenden Abdruck hinterließ, was aber nicht der Fall war. Dem geschulten Auge eines Jägers wäre allerdings aus der Entfernung aufgefallen, dass sich etwas im Wasser bewegte. Im günstigsten Fall wäre er von einem kleinen Riffhai ausgegangen, der am Ufer nach leichter Beute suchte.

Finn erreichte die andere Seite der Insel, ohne einen einzigen Fußabdruck im Sand zu hinterlassen. War hier die Lösung zu finden? Er folgte seiner inneren Stimme, kannte aber noch nicht sein Ziel.

Glücklicherweise waren ihm die Kannibalen bisher nicht auf den Fersen. Ihr Gesang und Geschrei waren leiser, aber das lag sicher an der größeren Entfernung zwischen ihnen. Erschöpft stieg Finn den Korallenfelsen, der den Strand begrenzte, hinauf. Auf dieser Seite der Insel war er einiges steiler und hatte sehr scharfe Kanten, sodass Finn jede seiner Bewegungen mit Bedacht ausführen musste. Fast hatte er die obere Ebene erreicht, die auf ein leicht bewachsenes Kliff führte, als er einen kleinen Moment unaufmerksam war und sich am Korallenfelsen den Knöchel schnitt. Das Blut lief am Fuß hinunter und verteilte sich über den Stein. Sofort sammelte er ein paar Blätter vom Boden, um die Blutung zu stoppen. Er war beeindruckt, wie gut es funktionierte. Allerdings hatte er durch seine Unaufmerksamkeit ein Problem geschaffen: Sobald die Kannibalen zurückkehrten, könnten sie sein Blut entdecken. Sie würden also wissen, dass er auf diesem, auf ihrem Teil der Insel war und die Jagd auf ihn eröffnen.

Die Wolken hatten sich fast vollständig verzogen, daher konnte er nicht auf einen helfenden Regenschauer setzen. Und mit dem Wasser, das er bei sich trug, musste er sparsam umgehen. Wer wusste schon, wann und wo er Neues finden konnte? Was er allerdings wusste, war, dass laut Cortez' Aufzeichnungen das Dorf der Kannibalen im Norden lag. Es erstreckte sich von der rauen Meerseite fast bis zur Bucht des Atolls. Nur ein Streifen am Kliff war unbewohnt. Dieser führte an eine Stelle, an der das Wasser der Bucht eine Schlucht ins Inselinnere bildete. Finn entschied sich, so nah wie möglich entlang des Kliffs zu laufen. Lediglich im Norden würde er dem Dorf der Kannibalen sehr nahekommen. Ab sofort musste er sehr leise wie ein Ninja vordringen, um nicht entdeckt zu werden.

Geduckt schlich Finn über eine offene Ebene und erreichte in kurzer Zeit das steil abfallende Kliff, das die Bucht des Atolls umgab. Ein Tierpfad machte es ihm einfach, voranzukommen. Später führte der Pfad zurück ins Inselinnere. Die Kante der Küste war an dieser Stelle aufgrund dorniger Gestrüppe und Kakteen unpassierbar, sodass er gezwungen war, dem Pfad zu folgen, der ihn zu einem Palmenwald brachte. Das Mondlicht schaffte es nur an manchen Stellen, durch das Blätterdach zu brechen. Finn schreckte zusammen, als er plötzlich ein leises Jammern vernahm. War das einer der Kannibalen? Als er stehenblieb und lauschte, hörte er eine schwache, männliche Stimme. Finn verstand ihn, er sprach Deutsch.

»Hilf mir, bitte.«

»Henry? Bist du das, wo bist du?«

»Hier! Hier drüben.«

»Wo verdammt?«, der plötzlich aufgekommene Wind und Regenwasser, welches von den Palmen tropfte, erschwerten seine Suche. Mal war er sicher, die Stimme vor sich zu hören, mal eher rechts, dann wieder links.

»Wo bist du?«, wiederholte Finn.

»Bei, bei den ... hier ist ein Stein, ein großer Stein.«
Die Stimme des Mannes klang erschöpft. Finn sah sich um und erspähte eine Gruppe von Steinen. Die Seite zu ihm war mit Büschen zugewachsen, und so schlich er vorsichtig drumherum. Als er die andere Seite erreichte, erblickte er einen Mann, der an einen Baum gelehnt auf dem Boden saß. Er war mit mehreren Seilen an den Stamm gefesselt. Abgesehen von einer dreckigen Unterhose trug der Mann nichts. Etwas von ihm entfernt qualmten Überbleibsel eines Feuers, das offensichtlich vom Regen gelöscht worden war. Finn erkannte darin Reste eines Hemdes und einer Hose. Anscheinend hatten sie seine Kleidung verbrannt. Doch es waren definitiv nicht Henrys Kleidungsstücke; das konnte er trotz des trüben Lichts erkennen. Der Mann saß mit hängendem Kopf da, sein Kinn ruhte auf seiner Brust. Der Statur zufolge war es keinesfalls Henry. Finn eilte zu ihm, kniete sich vor ihm nieder und griff nach der mit Wasser gefüllten Kalebasse, die er auf seinem Rücken trug. Doch als er versuchte, dem Mann Wasser zu geben und ihm das Kinn anhob, erschrak Finn. Er ließ die Kalebasse fallen und landete auf seinem Rücken. Währenddessen ergoss sich das kostbare Wasser über den Boden. Finn lehnte am Felsen und blickte den Mann an, der mittlerweile seine Augen aufgeschlagen hatte.
»Hallo, Finn«, sagte er erschöpft, mit resigniertem Lächeln.
»Ffff ... Freitag?«, stotterte Finn ungläubig, fasste sich aber sofort wieder. In seinem Zustand stellte Freitag keine ernstzunehmende Gefahr mehr für ihn dar. Außerdem war er an den

Baum gefesselt. Finn drückte Freitags Körper zur Seite, um zu sehen, ob er etwas hinter seinem Rücken verbarg.
»Suchst du meine Knarre?«
»Oder dein Messer, was weiß ich«, antwortete Finn genervt.
»Meine Knarre hat mir Elodie gestohlen.«
Finn lachte hämisch, vergaß dabei völlig, dass sie in der Nähe des Dorfes waren.
»Unsere kleine Kleptomanin, Elodie.«
»Kleptomanin?«
»Ja. Und zwar eine gute. Die klaut dir den Stuhl unterm Arsch weg, ohne dass du das merkst.«
»Bitte, Finn. Hast du Wasser?«
Finn zögerte, gab ihm aber etwas von den Resten in der Kalebasse. Nach ein paar Schlucken nahm er sie ihm wieder weg, schulterte sie, stand auf und war im Begriff zu gehen, als Freitag ihn anflehte: »Was? Hey, Finn. Warte, Mensch! Du kannst mich hier doch nicht einfach so zurücklassen. Die kommen zurück, Mann. Das sind verdammte Kannibalen!«
Unbeeindruckt von Freitags Worten, rückte Finn seinen Bogen auf der Schulter zurecht und ging. Nach ein paar Metern jedoch, machte er wütend kehrt. Mit geballten Fäusten und gezogener Machete ging er zielstrebig auf Freitag zu, der ihn in Todesangst ansah.
»Finn, nein, bitte! Ich, verschon' mich, bitte. Ich kann dir helfen, versprochen. Ich mach' alles für dich. Es tut mir leid, das musst du mir glauben.«
Finn stand mit der Machete vor einem wimmernden Freitag.

»Haben das deine Opfer auch gesagt?«, herrschte er ihn aggressiv an und wurde dabei versehentlich lauter. Für einen kurzen Moment war es ihm egal, ob sie entdeckt würden. Da saß Freitag vor ihm im Dreck. Er war verantwortlich dafür, dass er überhaupt in diesen Schlamassel geraten war. Wutentbrannt holte Finn mit der Machete aus und schlug sie dicht über seinem Kopf in den Stamm des Baumes. Genau in dem Moment, als er mit der Machete ausgeholt hatte, war Anaïs vor seinem inneren Auge erschienen. Ohne Freitag hätte er sie perverserweise nie kennengelernt.

»Keine Tricks, oder ich töte dich. Finn ist nicht mehr der alte Finn.«

»Mein Leben für deins«, antwortete Freitag.

»Was meinst du damit?«

»Du schenkst mir mein Leben, trotz allem. Auch ich habe Ehre und stehe in deiner Schuld, für immer.«

Finn bückte sich und schnitt die Seile durch. Freitag gab ein erleichtertes Seufzen von sich und rieb sich die Handgelenke.

»Ich mein's ernst. Mein Leben für deins.«

Finn glaubte ihm, eine innere Stimme sagte, dass es richtig sei, was er tat. Er reichte Freitag die Hand und zog ihn hoch.

»Ist noch einer vom Schiff auf dieser Insel?«

»Ja, da war einer. Aber die Kannibalen haben ihn ...«

»Oh Gott, nein, Henry!«

»Keine Ahnung, wie er hieß, aber er trug einen Safarihelm.«

»Hast du ihn gesehen?«

»Nicht ganz?«

»Was soll das heißen?«

»Na ja, nur ein Teil von ihm.«

Finn starrte ihn entsetzt an und Freitag zeigte mit der Hand ins Landesinnere. Betroffen fügte er hinzu: »Nur ein paar hundert Meter weiter liegt ihr Dorf. Da steckt sein Kopf auf einem Pfahl.«

Finn schloss seine Augen. Für einen Moment wirkte der Boden unter ihm, als wenn er sich leicht bewegen würde. Die Todesnachricht von Henry nahm ihn mit, auch wenn sie sich nur kurz kennengelernt hatten. Natürlich wurde Finn auch bewusst, welches Glück er gehabt hatte. Es hätte ebenso ihn erwischen können.

»Henry«, sagte Finn leise. Freitag legte seinen Arm auf Finns Schulter, worauf er kurz zusammenzuckte.

»Ich versteh' dich, Finn. Aber lass uns verschwinden von hier, sonst sind wir die Nächsten. Als die aufgebrochen sind, waren sie überhaupt nicht gut drauf.«

»Ja, sie wollten mich töten.«

Abrupt unterbrach sie ein sanfter Ton, wie der eines Horns. Finn wusste, woher dieser kam: von der weißen Muschel, die manche Krieger des Stammes mit den weißen Strichen auf der Stirn trugen. Sie benutzen das Horn bei Gefahr oder bei Angriff. Wahrscheinlich hatten sie die brennende Hütte auf ihrem Gebiet ausgemacht und ein Krieger hatte zur Warnung seines Volkes die weiße Muschel geblasen. Ein weiteres Mal erklang die ganz spezielle Melodie, als sie im Dach der Bäume den weißen Seevogel bemerkten. Er krächzte mehrfach laut.

»Was soll das ...?«
»Erklär' ich dir später. Wir müssen weg hier, und zwar sofort!«, unterbrach ihn Finn.
Er packte Freitag unter die Schulter und stützte ihn beim Gehen. Die Gefangenschaft hatte ihm weit mehr zugesetzt, als Finn angenommen hatte. Er war sehr schwach. Wenn sie nicht umgehend Nahrung und Wasser fänden, würde es für Freitag schlecht aussehen. Schon nach ein paar hundert Metern durch den Palmenwald legten sie eine erste Pause ein.
Finn sah es als Vorsehung, dass sich Freitag an einen Baum mit grünen Früchten lehnte. Es war tatsächlich ein Mangobaum. Er machte sich sofort daran, einige Früchte zu pflücken. Etwas mühsam pulte er die Haut zweier Früchte ab und reichte eine Freitag. Die Süße des Fruchtfleisches durchströmte Finn förmlich; sie waren überreif. Finn beobachtete, wie Freitag die Mango mit den Händen zusammenpresste, damit sie ihm nicht aus der Hand glitt. Gierig biss er das Fruchtfleisch ab und lutschte um den Kern herum. Der Saft lief ihm aus dem Mund, über die Arme und zauberte ein leichtes Grinsen auf sein dunkles, von Dreck und getrocknetem Blut verschmiertes Gesicht. Freitag gab wirklich ein bizarres Bild ab.

Binnen Minuten war es hell geworden. Finn war immer noch erstaunt, wie rasch sich Sonnenaufgänge und Sonnenuntergänge am Äquator abspielten. In der Ferne hatten sich scheinbar mehrere Krieger des Dorfes mit den weißen Strichen zusammengefunden. Finn erkannte ihren lauten Gesang und

dass immer mehr Warntöne von ihren weißen Muscheln ausgingen. Es schien, als ob sie die Kannibalen angreifen würden, denn gelegentlich hörten sie aus dem nahegelegenen Dorf der Kannibalen einige Kinder und Mütter aufgeregt schreien.
Während sie die Mangos aßen, landete der Vogel bei ihnen. Wie ein Hund lief er ungeduldig umher, als ob er seinem Herrchen etwas zeigen wollte.
Die Reste der Mangos versteckte Finn in einem Gebüsch, dann machten sie sich wieder auf den Weg.
»Wohin gehen wir?«, fragte Freitag, der schon etwas besser aussah.
»Wir folgen dem Vogel.«
»Was machen wir?«, fragte Freitag und hielt inne. Sein Blick war ungläubig.
»Du hast mich verstanden. Wir folgen dem Vogel. Er wird uns ans Ziel führen. Es ist nicht mehr weit, das fühle ich.«
»Das fühlst du? Und um welches Ziel geht es? Na gut, wenn du das fühlst«, meinte Freitag skeptisch, »Wie auch immer, ich werde dir folgen. Mein Leben für deins, das wird immer so sein. Mir hat noch niemand in meinem Leben geholfen. Vielleicht kann ich jetzt wieder etwas gut machen.«
»Du klingst, als wärst du geläutert worden.«
»Das bin ich auch, Finn. Manche Dinge im Leben verändern dich für immer.«
Finn spürte, dass er damit seinen unfreiwilligen Aufenthalt bei den Kannibalen meinte. Schweigend gingen sie weiter.
Als sie aus dem Palmenwald traten, hörten sie Stimmen.

»Runter!«, flüsterte Finn geistesgegenwärtig, packte Freitag am Arm und riss ihn zu Boden.

Durch das dichte Gestrüpp und zwischen Haufen von frisch geschlagenen Kokosnüssen hindurch spähten sie in Richtung einer Hängebrücke, vor der zwei Kannibalen als Wächter standen.

»Puh, Schwein gehabt, sie haben uns nicht bemerkt«, hauchte Freitag erleichtert.

»Verdammt, das hätte schiefgehen können.«

»Was machen wir jetzt?«

»Wir müssen da rüber. Es gibt keinen anderen Weg.«

»Über das klapprige Ding da?«

Finn nickte zustimmend. Die Brücke machte einen baufälligen Eindruck. Manche Holzbretter fehlten, einige wirkten so morsch, als wenn sie bei der geringsten Belastung auseinanderfallen würden. Der Geruch von Fisch lag in der Luft. Neben der Brücke stand ein Gestell, an dem mehrere Fische in der Sonne trockneten. Daran hingen auch Schnüre, an deren Enden spitze Haifischknochen befestigt waren. Die Brücke diente also nicht nur dazu, die Schlucht überqueren zu können, sondern auch als Angelplatz.

Plötzlich deutete einer der Wachen nervös auf Finns Seevogel, der über dem Trockenfisch kreiste. Als das Tier auch noch auf dem Regal landete, rannte einer der Männer auf den Vogel zu. Im Lauf spannte er seinen Bogen, stoppte und feuerte nacheinander zwei Pfeile ab. Der erste verfehlte den Vogel, der zweite traf das Regal und blieb darin stecken. Der Vogel krächzte erbost und flog blitzschnell davon. Dabei schoss er so dicht über dem Kopf seines Angreifers vorbei, dass dieser sich auf den Boden warf. Leider hatte der Vogel dabei aber den zweiten Widersacher übersehen. Dieser warf blitzschnell ein kreisrundes Fischernetz in Richtung des Tieres, das sich wie eine Decke über den Vogel legte.

»Neeeiiiin!«, schrie Finn und sprang aus seiner Deckung. Überrumpelt von seiner plötzlichen Anwesenheit erstarrten beide Männer kurz, bevor sie auf ihn zuliefen. Finn blieb ruhig stehen und spannte seinen Bogen wie ein erfahrener Meister im Kyudo. Sein Atem war flach, als der erste Pfeil die Sehne seines Bogens verließ. Er brauchte nicht zu prüfen, ob der Pfeil sein Ziel getroffen hatte; er wusste es bereits, bevor der Pfeil flog.

Als Finn nach dem anderen Mann Ausschau hielt, war dieser verschwunden. Der Vogel zappelte wild im Netz, während Freitag mit angstvollem Blick in der Deckung kauerte.

Finn schulterte seinen Bogen und eilte zum Seevogel, um ihn zu befreien. Er ging in die Hocke, hörte aber plötzlich ein Geräusch, fuhr herum und sah den Kannibalen, den er aus den Augen verloren hatte. Schreiend holte dieser mit seiner Axt zu einem tödlichen Hieb aus, als er in der Bewegung einfror und über ihm zusammenbrach. Finn benötigte einige Kraft, um ihn von sich hinunterzurollen. Als er es geschafft hatte, erblickte er Freitag, der vor ihm stand. Er hielt einen blutverschmierten Stein in der Hand und zitterte am ganzen Körper. Offensichtlich war das Töten aus nächster Nähe etwas Neues für ihn.

Finn rappelte sich auf und wandte sich zu Freitag, der noch immer geschockt auf den Toten starrte. Er packte sein Handgelenk, nahm ihm den Stein ab und ließ ihn zu Boden fallen: »Danke, Freitag. Ohne dich wär' ich jetzt tot.«
Freitag schwieg, sein Blick wirkte hohl, als wenn er ihn nicht hören würde. Finn schlug ihm freundschaftlich auf die Schulter und kümmerte sich wieder um das Netz, unter dem noch immer der Vogel zappelte. Nachdem er ihn mit ein paar geschickten Handgriffen befreit hatte, flog der Vogel zum Pfeiler der Hängebrücke, wo er sich niederließ, um seine Federn zu ordnen.

Als Erster betrat Freitag die Hängebrücke. Er bewegte sich langsam voran, jeder Schritt bedacht, die Tragfähigkeit der einzelnen Bretter testend. Finn folgte in gebührendem Abstand. Als sie die Mitte erreicht hatten, schwankte die Brücke bedrohlich über dem tiefen Abgrund. Satte zwanzig Meter trennten sie vom glasklaren Wasser, unter dessen Oberfläche ein scharfkantiges Riff aufragte, das im Falle eines Absturzes den sicheren Tod bedeuten würde.
Finn hatte, seit er sich erinnern konnte, an Höhenangst gelitten und staunte, dass er keinerlei Furcht empfand. Hing das auch mit der Zeremonie zusammen?
Freitag blickte sich nach ihm um und Finn zeigte gerade optimistisch grinsend mit dem Daumen nach oben, als das Brett unter ihm mit einem Knarzen durchbrach. Augenblicklich rutschte er bis zu den Armen in die entstandene Lücke. Das

Adrenalin pumpte nur so durch seinen Körper. Zum Glück war das Loch nicht groß genug, sodass er wie ein Korken in der Flasche stecken blieb. Finn zappelte verzweifelt mit den Beinen und versuchte, mit seinen Händen auf den glitschigen Bohlen Halt zu finden. Freitag ließ nicht lange auf sich warten. Er kam angerannt und sprang über ihn hinweg.

»Scheiße! Hilf mir, verdammt!«, brüllte Finn, der immer wieder an den feuchten Brettern der Brücke abglitt. Plötzlich wurde er unsanft unter den Armen gepackt und erst nach oben, dann nach hinten gerissen. Im nächsten Moment fand sich Finn halb auf Freitag liegend wieder. Sie atmeten laut, hatten Mühe, Luft zu bekommen. Dankbar schaute Finn in den blauen Himmel über ihnen, wo der Seevogel seine Kreise zog.

Finn erhob sich und reichte Freitag seine Hand, um ihm aufzuhelfen: »Danke, Freitag. Du hast mir zum zweiten Mal das Leben gerettet.«

»Aller guten Dinge sind drei. Mein Leben für deins«, antwortete Freitag leise, mit einem Hauch von Melancholie. Er wirkte geschwächt und ohne großen Lebenswillen.

Als Finn seine Ausrüstung kontrollierte, musste er feststellen, dass seine Pfeile aus dem Köcher gerutscht waren. Scheinbar war auch seine Machete in den Abgrund gestürzt. Finn benötigte etwas Zeit, bis er den Kugelfisch mit der Hai-Paste, die weiße Muschel und den Bogen wieder festgezurrt hatte. Der Boden der Kalebasse war eingerissen, also warf er sie von der Brücke. Sie zerbarst auf dem Felsen im Wasser. Finn war so beschäftigt, dass er nicht mitbekam, wie die Brücke anfing, sich zu bewegen. Aber nicht seinetwegen oder wegen Freitag, sondern wegen des Kannibalen. Freitag hatte ihn mit seinem Schlag nur bewusstlos geschlagen, nicht getötet. Mit blutverschmiertem Gesicht stürmte der Kannibale wutentbrannt mit erhobener Axt auf sie zu. Die Brücke wackelte so stark, als würde sie sich jeden Moment in ihre Einzelteile auflösen. Finn erstarrte, als Freitag mit geballten Fäusten auf den bewaffneten Krieger losstürmte. Der Kannibale zögerte nicht und hob seine Axt zu einem tödlichen Hieb. Erst im letzten Moment duckte sich Freitag, rammte dem Angreifer seinen Kopf in den Magen, presste sich an ihn und zog ihn mit sich über das Geländer in die Tiefe. Mit einem lauten Klatschen schlugen sie auf das Wasser auf, das sich augenblicklich rot färbte. Finn hatte Mühe, die Situation zu erfassen und starrte fassungslos, mit weit aufgerissenen Augen, von der Brücke. Für einen kurzen Moment sah er noch Freitags Kopf und den Körper des Kannibalen, dann waren beide in den Fluten verschwunden. Es dauerte nur Sekunden, bis sich im blutdurchtränkten Wasser die Flossen einiger Haie zeigten. Sie stritten um ihre Beute und Finn betete inständig, dass Freitag der Aufprall bereits getötet hatte. Entsetzt wandte er sich ab, schleppte sich kraftlos und niedergeschlagen zur anderen Seite der Brücke.

Unter einer schattenspendenden Palme lehnte er sich an ihren Stamm. »Aller guten Dinge sind drei«, hatte Freitag noch gesagt. Finn hatte ihm sein Leben zu verdanken. Erschöpft schloss er die Augen und sah die schrecklichen Ereignisse der letzten Minuten wieder vor sich, als er plötzlich Schritte hörte.

Dennoch hielt er seine Augen weiterhin geschlossen, wollte nicht sehen, wie und wer ihm ein Ende bereiten würde. Die Schritte wurden lauter, dann stoppten sie vor ihm. Finn rechnete mit dem stechenden Schmerz eines Speers oder einer Machete. Doch als nichts dergleichen passierte, öffnete er müde die Augen.

Er war erleichtert, als er die weißen Striche auf den Stirnen der Krieger sah. Sie musterten ihn und erkannten ihn mit seinen Strichen als Teil ihrer Gemeinschaft. Als Finn mit dem Kopf nickte, nahm einer von ihnen eine Kalebasse mit Wasser und übergab sie ihm. Dann berieten sie, ob sie ihm etwas zu essen zurücklassen sollten. Schließlich waren sie sich einig und einer von ihnen reichte Finn einen kleinen, gefüllten Lederbeutel.

»Danke, meine Freunde. Ich danke euch dafür«, sprach Finn in ihrer Sprache. Die Krieger nickten, dann blies einer in seine Muschel, bevor sie in Richtung des Kannibalen-Dorfes davongingen. Finn befand sich nicht mehr nur auf einer Insel, sondern mitten im Krieg zweier Stämme. In der Ferne hörte er Schreie, dann roch es nach Rauch und verbranntem Fleisch. Zu erschöpft, um weiterzugehen, aß Finn von den gebratenen Cassava-Stücken im Lederbeutel und trank vom Wasser. Die Schreie entfernten sich schließlich, verstummten und Finns Augen schlossen sich vor Müdigkeit.

Geheimnisse

Finns Schlaf war alles andere als ruhig. In seinen Träumen erschien ihm immer wieder Freitag, immer wieder hörte er ihn sagen: »Mein Leben für deins.« Dann sah er ihn in die Tiefe fallen. In seinem verworrenen Traum ereigneten sich auch Geschehnisse, die nie stattgefunden hatten: Sobald Freitag ins Wasser gefallen war, färbte es sich rot, wurde dann wieder klar, während Freitag auftauchte und wie von göttlicher Macht getragen zurück auf die Brücke schwebte. Dies wiederholte sich in einer endlosen Schleife, bis ihn plötzlich ein lautes Krächzen aus seinem Albtraum weckte.

Finn sah zur Seite und blickte in die gutmütigen Augen des Seevogels. Dann nahm er einen Schluck aus der Kalebasse. In der Ferne, auf der anderen Seite der Brücke, stiegen schwarzen Rauchwolken auf. Alles war totenstill, der Kampf war scheinbar entschieden. Säuerlicher Gestank von verbranntem Fleisch, der Finn an ein Berliner Krematorium erinnerte, lag in der Luft. Er war froh, dass die Krieger ihm vegetarisches Essen dagelassen hatten, denn bei dem Geruch von Tod verging ihm der Appetit auf Fleisch gehörig. Auch ihm war der Tod schon in verschiedenen Formen begegnet, und um zu überleben, würde er vermutlich auch in Zukunft töten müssen.

Der Schrei des Vogels, der inzwischen über ihm kreiste, riss Finn aus seinen Gedanken. Scheinbar ging ihm alles zu langsam. Er flog zu ihm und wieder fort, immer in dieselbe Richtung. Vermutlich wollte er ihm etwas zeigen. Finn folgte dem

Vogel, der ihn auf einen kleinen Pfad zur Steilküste führte.
Die Aussicht vom Kliff war filmreif. Finn konnte die gesamte Form der Insel überblicken: das Dorf seines Stammes auf der gegenüberliegenden Seite, die Bucht, in der zahlreiche Haie schwammen und den sichelförmigen Sandstrand. Aber auch auf der Seite, auf der sich Finn befand, gab es noch etwas zu entdecken: einen Wasserfall, der vom Kliff in die Bucht hinabstürzte und, ungefähr einen halbstündigen Fußmarsch entfernt, ragte ein grauer Berg aus einem Palmenwald. Er sah aus, wie ein kleiner Vulkan.
Mit jedem Schritt hatte Finn das Gefühl, dass die Sonne stärker vom Himmel brannte. Das Geräusch von herabstürzendem Wasser, das er gestern nur an einer Stelle und in weiter Entfernung gehört hatte, wurde immer lauter. Nach ein paar Minuten kam er an einen reißenden Fluss, dessen Wasser wenige Meter links von ihm über die Klippe stürzte. Eine Überquerung war zu gefährlich, da die Strömung ihn direkt zum Wasserfall ziehen würde. Jedoch bestand die Möglichkeit, dem breiten und an den Rändern ausgetrockneten Flussbett landeinwärts zu folgen, um dort nach einem sicheren Übergang zu suchen. Finn wollte sich gerade aufmachen, als der Vogel im Sturzflug auf ihn herunterschoss. Er tat das einige Male, wobei er Finn fast mit seinen Flügeln berührte. Erst als Finn die entgegengesetzte Richtung einschlug, gab der Vogel Ruhe und zog erneut über ihm seine Kreise.
Auf einem glatten Stein am Rand des Wasserfalls ließ sich der Vogel nieder und krächzte Finn an. Es schien, als wollte er ihm

etwas mitteilen. Vorsichtig tastete sich Finn in kleinen Schritten an die Kante des Kliffs heran und wagte einen Blick hinunter. Neben ihm stürzte das Wasser mit ungebremster Geschwindigkeit etwa 15 Meter in die Tiefe. Finn erinnerte sich an den 10-Meter-Turm im Freibad Pankow, den er einmal gesprungen war – ein Ereignis, das er so schnell nicht mehr vergessen würde. »Einmal und nie wieder«, hatte er sich geschworen. In Versuchung geraten konnte er danach nicht mehr, da der Turm später aus Sicherheitsgründen auf 7,5 Meter gekürzt wurde.

Der Vogel stieg plötzlich auf und flog so dicht über Finns Kopf hinweg, dass er vor Schreck beinahe abgestürzt wäre. Als Finn ihm nachblickte, wusste er, dass sein gefiederter Begleiter ihm etwas zeigen wollte. An der Stelle, wo der Wasserfall den Meeresspiegel erreichte, zog der Vogel eine Schleife über der Bucht, gewann an Höhe und stürzte dann wie ein Pfeil durch den Wasserfall hindurch. Finn dachte erst, er wäre Zeuge eines Tierselbstmordes geworden und staunte nicht schlecht, als der Vogel nach kurzer Zeit wieder aus dem Wasserfall herausschoss. Dahinter musste sich also ein Hohlraum befinden. War ihm nicht bei der Zeremonie mit dem Anführer des Dorfes eine Grotte erschienen? Der Vogel wiederholte das Spiel noch einmal, dann flog er zu Finn zurück, und landete wieder neben ihm auf dem Stein. »Nee jetzt. Ich muss da jetzt nicht runterspringen, oder?«, dachte Finn, doch er kannte die Antwort bereits.

Es blieb ihm nichts anderes übrig, als zu springen. Wenn dort unten die Lösung für Anaïs' Problem war, dann musste er es einfach tun. Doch bei einem Sprung aus solcher Höhe konnte er draufgehen. Und, als wäre das nicht genug, gab es noch ein weiteres Problem: Unweit des Wasserfalls wimmelte es nur so von Haien. Sollte er den Sprung in die Bucht überleben und wieder auftauchen, wäre das, als ob jemand Futter ins Wasser geworfen hätte. Er hatte zwar den Kugelfisch mit der Paste, die Haie verscheuchte, aber keine Ahnung, wie lange sie auf der Haut haften würde. Eine weitere Frage, die sich Finn stellte, war, wie er von dort unten wieder wegkommen sollte. Vom Wasserfall bis zum Strand war es ein ordentliches Stück und wie er wusste, gab es auch eine Strömung, die ihn in die Bucht hinaus ziehen würde. Entweder müsste er auf dem Rückweg klettern oder einen anderen Weg aus der Grotte finden.

Während er über seine Optionen nachdachte, erspähte Finn an der Seite des Wasserfalls einen kleinen Weg. Es handelte sich um Bruchstellen am Felsen. Diese erlaubten ihm, fast fünf Meter näher an die Wasseroberfläche zu kommen. Dennoch war es auch von dort eine furchteinflößende Höhe und die Haie, die sich in der Bucht herumtrieben, machten die Aktion zu einem Selbstmordkommando. War er wirklich so irre, solch einen Sprung zu wagen? Ja, das war er und es lohnte sich! Vielleicht nicht mehr für ihn, aber für Anaïs. Finn hatte versprochen, ihr zu helfen. Er war es ihr schuldig.

Vorsichtig kletterte er an der Klippe hinunter, bis zu einem schmalen Grat, auf dem er weiter nach unten gehen konnte. Sein Puls blieb trotz der Umstände, dass er sich auf einem tödlichen Pfad befand, sehr ruhig. Er war fokussiert und hatte nur ein Ziel vor Augen: Dort unten anzukommen und das Rätsel um Anaïs zu lösen.

Der schmale Grat endete auf einem kleinen Vorsprung, der gerade mal Platz bot, um sich des Bogens und der inzwischen leeren Kalebasse zu entledigen. Ihm blieben die weiße Muschel, der Kugelfisch mit der Hai-Paste und seine Halskette.

Als Finn die Versiegelung des Fisches öffnete, schlug ihm ein entsetzlicher Mief entgegen. Seine Haut sah nach dem Eincremen aus, als hätte er in Nussöl gebadet, nur roch er abscheulich. Allein der Gestank musste die Haie schon abschrecken.

Der entscheidende Moment war gekommen: Mit einer Mischung aus Entschlossenheit und Nervosität ließ Finn den Kugelfisch, der noch etwas Paste enthielt, ins Wasser unter sich fallen. Sofort kamen die Haie angeschossen, als ob man Futter ins Wasser geworfen hätte, kehrten aber um, als sie ungefähr drei Meter vom Kugelfisch entfernt waren. Finn fiel ein Stein vom Herzen: Die Paste schien zu funktionieren.

Nachdem sich die Haie verzogen hatten, näherte sich Finn vorsichtig dem Rand des Vorsprungs, blickte in den blauen Himmel über sich und dachte an Anaïs, bevor er sprang. Er fiel, fiel weiter und schoss wie ein Pfeil durch die Wasseroberfläche. Da er mit den Füßen voraus gesprungen war, tauchte er unglaublich tief ein. Das Wasser war kalt und kaum, dass er ein-

getaucht war, sah er dunkle Schatten, die ihn umkreisten.
»Die Haie!«, schoss es Finn durch den Kopf. Sie waren um ihn herum, tauchten unter ihm durch, sie waren überall. In Panik stieß er Luft aus, sodass die Blasen seine Sicht trübten. Panisch ruderte er an die Oberfläche. Immer wenn sich die Haie näherten, drehten sie in einer Entfernung von vielleicht drei Metern ab. Die Paste schien zu wirken, was Finn aber nur kurzfristig beruhigte. Er hatte keine Ahnung, wie lange die Paste an seinem Körper haften und wirken würde. Darum schwamm er, so schnell er konnte, zum Wasserfall. Blieb nur zu hoffen, dass sich hinter dem Wasserfall auch wirklich die besagte Grotte aus seiner Vision befand. Finn kraulte und kraulte, merkte, wie seine Arme immer schwerer wurden, doch er hörte nicht auf. Vor der Gischt des Wasserfalls holte er zweimal tief Luft und tauchte knapp unter dem Wasserfall hindurch. Er hatte von Wasserfällen mit einem unglaublichen Sog gelesen, die selbst erfahrene Schwimmer nach unten ziehen konnten. Zum Glück traf das hier nicht zu, und Finn gelangte unbeschadet hindurch. Er war erleichtert, als sich vor ihm eine Grotte auftat, die vom Tageslicht sogar noch erhellte wurde. Er musste nur noch ein paar Meter im Wasser zurücklegen, dann erreichte er einen Felsen. Auf allen vieren zog er sich hoch und kletterte auf den Boden der Grotte, der aus großen, glatten Steinen bestand, die sanft ins Wasser abfielen. Kaum hatte er die Ebene erreicht, die vielleicht einen Meter über der Wasseroberfläche lag, versammelten sich die Haie im überfluteten Teil der Grotte. Vor Finn spielten sich erschreckende Bilder ab: Das Wasser

war dermaßen mit Haien angefüllt, dass es ihn an das Aquarium eines Aalverkäufers erinnerte, in dem sich die Tiere wie Schlangen um sich selbst wanden. Geschockt von der Aggressivität der Haie, die sich mittlerweile untereinander um die fehlende Beute stritten, entfernte er sich rückwärts.
»Woah, was zur Hölle!«, schrie Finn, als er stolperte und sah, worüber er fast gefallen wäre: Die Knochen eines halben Beines, die in einem Haifischmaul mit komplettem Skelett steckten. Am Kieferknochen sah Finn Spuren eines Gegenstandes. Der Besitzer des Beines musste sich, wahrscheinlich mit einem Messer, gegen das Tier gewehrt haben. Erst in diesem Moment wurde Finn bewusst, welcher Gefahr er sich ausgesetzt hatte. Hätte sich die Paste vorzeitig abgewaschen, wären die Haie über ihn hergefallen und hätten ihn in Stücke gerissen. Mit pochendem Herz begriff er, dass es keine Option war, die Grotte über die Bucht zu verlassen.

Im Wasser vor Finn war es mittlerweile ruhiger geworden, aber die Schatten der Tiere waren noch auszumachen. Sie zogen ihre Kreise, als ob sie auf ihn lauern würden. Als sich Finn nach allen Seiten umblickte, konnte er, zu seiner Verwunderung, weiter hinten in der Grotte eine Lichtquelle ausmachen. Merkwürdigerweise schien das Licht aus dem Boden zu kommen. Es war so intensiv, dass es an dieser Stelle die Decke der Grotte erhellte. Wie war das möglich? Er atmete mehrfach tief ein und wieder aus, um einen klaren Kopf zu bekommen. Da Finn barfuß unterwegs war, musste er sehr vorsichtig sein. Der

Boden war feucht und rutschig, gezeichnet von vereinzelten Seepocken und Muschelresten, die eine ernsthafte Verletzungsgefahr darstellten – ein falscher Schritt konnte dazu führen, dass sich Finn den Fuß aufschlitzte.

Er wollte sich gerade auf den Weg machen, da fiel ihm etwas Goldschimmerndes in der Nähe des Haiskeletts auf. Als er nachsah, worum es sich genau handelte, entdeckte er eine alte Grubenlampe aus Messing. Finn hob sie auf und schüttelte sie. Er hatte wahrhaft unverschämtes Glück, sie war noch halb voll. Die Lampe war äußerlich korrodiert, machte aber noch einen guten Eindruck. Nach einigem Hin- und Herbewegen des Schlagsteins sprangen Funken und als Finn an dem kleinen Rad der Lampe drehte, kam frischer Docht heraus und fing Feuer.

»Hakuna Matata!«, jubelte Finn. Jetzt hatte er Licht und musste sich nicht durch die Dunkelheit tasten, um die geheimnisvolle Lichtquelle zu erreichen. Ein breites Grinsen huschte über Finns Gesicht. Bevor er weiterging, leuchtete er zufrieden wie ein Kind, das sein neues Spielzeug mochte, nach links und rechts, bis ihm ein Schrei entfuhr: »Scheiße, verdammte. Mann, was zur Hölle?«

Ein paar Meter entfernt saß ein Menschenskelett an der Grottenwand, ihm fehlte das halbe rechte Bein.

»Bis hierher hast du es also geschafft«, sagte Finn und bückte sich neben das Skelett. Er berührte ein verknotetes Stück Stoff, das knapp über den fehlenden Knochen seines Beines herunterhing.

»Du hast dich also hergeschleppt und dein Bein mit diesem Stoff abgebunden. Doch dein Blutverlust war zu hoch. Später bist du eingeschlafen und in dieses helle Licht gegangen, du armes Schwein«, sinnierte Finn vor sich her. Ob auch er in dieser Grotte sterben würde?

Er war schon im Begriff aufzustehen, als ihm die rechte Hand des Skeletts auffiel. Sie umklammerte etwas in Brusthöhe, das an einem Lederband um seinen Hals hing. Als Finn versuchte, die Hand zu lockern, löste sie sich von den Unterarmknochen und fiel zu Boden. Es kam ein smaragdgrünes Amulett zum Vorschein, das er von dem Bild aus der Hütte kannte. Als er versuchte, das Lederband über den Hals des Skeletts zu ziehen, wurde seine Hand von einer unbekannten Kraft zur Seite gedrückt.

Doch das war nicht alles: Ein Abbild des Toten schien sich über die Knochen des Skeletts zu legen. Es schimmerte und flackerte, wie ein alter Super-8-Film. Finn zuckte zusammen, als er die Person, deren Überreste vor ihm lagen, erkannte: Es war dieser verfluchte Großwildjäger Cortez, Anaïs' Vater, mit einem halben, abgetrenntem Bein. Das Gesicht des Toten, das über dem Skelett lag, war von Schmerz gezeichnet.

»Cortez, du bist das also!«, stellte Finn fest.

»Wen kümmert's? Mal ehrlich, keine Menschenseele kommt mich suchen, niemand kümmert sich um mich.«

»Was zur Hölle!«, schrak Finn zurück, »Du kannst reden?«

»Haha, ein echter Witzbold«, antwortete das Skelett hustend.

Finn verschlug es kurz die Sprache, doch er fand sie rasch

wieder: »Sie sind Anaïs' Vater!«
Abschätzig schaute ihn die Projektion an und verzog ihren Mundwinkel: »Wer will das wissen?«
»Finn, der Freund von Anaïs.«
»Verstehe, sie hat also einen Freund, die kleine Schlampe. Na ja, sei es drum, der Apfel fällt nicht weit vom Stamm. Ihre Mutter war auch so eine. Versuchte mir doch tatsächlich ein Kuckuckskind unterzuschieben. Ha, ha, dass ich nicht lache, diese Schlampe. Obwohl ich sie doch anfangs ...« Cortez hielt im Satz inne. Erst schluchzte er laut, dann schloss er seine Augen, schien zu weinen.
»Anaïs ist eine wundervolle Frau ...«, fing Finn an, doch Cortez hörte sofort auf zu weinen und fiel ihm ins Wort: »Hast du wirklich gedacht, dass mich die kleine Schlampe einer Hure interessiert?«, sagte er grinsend und begann lauthals zu lachen. Finn erkannte, dass er ihm alles nur vorgespielt hatte.
»Hören Sie, Ihre Tochter braucht Hilfe!«
»Interessiert mich nicht.«
Als ob das nicht schon genug war, griff Cortez' verbliebene Knochenhand plötzlich an Finns Kehle.
»Was soll der Scheiß? Nimm deine Finger weg!« Finn wartete nicht, bis Cortez seine kalten Knochenfinger lockerte. Er schlug sie einfach von sich. Cortez' Arm knallte an einen Felsen und zerbröselte zu Staub. Zunächst sah er Finn teilnahmslos an, doch dann schrie er: »Arschloch! Jetzt hab' ich nur noch einen Arm.«
»Und ein Bein.«

»Du bist so ein Neunmalkluger, oder? Jemand, der aus der letzten Reihe den Unterricht oder Vorlesungen stört.«

»Das aus deinem Mund? Echt jetzt, du selbst ernannter König des Dschungels, du gestörter Neandertaler, der sein Ego auf Kosten unschuldiger Tiere aufbläht. Ein dummes Schwein, dem Empathie und Mitgefühl fehlen, das bist du!«

»Bist du etwa Veganer?«, fragte Cortez und spuckte dabei einen weißen Schleim auf den Boden, während er Finn mit einem verächtlichen Grinsen musterte.

»Boah, was soll der Scheiß?«

»Bist du?«

»Nein, bin ich nicht.«

»Ach komm schon, ich kenn' so Leute wie dich. Du bist doch bestimmt so'n Tofu-Shorts Typ aus kontrolliertem Anbau.«

»What the fuck?«

»Muttersöhnchen!«

»Was?«

»Du solltest kein Fleisch essen! Haha.«

»Willst du mich verarschen?«

»Wenn du deinen Schwanz verleugnest, dann kannst du auch dem Fleisch entsagen. Du Pussy!«

»Alter! Bist du noch ganz richtig im Kopf?«

»Na, wie schau' ich denn aus?«

»Wie einer, der nicht alle Tassen im Schrank hat.«

»Vorsichtig, Jüngling! Also ich ja, ich bleib' beim Steak.«

»Hab' ich nach deiner Meinung gefragt? Anaïs braucht Hilfe, du verdammter Nichtsnutz. Und du hast nichts im Kopf, außer

mich vollzutexten? Gerade du, du scheiß Gerippe!«
»Ich glaub' nicht, dass so ein Penner wie du, überhaupt in der Lage ist, meiner Tochter zu helfen.«
»Ach und wieso nicht?«
»Weil du ein scheiß Veganer bist.«
Jetzt reichte es Finn endgültig. Er konnte sich nicht mehr zurückhalten, holte zum Schlag aus und zimmerte seine Faust direkt auf Cortez Mund. Es knackte an mehreren Stellen, dann regneten seine Zähne herab, klimperten über seine Rippen und landeten auf dem Boden.
»Arslalllhammloooch«, murmelte Cortez unverständlich. Eine Sekunde später fiel auch sein Unterkiefer zu Boden. Eigentlich hatte Finn vorgehabt, ihn zu fragen, ob es einen zweiten Ausweg aus der Grotte geben würde. Aber er musste ja unbedingt Anaïs und ihn beleidigen. Was für ein Arschloch! Letzten Endes hätte er Finn ohnehin nichts erzählt; in dem Punkt war er sich sicher.
Finn nahm ihm das Amulett ab, stand auf und war im Begriff zu gehen, als das Abbild von Cortez anfing, zu flackern und die auf dem Boden liegende Hand ihm einen Mittelfinger zeigte. Zum Abschied hätte er am liebsten erneut zugeschlagen, doch dann wurde ihm die Lächerlichkeit des Ganzen klar.
Er schnappte sich den Tauchbleigurt, der neben Cortez lag, ohne zu wissen, ob er ihm nützlich sein würde; dann ließ er das Skelett zurück. Es war traurig, dass Anaïs solch einen Vater hatte, aber wie hieß es so schön – das konnte man sich nicht aussuchen.

Die Bucht der Insel war eine einzige Hai-Hölle, und in dieser Grotte lag ein Arschloch von Skelett. Finn war gespannt, was noch alles auf ihn warten würde. Das Fortkommen durch die Grotte verlief zumindest ohne weitere Vorkommnisse. Zum Glück hatte er die Grubenlampe dabei, sonst wäre sein Unterfangen schwieriger gewesen. Stellenweise fiel der Boden nämlich abrupt ab und es gab einige Löcher, in die er hätte fallen können. Zweimal war Finn stehen geblieben und hatte einen Stein in ein Loch geworfen. Beim ersten Mal konnte er bis zum Aufschlag bis 20 zählen, beim zweiten Mal hatte er überhaupt nichts hören können. Unter ihm musste sich ein riesiges, verzweigtes Höhlensystem befinden, das vermutlich teilweise mit Wasser gefüllt war.

Endlich erreichte Finn die geheimnisvolle Lichtquelle, die von einem Loch im Boden und einem weiteren Loch in der hohen Decke der Grotte ausging. Über sich konnte Finn Äste eines Baumes und Teile des blauen Himmels erkennen. Das tat gut, auch wenn diese Stelle ohne Ausrüstung niemals erreichbar wäre. Um aus der Grotte zu kommen, musste er sich also einen anderen Weg suchen.

Das Loch im Boden war das Merkwürdigste, was er je gesehen hatte. Es war etwa sechs Quadratmeter groß, kreisrund und wirkte wie ein riesiger, mit glasklarem Meerwasser gefüllter Whirlpool, von etwa sieben Metern Tiefe. In der Mitte ragte aus feinstem, hellem Sand eine runde, weiße Koralle heraus. Sie wurde mit einigem Abstand von hunderten, leuchtenden

Portugiesischen Galeeren umkreist, die sich alle im Uhrzeigersinn bewegten, als stünden sie in einer synchronen Beziehung zueinander. Im Inneren der löchrigen, weißen Koralle schien ein Kristall zu schweben. Sein warmes, gelbliches Licht strahlte durch die Öffnungen der Koralle und vermischte sich mit den Blautönen der Quallen.

Unerwartet hörte Finn Flügel schlagen und spürte einen Luftzug über seinem Kopf. Der Seevogel war ihm tatsächlich gefolgt und landete vor ihm auf dem Boden. Finn beobachtete, wie er nervös um das fluoreszierende Loch herumstakste.

»Schon gut, Birdy. Du willst echt, dass ich da reinsteige?«

Der Vogel blieb stehen und wippte mit seinem Kopf.

»Na super, das sind Man o' War Quallen. Du weißt schon, dass so viele Portugiesische Galeeren lebensbedrohlich sein können?«

Wieder wippte der Vogel mit seinem Kopf, als würde er jedes seiner Worte verstehen. Finn fühlte sich lächerlich, aber sein kürzliches Gespräch mit einem Skelett relativierte alles. Er wollte dem Vogel noch etwas sagen, aber dieser krächzte dreimal laut und schoss durch die Öffnung, hoch über seinem Kopf, nach draußen.

»Na gut. Das war deutlich«, sagte Finn und hörte den Vogel in der Ferne ein weiteres Mal krächzen.

Finn trat an den Rand des Loches, in dem die Quallen friedlich ihre Kreise zogen. Als er sich nach vorn beugte, wirkte es, als ob sie ihre Bewegungen verlangsamten und zu ihm aufstiegen, ihn registriert hätten. Einen Taucheranzug hatte er nicht dabei, aber sein Muschelhorn. Er erinnerte sich daran, dass dessen Klänge Meerestiere vertreiben würden. Finn nahm die Muschel vom Rücken und legte sich an den Rand des Wassers. Jetzt sah er deutlich, dass sich die Portugiesischen Galeeren näherten, aufstiegen. Es geschah langsam, folgte aber einem Muster. Noch waren sie einige Meter unter ihm. Finn nahm die Muschel vor seinen Mund und tauchte seinen Kopf ins Wasser. Er war überrascht, dass er alles klar und nicht verschwommen sah, was er vermutlich seinen neu erworbenen Fähigkeiten aus der Zeremonie verdankte. Die Quallen hatten sein Eintauchen scheinbar bemerkt und hielten diesen Akt für einen Angriff. Zumindest kam es Finn vor, als ob sie es auf ihn abgesehen hätten. Er pustete in das Muschelhorn, bekam aber keinen Ton heraus. Trotz der Tatsache, dass sich die Quallen definitiv näherten, blieb er fokussiert und schaffte es nach mehreren, erfolglosen Versuchen, der Muschel einen Laut zu entlocken. Begeistert stieß er einen weiteren Ton aus und sah, dass sich die Quallen entfernten. Mittlerweile waren sie fast auf die gleiche Höhe wie anfangs zurückgewichen. Finn zog seinen Kopf aus dem Wasser und entfernte sich. Sein erster Erfolg überwältigte ihn. Der Vogel hatte ihm klargemacht, dass er dort hinuntertauchen müsse. Lag die Lösung etwa vor ihm? War der leuchtende Kristall der besagte Sternsplitter?

Bevor er seinen Tauchgang antrat, vergewisserte sich Finn, dass die Kette, die er am Strand gefunden hatte, fest um seinen Hals hing und machte das Lederband von Cortez' Amulett enger. Er wollte nicht riskieren, eines der Schmuckstücke beim

Tauchgang zu verlieren. Schließlich prüfte er die Schnur der Muschel und schnallte sich den Tauchbleigurt um. Er würde ihm helfen, abzusinken und sich am Meeresboden zu bewegen. Ein weiteres Mal legte sich Finn an den Rand des Loches, tauchte seinen Kopf hinein und blies das Muschelhorn. Es funktionierte, die Quallen wichen erneut zurück und Finn ließ sich ins Wasser gleiten. Der Bleigurt half ihm, fast ohne weiteres Zutun in die Tiefe zu sinken. Finn sah, dass sich das Loch unter dem Boden der Grotte erstreckte, wo sich weitere Quallen befanden. Er hätte nie vermutet, dass es dermaßen viele waren und zuckte zusammen, als sie langsam auf ihn zusteuerten.

Auf halber Strecke stoppte Finn und blies wieder in das Muschelhorn. Es beruhigte ihn, dass sich die blau leuchtende Masse ein gutes Stück von ihm entfernte. Bei der Hektik war es Finn allerdings entgangen, dass die Schnur des Muschelhorns über seinen Hals gerutscht war. Als er einen Schwimmzug machen wollte, um den Meeresgrund schneller zu erreichen, ließ er die Muschel los und sah entsetzt, wie sie vor seinen Augen absank und im Sand landete. Ohne sie war er den Portugiesischen Galeeren hilflos ausgeliefert.

Fast hätte er vor Panik Wasser geschluckt, doch dann fasste er sich wieder und machte einige Schwimmzüge, um möglichst schnell am Boden anzukommen. Sein Vorhaben ging auf, kostete ihn allerdings einiges an Kraft und vor allem Luft. Kaum hatte er die Muschel wieder in den Händen, blies er sie erneut. Dieses Mal mit Bedacht, so wenig Luft wie möglich zu verlieren. Die Quallen verzogen sich, wie von unsichtbarer Magie geleitet, und dank des Bleigurts konnte er auf dem Boden aufrecht stehen. Er legte die weiße Muschel neben sich in den Sand und begann sofort damit, die Koralle zu untersuchen. Der gelbe Kristall gab ein Licht ab, das viel intensiver war, als er gedacht hatte. Finn war überwältigt von seiner Schönheit. Er funkelte warm und hatte eine fast perfekte, geometrische Form, ähnlich mehrerer zusammengewachsener Oktaeder, mit klaren Kanten und glatten Oberflächen. Es war die stilisierte Form eines Sterns in Form eines handgroßen Kristalls. Seine Struktur war leicht transparent, sodass Finn Licht durch ihn hindurch sehen konnte. Der Kristall schien von innen heraus zu leuchten, als wäre er mit Energie gefüllt und schwebte in der Mitte der Koralle. Finn fühlte sich an die Form eines Sternsplitters aus dem Videospiel Zelda erinnert. Hatte der Anführer des Stammes mit den weißen Strichen nicht von einem Sternsplitter geredet? Das musste er sein.

Langsam wurde Finns Luft knapper. Für Überlegungen blieb keine Zeit, also griff er mit der Hand durch die Öffnung der Koralle. Erst jetzt sah er, dass sich in ihrem Inneren blaue Seeanemonen befanden. Er wusste, dass sie kleine Organismen, einschließlich Quallen, fangen und verdauen konnten. So wurde der Sternsplitter vor den Quallen geschützt und diese wiederum verhinderten, dass er gestohlen werden konnte, wie es Finn vorhatte. Als er den Sternsplitter mit seiner Hand ergriff und aus der Koralle zog, spürte er eine erhabene Präsenz und für eine Sekunde sah er die unendlichen Weiten des Universums und fremde Galaxien vor sich. Es gab eine Verbindung zwischen dem Kristall, den Welten und der in ihnen jeweils wirkenden Zeit. Seine Hand umklammerte den Sternsplitter, als sich aus einem Loch der Koralle eine furchteinflößende, schwarz gesprenkelte Riesenmuräne heraus schlängelte. Im selben Moment umschlangen Tentakel eines Kraken Finns Hand und klebten sich mit großen Saugnäpfen an seiner Haut fest. Er spürte, wie sich die Muskeln des Tieres anspannten und mit einem unglaublichen Geschick versuchten, ihm den Kristall zu entreißen, was schließlich auch gelang. Finn wusste nicht, wie ihm passierte, zumal die fast drei Meter lange Muräne mit weit aufgerissenem Maul auf ihn zuschoss. Doch sie hatte es nicht auf ihn abgesehen. Die Muräne streifte Finn lediglich am Hals, als sie dem Kraken hinterherschoss, der im Begriff war, sich mit seiner Beute davonzustehlen. So einfach ergab sich der Krake allerdings nicht und stieß zu seiner Verteidigung Tinte ins Wasser. Finn sah nur noch, dass die Muräne durch den Tintennebel schoss und spürte die Wasserbewegungen, die durch ihren Kampf entstanden. Er erschrak so sehr, dass er in das Wasser prustete und so einen weiteren Teil seiner Atemluft sinnlos verschwendete. Ihm würden nur noch Sekunden bleiben, um aufzutauchen. Doch er hatte weder den Sternsplitter noch war er im Besitz des Muschelhorns. Dafür tobte neben ihm ein Kampf und es näherte sich eine Wand aus Quallen. Finn war verzweifelt. Nur mit dem Kristall würde er Anaïs helfen können. Sollten alle seine bisherigen

Anstrengungen umsonst gewesen sein? In diesem Moment sah er den leuchtenden Sternsplitter durch die Tintenwolke absinken. Blitzschnell griff er danach, bekam ihn zu fassen, öffnete seinen Bleigürtel, und stieß sich mit aller Kraft am Grund ab. Fast wie durch einen Tunnel, den leuchtenden Kristall über seinen Kopf haltend, glitt er aufwärts, bis er nach Luft ringend durch die Wasseroberfläche schoss. Er hatte gerade noch Zeit, sich auf den Rand des Loches hochzuziehen, als die Quallen sich im Wasser zusammenschlossen und den Meeresgrund verbargen.

Sekunden später krachte es mehrfach dumpf in der ganzen Grotte, gefolgt vom ohrenbetäubenden Rumpeln riesiger Steine, die wie bei einer Gerölllawine aufeinanderprallten. Mit eisigem Schrecken begriff Finn, dass der Eingang und weitere Teile der Grotte einstürzten. Im Loch, wo er gerade geschwommen war, brodelte das Wasser förmlich. Es war so heftig in Bewegung, dass ein paar Quallen herausgetragen wurden und hilflos mit ihren Fangarmen auf dem Grottenboden klebten. Finn wich zurück, als Wasserfontänen aus der Öffnung vor ihm und anderen Löchern schossen. Binnen Sekunden war die Grotte so stark geflutet, dass er sich im Wasser wiederfand und zur Decke der Grotte getragen wurde. Mit ihm trieben auch einige Quallen umher. Doch ihr Interesse war dem eigenen Überleben gewidmet. Finns Hand umklammerte den Kristall. Wenn er ihn fallen ließe, wäre dieser für immer verloren. Das Wasser stieg unaufhaltsam und so kam Finn dem Loch in der Grottendecke immer näher. Als er nur noch ein paar Meter davon entfernt war, strampelte sich Finn ab, um die Öffnung zur rettenden Oberfläche zu erreichen. Es gelang ihm mit Ach und Krach. Seine Beine berührten noch einen Teil der Decke, unter die er gedrückt worden wäre, als er Sonnenstrahlen in seinem Gesicht spürte.

Finn benötigte etwas, um sich zu orientieren. Er befand sich in einer riesigen, trockenen Senke, deren Boden glatt und, durch die Trockenheit verursacht, mit Rissen durchgezogen war. Das Wasser breitete sich in Windeseile aus. Finn kletterte die Wände der Senke hoch und ließ sich an einem Baum nieder. Stolz, aber außer Atem, hielt er den Kristall in seiner Hand. Im Tageslicht pulsierte er nur leicht. Finn genoss die Ruhe, das Sonnenlicht und die leichte Brise, die um ihm die Ohren zog. Die Senke vor ihm hatte sich währenddessen mit Wasser gefüllt. Er blickte nicht mehr auf vertrocknete Erde, sondern auf einen malerisch kleinen Teich, umgeben von Palmen, Bananenpflanzen und ein paar Bäumen. Die Szenerie wirkte wie eine Oase in der Wüste. Nur enthielt dieses Wasserloch Salzwasser und es schwammen Quallen darin. Es dauerte nicht lange, bis sich einige Fische in ihrem neuen Zuhause einfanden. Sogar ein kleiner Hai und ein toter Krake, dessen Kopf zerbissen war, tauchten an der Wasseroberfläche auf.
Finn hatte unglaublichen Durst und vor allem Hunger. In der Umgebung suchte er einen langen Ast und fischte damit den toten Kraken aus dem Wasser. Am Ufer des Teiches fand er spitze Splitter eines Feuerstein-Findlings. Er benutzte sie, um

sich ein paar Bananenblätter zu schneiden, in die er den Kraken einwickelte. Er war recht groß und würde ihm ein gutes Mahl bieten. Die Enden der Blätter verschloss er mit feinen Holzstöckchen.

Die Sonne stand niedrig und Finn vermutete, dass sie in den nächsten Stunden untergehen würde. Das Beste war, an Ort und Stelle zu bleiben, um vor dem Morgengrauen aufzubrechen. Begeistert entdeckte Finn in ein paar Metern Entfernung, einige kleine, gelbe, junge Kokosnüsse am Boden. Er schnappte sich eine und hieb mit einem der Feuerstein-Findlinge mehrfach auf sie ein, bis die äußere Hülle endlich aufbrach, sodass er das Kokosnusswasser trinken konnte. Das war seit Langem die erste Flüssigkeit, die er zu sich nahm.
Schließlich machte er sich daran, den Untergrund seines Nachtlagers zu säubern. Mit den Ästen eines Strauches wischte er alles blank, da Schlangen glatte und gesäuberte Oberflächen mieden. Anschließend legte er einen großen Kreis aus Steinen um sein Lager und begann, Palmenblätter zu schneiden, aus denen er sein provisorisches Bett baute. Als er fertig war, prüfte er es mit den Händen. Die Unterlage aus Blättern war nicht sonderlich bequem, aber weicher und sicherer, als direkt auf dem Boden zu schlafen. Als das Licht schwächer wurde, sammelte er Holz und Steine, die ihm als Feuerstelle dienen sollten. Finn formte trockene Fasern einer alten Kokosnuss zur Größe eines Tennisballs und legte sie auf den Boden. Nun folgte der schwierigste Teil. Kräftig stieß er zwei Feuer-

steine gegeneinander und beobachtete ihren Funkenschlag. Schon beim zweiten Hieb gelang es ihm, die trockenen Fasern zu entzünden.

»Uuuaaahhhoooohhh!«, schrie Finn wie Tarzan in den Himmel, an dem sich tausende Sterne zeigten. Gerne hätte er einfach auf dem Boden gelegen und in den Himmel gestarrt. Aber das lag nicht drin, er musste am Ball bleiben. Finn beeilte sich, den brennenden Zunder vorsichtig in seine Feuerstelle mit Reisig und größeren Holzstücken zu legen. In ihm explodierten förmlich die Endorphine, als sich die ersten Flammen zeigten.

»Heureka, Feuer, ich hab' Feuer, ihr Penner!«, schrie er in den Himmel. Für jemanden, der ihn nicht kannte, musste er schlimm ausgesehen haben. Die Flammen, die leicht im Wind tanzten, trugen dazu bei. Sein Gesicht und Oberkörper waren mit Salzflecken und Dreck bedeckt. Seine Shorts wiesen Löcher auf, und eine der Außentaschen war eingerissen. Finns Haare standen in alle erdenklichen Richtungen ab und waren steif vom Salzwasser. In diesem Zustand würde ihn wahrscheinlich nicht einmal der Anführer des Stammes wiedererkennen.

Das Feuer gab ihm neuen Lebensmut. Die größte Unterstützung erfuhr er jedoch durch den Seevogel, der sich mit einem Krächzen ankündigte und in seiner Nähe landete. Als Finn ihn ansah, nickte er, als ob er seine erbrachte Leistung huldigen wollte. Zufrieden schaute Finn ihn an, während die Luft regelrecht vom Duft des gegrillten Kraken geschwängert wurde. Mit zwei Stöcken jonglierte er die gefüllten Bananenblätter aus dem Feuer. Es roch so gut, dass er sich sofort ein Stück in den Mund stecken wollte, doch es war so heiß, dass er abwarten musste.

Obwohl sein Hunger jenseitig war, gab er das erste Stück dem Vogel, der es zerhackte und binnen Sekunden herunterschlang. Nun war Finn an der Reihe. Anfangs aß er zwei Stücke, dann gab er wieder dem Vogel etwas ab. Einige waren zäh, andere butterweich. Als er nichts mehr herunterbekam, wollte er dem Vogel noch etwas zuwerfen, doch dessen Augen waren bereits geschlossen.

»Recht hast du, mein Freund«, sagte Finn leise. Er legte noch etwas Holz auf das Feuer, fingerte in seine Außentasche, holte das Foto von Anaïs hervor und legte sich auf sein Palmenbett. Finn nahm sich vor, von ihr zu träumen, sah sie auch noch kurz vor sich, aber dann kam eine Schwärze, die ihn verschlang. In dieser Nacht träumte er nicht von Anaïs, sondern vom grauen Berg auf der Insel. Auch der Vogel kam in seinem Traum vor. Immer wieder krächzte er laut, als wenn er ihn warnen wollte.

Der Berg

Als Finn müde die Augen öffnete, drangen die ersten Sonnenstrahlen des Tages durch die Palmenblätter. In der Nacht hatte er gefroren, war aber zu erschöpft gewesen, um weiteres Holz nachzulegen. Als er die Wärme des neuen Tages spürte und in den blauen Himmel blickte, fühlte er sich besser. Sein treuer Begleiter, der Vogel, zog ohne jegliche Anstrengung im Aufwind seine Kreise.

In der Feuerstelle glühten noch einige Holzstücke. Noch hatte er nichts zum Frühstück, aber ihm kam eine Idee, zu der er allerdings Feuer benötigen würde. Finn suchte ein paar Äste und schaffte es, das Feuer mit trockenen Kokosnussfasern erneut zu entfachen.

Am Rand des Palmenwaldes entdeckte Finn Bambus, den er für sein Vorhaben verwenden konnte. Das Inselleben war schon voll im Gange. Der Gesang exotischer Vögel durchdrang die Luft und wurde begleitet vom lauten Zirpen der Grillen. Es war eine Herausforderung, den jungen Bambus mit den Feuersteinsplittern entsprechend zu bearbeiten, doch trotz seiner primitiven Werkzeuge meisterte er es. Geschickt spaltete ihn Finn an einer Seite, klemmte einen Stein in den entstandenen Zwischenraum und schnitzte die einzelnen Bambusteile mit dem Feuerstein. So entstand ein Speer mit mehreren Spitzen, was seine Chancen, einen Fisch im Teich zu fangen, um einiges erhöhte.

Im Wasser tummelten sich einige Fische, aber so sehr sich Finn auch bemühte, er verfehlte sie jedes Mal um Haaresbreite. Er wollte schon aufgeben, als sein Speer doch noch einen Fisch durchbohrte.
Finn tötete den Fisch mit einem Stein und steckte ihn auf einen kleinen Stock, den er über das Feuer hing. Während der Fisch vor sich hin briet, begab sich Finn auf die Suche nach weiteren Kokosnüssen. Er fand einige, jedoch schienen sie seit geraumer Zeit auf dem Boden gelegen zu haben. Als er sie wieder mühsam geöffnet hatte, stieg ihm ein vermoderter Geruch entgegen. So kehrte er schließlich nur mit einer einzigen Nuss zum Feuer zurück.
Seine Suche hatte länger gedauert als geplant und so war die Haut des Fisches kohlrabenschwarz. Finn ärgerte sich darüber und auch über die Tatsache, dass er nicht wie am Vorabend Bananenblätter benutzt hatte. Als er aber die verbrannte Haut des Fisches abzog, kam weißes, saftiges Fleisch zum Vorschein – es schmeckte hervorragend. Finn aß langsam und genüsslich. An den Gräten des Fisches blieb nicht das kleinste Stück zurück. Den Kopf warf er dem Vogel zu, der sich sofort über sein Frühstück hermachte.
Finn kamen unweigerlich die Teller von Restaurantgästen in den Sinn. Die ließen fast immer etwas zurück, machten sich am Essen nicht die Finger schmutzig. Die Insel veränderte seine Perspektive auf die Dinge. Er hatte schnell erkennen müssen, welchen Luxus ein Supermarkt darstellte und wie einfach

das westliche Leben doch war. Ihm wurde bewusst, dass Menschen dazu neigten, Ressourcen sinnlos zu verschwenden.

Gestärkt vom Essen, machte sich Finn auf den Weg. Er folgte dem Vogel, der voller Elan in einen Palmenwald flog, sich seinen Weg suchte und aus dem Blätterdach wieder herausschoss. Obwohl dieser Wald kühler und Finn größtenteils vor der Sonne geschützt war, machte ihm die Feuchtigkeit zu schaffen. Durch den Palmenwald verliefen Pfade, so kam er auch ohne Machete gut voran. Finn ging fast eine Stunde lang bergauf, bis er aus dem Wald herauskam. Vor ihm erstreckte sich eine trostlose, fast kahle Ebene. Außer ein paar Büschen wuchs auf dem Boden rein gar nichts. Die Gegend erinnerte ihn an alte Westernfilme, in denen Steppenhexen über den Boden rollten und Geier in der sengenden Mittagshitze ihre Kreise am blauen Himmel zogen. Dem grauen Berg in der Ferne, dessen Gestalt dem Matterhorn in Kleinformat ähnelte, kam er Stück für Stück näher. Seine karge Oberfläche ließ ihn aussehen, als stamme er nicht aus dieser Welt. Auf jeden Fall passte er nicht auf diese Insel. Seine Hänge waren nicht steil, eher sanft abfallend. Der Berg erinnerte ihn an jenen aus seinen Träumen, majestätisch und erhaben, wie ein Wächter der Zeit, der über die Insel herrschte.

Das Durchqueren der Ebene erwies sich als unkompliziert und Finn kam schnell voran. Eine große Hilfe war ein kleiner Bach, der sich neben ihm durch die Ebene wand. Dadurch hatte Finn stets Zugang zu Trinkwasser, nur mangelte es an Nahrung. Das einzige Grün weit und breit waren einige Bäume am Fuße des Berges. Vielleicht könnte er dort etwas Essbares finden, doch so richtig daran glauben wollte er nicht. Plötzlich bemerkte Finn einige hundert Meter entfernt eine Bewegung: Es war ein Tier. Sein Fell war von einem kräftigen Orangeton, der in Schattierungen vom dunkelgelben ins rötlich braune überging. Auf dem ganzen Körper waren markante schwarze Streifen angeordnet.

»Oh, mein Gott. Ein fucking Tiger. Das ist ein thailändischer Tiger!«, dachte Finn und ging hinter einem Felsen in Deckung. Als er vorsichtig um den Felsen sah, beobachtete er, wie der Tiger am Bach stehenblieb und mehrfach mit der Tatze das Wasser durchwühlte. Mit einem Mal flogen zwei oder drei silbern in der Sonne glänzenden Fische aus dem Bach.

»Er fischt! Der Tiger fischt tatsächlich. Das glaubt mir doch keiner.«

Finn beobachtete, wie sich der Tiger vor seiner zappelnden Beute niederließ. Einen besonders großen Fisch hielt er mit den Tatzen fest und biss ihn in der Hälfte durch. Das Blut spritzte, verfärbte die Steine. Mit den anderen Fischen verfuhr er ähnlich. Als gefressen hatte, schaute der Tiger in Finns Richtung. Ob er seine Fährte bereits aufgenommen hatte und Finn als Hauptgang auf den Tisch kommen würde? Das Fell seines Kopfes war vom Blut der Fische gefärbt. Der Tiger hatte etwas Brutales an sich. Als er auch noch sein Maul aufriss und losbrüllte, sodass man seine Zähne trotz der Entfernung sehen konnte, sank Finn zu Boden. Die Ebene war komplett offen, er konnte von Glück reden, dass er zufällig an diesen größeren Felsen geraten war, hinter dem er sich gerade noch rechtzeitig hatte verstecken können. Es war ohnehin nicht möglich, vor einem Tiger davonzulaufen. Normalerweise erreichten diese Tiere eine Geschwindigkeit von bis zu 60 km/h. Finn schloss die Augen und ganz kurz war ihm, als ob er den Tiger riechen konnte. Dann vernahm er einen mysteriösen Ton, der vom Berg zu kommen schien. Als er seine Augen öffnete, um zu schauen, wo sich der Tiger befand, schoss dieser, drei Meter von ihm entfernt, vorbei. Finn beobachtete, dass er in einiger Entfernung stoppte, sich auf dem Boden wälzte und mit den Tatzen über seine Ohren fuhr. Er schien den mysteriösen Ton nicht zu mögen, er schien ihn regelrecht zu vertreiben. Nach einem lauten Fauchen sprang er schließlich auf und rannte davon. Gleich darauf verließ Finn seine Deckung und setzte seinen Weg fort. Auf keinen Fall wollte er riskieren, dass der Tiger noch einmal zurückkam. An seiner Fressstelle sah Finn noch ein großes Stück eines durchgebissenen Fisches auf dem Stein liegen. Er nahm das Stück, wusch es im Bach und aß es roh. Das Fleisch erinnerte ihn an eine Portion Sushi, oder Finn versuchte sich, das wenigstens vorzustellen. Nachdem er aus dem Fluss noch etwas getrunken hatte, machte er sich so schnell wie möglich davon. Finn war kein geschickter Jäger wie dieser anmutige Tiger. Also musste er zwangsläufig mit dem vorliebnehmen, was man ihm überließ.

Nach einem weiteren, halbstündigen Fußmarsch erreichte Finn den begrünten Fuß des Berges. Im Geäst eines Baumes wartete schon der Vogel auf ihn. Der Boden unter den Bäumen kam seltsamerweise einem Waldboden nahe. Finn fand sogar Pilze, die er pflückte, etwas abrieb und gleich aß. Sie schmecken nicht schlecht, kamen aber keinesfalls an den Geschmack ran, den er vermutet hatte.

»Und wie geht es jetzt weiter?«, rief er dem Vogel zu, der ihn zu beobachten schien, »Ich bin weder Reinhold Messner noch habe ich Erfahrungen im Bergsteigen.«

Den Vogel schien seine Meinung nicht zu interessieren. Er krächzte, dann flog er an einer Flanke den Berg hinauf, bis er auf einem Plateau landete, das sich an einer Seite des Berges noch weit unterhalb der Spitze befand.

»Na klasse. Ich hab' begriffen, aber ist das echt nötig?«

Abgesehen von ein paar Passagen, an denen loses Gestein unter seinen Füßen wegrutschte und er bei einem Fehltritt hätte abstürzen können, war der Aufstieg zum Plateau relativ unproblematisch. Die Temperatur dort war kühler, aber mit freiem Oberkörper zu ertragen. Den mysteriösen Ton hörte er bei seinem Aufstieg immer wieder. Finn hatte mit einem großen Plateau gerechnet, aber dem war nicht so. Schon nach ein paar Schritten tat sich vor ihm eine gigantische, kreisrunde Senke auf. Die Ränder waren von scharfen Felsen und brüchigen Klippen gesäumt. Finn schätze ihre Größe auf ungefähr einen halben Hektar. Das Außergewöhnliche war nicht nur die Lage auf dem Berg, sondern dass ihr Inneres aus feinstem, schwarzem Sand bestand. Dieser war zur Mitte hin langsam abfallend in der Form eines Trichters, dessen tiefste Stelle sich ungefähr 70 Meter unter Finn befand. Wenn er es richtig einschätzte, schien sich der Sand an dieser Stelle leicht zu bewegen.

»Hier geht es nicht weiter«, dachte Finn. Um weiterzuklettern und die Spitze des Berges zu erreichen, benötigte er eine Ausrüstung. Dieser Teil des Berges war zu steil und selbst für einen geübten Bergsteiger schwer zu bewältigen.

»Das war's dann«, sprach Finn mit sich selbst. Er wollte sich gerade von der Senke abwenden, als ihm der Vogel entgegenflog und mit seinem Flügel am Kopf erwischte. Der unerwartete Angriff des Vogels brachte Finn aus dem Gleichgewicht, er versuchte, sich durch einen Schritt vorwärts zu fangen, trat aber ins Leere. Finn ruderte noch mit den Armen, bevor er kopfüber in die Senke fiel. Sie war so steil, dass er sich die ersten Meter überschlug und dann weiter rutschte. Immer wenn Finn versuchte, sein Abrutschen zu bremsen, gab der Sand unter ihm nach. Das ging alles so schnell, dass er nicht einmal Zeit gehabt hatte, zu schreien. Schließlich endete seine Rutschpartie abrupt in der Mitte des Sandtrichters. Sofort versuchte er, sich mit den Beinen abzudrücken, um wieder hochzuklettern, doch das war ein fataler Fehler. Einen Wimpernschlag später war er bis zur Hüfte im Sand versunken. Geistesgegenwärtig breitete Finn seine Arme aus, um ein weiteres Einsinken zu verhindern. Eine unglaubliche Angst packte ihn. Es war weniger die Tatsache, dass er drohte, im Sand zu ersticken, sondern eher, dass er das Gefühl hatte, seine Beine würden frei in der Luft baumeln. Aber wie sollte das möglich sein?

War er dabei, seinen Verstand zu verlieren?
Seltsamerweise spürte Finn einen kalten Wind an seinen Beinen, hatte sogar das Gefühl, er würde frieren. Als er bemerkte, wie der Sand erneut nachgab, schloss er seine Augen und spürte, wie er langsam, aber unerbittlich von den Sandmassen umschlossen wurde. Der Druck auf seinen Körper wurde immer stärker, während er tiefer und tiefer in den Sand einsank. Als er ihm bis zum Brustkorb reichte, gab er mit einem Mal komplett nach. Finn schrie wie ein Irrer, erwartete, dass ihn der Sand vollständig verschlucken und er ersticken würde, doch anstelle dessen befand er sich im freien Fall. Um ihn herum war alles weiß, einfach nur weiß.

Er musste kurz bewusstlos gewesen sein, denn als er wieder zu sich kam und die Augen öffnete, lag er auf dem Rücken im Pulverschnee, mitten in einer verschneiten, fast verträumten Bergwelt. Er setzte sich auf und schaute auf ein Tal hinunter. Mit offenem Mund sah er sich das atemberaubende Panorama an, das sich vor ihm auftat. Er war überwältigt von der Umgebung, gleichzeitig geschockt von der Tatsache, dass er sich gerade noch auf einer Insel in einem Sandloch steckend befunden hatte.
Finn blickte nach oben, doch außer einem grauen, wolkenverhangenen Himmel war nichts Außergewöhnliches zu sehen. Da war kein Loch, keine Tür oder sonst was, wo er hätte hergekommen sein können. Aber er war doch im freien Fall gewesen? Also musste da doch etwas sein. Doch so sehr er den

Himmel beäugte, er konnte nichts Auffälliges entdecken. Die nächste Überlegung, die durch seinen Kopf schoss, war, dass er halluzinierte. Vielleicht lag er an einem gänzlich anderen Ort, vielleicht in einem Krankenhaus und hatte sich eine tropische Krankheit eingefangen?

Finn benötigte einen Moment, bis die Temperaturinformationen in seinem Gehirn ankamen. Er trug lediglich Shorts, war barfuß unterwegs, was für eine tropische Insel nicht außergewöhnlich war, in dieser Umgebung allerdings seinen Tod bedeuten konnte. Panisch sprang Finn auf und rieb sich hastig Arme und Beine, um sich etwas Wärme zu verschaffen.

»Verdammt, meine Füße! Kalt! Ich brauch' Sonne, Klamotten«, sagte er schlotternd vor sich her, als der mysteriöse Ton wieder erklang. Er schien aus dem Tal zu kommen. Wie im Zeitraffer verzogen sich plötzlich die Wolken und der graue Himmel wich einem blauen, von dem die Sonne herunterbrannte. Der Schnee reflektierte so stark, dass er Mühe hatte, etwas zu sehen. Abgesehen von seinen Füßen fühlte er sich schon wärmer, aber die Sonnenstrahlung würde auf Dauer nicht reichen. Zuerst würden seine Gliedmaßen erfrieren, dann würde er dem Tod ins Auge sehen. Panisch sah sich Finn um, in der Hoffnung, etwas zu finden, was ihn wärmen könnte. Vor allem musste er sich darum kümmern, seine Füße vor der Kälte zu schützen. Ihm blieb keine Zeit, darüber nachzudenken, wo er war und wie es möglich war, von einer warmen Insel in ein verschneites Bergparadies, das auf dem besten Weg war, zu seiner Hölle zu werden, zu geraten. Suchend verharrte Finns

Blick auf etwas Dunkelgrünem, das vor ihm im Schnee glänzte. Erst durch das Sonnenlicht hatte er es entdecken können. Rasch näherte er sich dem Objekt, als der Schnee ins Rutschen kam und die Sicht auf ein rechteckiges, militärgrün gestrichenes Fenster mit abgerundeten Ecken freigab. Es war das Cockpitfenster einer Cessna. Lag Finn richtig, war es eine T-41 der thailändischen Armee. Die Maschine musste beim Absturz in zwei Teile zerbrochen sein. Ihr Heck befand sich einige Meter von der Nase entfernt.

Da sich Finn Hoffnungen machte, etwas Brauchbares im Wrack zu finden, befreite er die Cockpit-Tür vom Schnee und riss so lange an ihrem Griff, bis sie sich mit einem lauten Knarzen aufziehen ließ. Seine Füße schmerzten so sehr, dass er mittlerweile Schwierigkeiten hatte, sich zu konzentrieren.

Finn schreckte zurück, als er in das Gesicht eines mumifizierten Soldaten in Uniform blickte. Seine rechte Hand hielt noch immer das Steuer, die linke hing an ihm herunter. Finn sah die Stiefel des Piloten, zog sie ihm aus und schob rasch seine eigenen Füße hinein. Sie drückten etwas und waren im Inneren saukalt, aber die größte Gefahr war erst mal gebannt.

Finn war so fokussiert auf sein Tun und Handeln, dass die Angst über seine Situation langsam von ihm wich. Ohne Zeit zu verlieren, machte er sich daran, den Toten zu durchsuchen. Sein Körper fühlte sich trocken und hart an. Die Haut des Piloten war straff über seine Knochen gespannt. Finn hätte es nicht gewundert, wenn die Leiche ihn plötzlich mit weit aufgerissenem Mund versucht hätte, zu beißen. Wo einst Fleisch und Muskeln des Piloten waren, hatte sich alles zu einer ledrigen Hülle zusammengezogen. Sie fühlte sich brüchig und porös an. Die Kälte hatte den Zersetzungsprozess verlangsamt. Besonders eklig fand Finn die Fingerspitzen des Piloten. Sie waren verhärtet und alle Nägel dunkel verfärbt. Er musste mit seiner Maschine genau wie Finn in dieses Loch gestürzt sein.

Endlich wurde er fündig. In der Innentasche der Uniform fand Finn ein Paket Zigaretten sowie ein Feuerzeug, das sogar funktionierte. Es verlängerte nicht seine Lebensdauer, verbesserte jedoch seine Stimmung. Jetzt war es Zeit, seinen Oberkörper gegen die Kälte zu schützen. Finn entledigte den Soldaten seiner Fliegerjacke und zog sie an. Sie war etwas eng für ihn, zerrissen und ließ sich nicht mehr schließen, aber sie würde ihm helfen, zu überleben. Dann fingerte er eine Zigarette aus der Schachtel und zündete sie an. Beim ersten Zug musste er stark husten, doch dann stellte sich ein wohliges Gefühl ein. Natürlich war der Tabak über die Jahre hin stark verraucht, aber Finn war dennoch dankbar. Genüsslich rauchte er weiter und schaute sich näher um. Der Pilot war sicherlich beim Absturz sofort ums Leben gekommen. Das erzählte Finn das daumengroße Loch in seinem Schädel. Durch den harten Aufschlag waren im Cockpit sämtliche Gläser der Messinstrumente zerplatzt. Überall lagen verstreut Glassplitter herum. In einem Fach, das er öffnete, fand er Karten, eine Blechflasche sowie einen Playboy aus dem Jahre 1972. An einer Sonnenblende befand sich ein kaum noch zu erkennendes Foto einer Frau im Bikini. Er stopfte die Blechflasche in einen kleinen grünen Mi-

litärrucksack, der auf dem Boden lag. Nur etwas Ess- oder Trinkbares war einfach nicht aufzutreiben. Finn verabschiedete sich vom Piloten, indem er ihm den Rest der glühenden Kippe zwischen die Zähne schob.
Mit den Worten: »Mach's gut, Kumpel und danke für alles«, verließ er das Cockpit und begab sich zum Heckteil des Flugzeuges. Hier sah alles vielversprechender aus. In einem kleinen Alukoffer fand er ein Paket mit Keksen und eine Tüte Zucker. Gierig riss Finn die Kekspackung auf und kippte sie zusammen mit dem Zucker hinunter. Es schmeckte abscheulich, aber er musste nehmen, was da war. Als er in einer grünen Metallkiste, die am Boden befestigt war, eine dünne Decke und einen Overall fand, fühlte er sich wie ein kleines Kind zu Weihnachten. Hastig zog er ihn an, die Fliegerjacke darüber und wickelte die dünne, beige Decke wie ein Beduine um seinen Kopf. Seine Füße schmerzten noch immer, aber mit den Klamotten, die er jetzt trug, war er einigermaßen gut geschützt. Das galt natürlich nur, solange die Sonne am Himmel stand. In der Nacht würde sich alles gegen ihn wenden. Bis dahin musste er einen geeigneten Unterschlupf gefunden haben. Unter seinem Turban spürte er langsam, wie sich die Wärme sammelte, während seine Ohren noch von der Kälte schmerzten.

Als er nach gründlichem Suchen nichts mehr finden konnte, was er hätte gebrauchen können, stieg er aus dem Flugzeugwrack und blickte den Hang des Berges hinab. Der Schnee wirkte recht fest, scheinbar hatten ihn Windböen gehärtet.

Links und rechts säumten ihn scharfe Bergkanten, was den Eindruck einer Skipiste vermittelte. Der Hang war nicht allzu steil – ein Abstieg in die grüne Talebene war also denkbar. Bis zum Tal hinunter waren es vielleicht 1.000 oder 2.000 Meter. Das letzte Stück führte durch einen Tannenwald, der keinen Schnee aufwies. Um dort hinzukommen, würde er zu Fuß aufgrund des Gefälles und des Schnees bestimmt über eine Stunde benötigen. »Aber was wäre, wenn …«, dachte Finn, stürmte zum Teil des Cockpits und schaufelte die Motorhaube frei. Als er den Henkel der Haube freigelegt hatte, griff er ihn und riss so lange daran, bis sie nachgab und Finn fast unter sich begrub. Vorsichtig legte er sie zur Seite und schaufelte mit seinen Händen die Rotorblätter frei. Durch die Kälte war das Metall brüchig geworden. Nach etlichem Hin- und Herbiegen wackelte der Propeller wie ein lockerer Zahn und brach schließlich ab. Finn lachte wie ein Schneekönig, denn er hatte seinen Abstieg immens verkürzt. Sein Plan war, sich auf den gewölbten Deckel der Haube zu setzen und die Piste hinunterzurutschen. Den Propeller würde er zum Steuern benutzen.

Finn spürte einen unbändigen Stolz in sich aufsteigen. Er würde sich mit eigenen Kräften aus seiner Situation befreien. Dieses starke Gefühl in ihm verdrängte jegliche Todesangst und die Ungewissheit, dass er sich in einer Welt befand, aus der es scheinbar keinen Ausweg gab.

Finn schnürte sich die Stiefel noch mal fest zu, schulterte den Rucksack, setzte sich auf das kalte Blech und ließ sich den Hang hinuntergleiten. Die Sonne stand über den umliegenden

Bergen vor einem blauen Himmel; es war ein geradezu perfekter Tag für die Piste.

»Wahoooo«, schrie Finn, als er auf der Haube sitzend Fahrt aufnahm. Das Metall rutschte so gut, dass er mit seinen Füßen immer wieder bremsen musste. Der Propeller diente ihm nicht nur zum Lenken, sondern verhinderte auch, dass sein Cessna-Rodel sich nicht während der Fahrt drehte. Bei einer unfreiwilligen Drehung hätte er riskiert, abgeworfen zu werden. Das Schlimmste daran wäre allerdings nicht der Sturz, sondern dass der Rodel ohne ihn weitergefahren wäre. Doch abgesehen von einer Bodenwelle, die dafür sorgte, dass er mit seinem Blech durch die Luft schoss, verlief alles bestens.

Nach weniger als zehn Minuten sah er schon den Tannenwald vor sich und musste mit seinen Stiefeln so hart bremsen, dass ihm der hochgeschleuderte Schnee ins Gesicht prasselte. Erschöpft, aber glücklich, prustete er den Schnee von seinen Lippen und ließ sich zur Seite auf den Rücken fallen. Die Sonne war warm und Finn spürte, wie der Schnee auf seinem Gesicht schmolz. Er grinste, als er sich ein Stück Schnee in den Mund steckte und daran lutschte. Finn stellte sich vor, er wäre im Schwimmbad in Pankow, auf der Wiese liegend, mit einem Eis im Mund. Er sah kurz zur Seite, zum Springturm hinüber, auf dem ihm jemand zuwinkte: Es war Anaïs. Sie stand in einem feuerroten Bikini auf dem 10er. Er sprang auf, ließ sein Eis fallen, lief zum Turm, sah sie aus der Entfernung ins Wasser tauchen, aber sie tauchte nicht mehr auf.

Welten

Finn war innerlich aufgewühlt von seinen Gedanken. Er spürte, wie eine warme Träne über seine kalte Wange lief. Würde er Anaïs jemals wiedersehen? Würde er überhaupt noch einen anderen Menschen zu Gesicht bekommen?
»Was gibt es in dieser Welt schon außer ...?«, doch er wurde aus seinen Gedanken gerissen. Eine Wildschwein-Familie lief an ihm vorbei, aus dem Wald heraus, blieb kurz stehen und beäugte ihn misstrauisch. Plötzlich flogen auch Spatzen durch die Luft und zankten sich lauthals vor ihm; scheinbar wegen Futterneid.
Finn rappelte sich auf und befreite sich vom Schnee, der sich auf seiner Kleidung verteilt hatte. Aus seinem Rucksack nahm er die Blechflasche und füllte sie mit Schnee. Ob er im Tal Wasser finden würde, wusste er nicht und so hatte er wenigstens vorgesorgt. Im Anschluss ging er in den Wald, wo sich Licht und Schatten abwechselten. Der Geruch von Nadeln, nasser Erde und Holz gefiel ihm, wirkte beruhigend auf ihn. Als er ein paar Meter hinter sich gebracht hatte, steuerte er auf eine kleine Lichtung zu, auf der Pilze wuchsen. Finn verzichtete darauf, sie zu pflücken. Vor dem Erklimmen des Bergs hatte er Pilze gegessen und sie waren ihm nicht besonders bekommen. Er hatte das Gefühl, dass sie sich auf seine Wahrnehmung ausgewirkt hatten. Mehrfach hatte er Aussetzer gehabt und nicht mitbekommen, dass er schon etliche Meter hinter sich gebracht hatte.

Plötzlich hörte Finn wieder den mysteriösen Ton, dem er nun seit geraumer Zeit gefolgt war. Töne, regelmäßige Töne, dann mussten dort doch Menschen sein. Kurz bevor er den Wald verließ, um in die Talebene zu gelangen, wurde er Zeuge eines Schauspiels: An den moosbewachsenen grünen Stämmen der Tannen befanden sich Hunderte von blauen Himmelsfaltern, die geheimnisvoll leuchteten. Selbst als er dicht an ihnen vorbeiging, schien es sie nicht zu interessieren.

Die Talebene war mit grünen, sehr niedrigen Büschen bewachsen, von denen einige gelbe Blüten trugen. Finn folgte einem schwarz-anthrazitfarbenen Pfad. Der Weg schlängelte sich durch die Bergketten, die sich links und rechts von ihm erstreckten. Gelegentlich gingen kleinere Wege vom Pfad ab; sie schienen zu den umliegenden Bergen zu führen. Da der mysteriöse Ton, der in festen Abständen erklang, immer lauter wurde, schien die Richtung korrekt zu sein und er folgte weiter dem Hauptpfad. Während seiner unfreiwilligen Wanderung kam er an kleinen Tümpeln vorbei, in denen wie in Moorlandschaften das Wasser stand. Den geschmolzenen Schnee hatte Finn längst getrunken und so blieb ihm nicht anderes übrig, als mit dem bräunlich gefärbten Wasser vorliebzunehmen. Es schmeckte Metallen, war aber weitgehend geruchlos. Während er sich kurz ausruhte, überkam ihn das Gefühl, dass dort, wo er sich befand, die Zeit schneller zu laufen schien. Gewiss war nur der Sonnenstand. Bald würde es dunkel werden.

Nach einem längeren Fußmarsch erreichte er den Ursprung des mysteriösen Tons. Es war ein etwa fünfzehn Meter hoher, aufrecht stehender Quader mit circa zehn Metern Seitenlänge. Er gab ein pulsierendes, milchiges Leuchten von sich. Finn konnte nicht sagen, ob man durch das Licht gehen konnte oder ob es sich um eine feste Struktur handelte. Als er in angemessener Entfernung vor dem Objekt stehenblieb, überlegte er, ob dieser Quader auch so etwas wie einen Eingang hatte. Während er nachdachte, verschwand der mysteriöse Ton. Hatte man seine Anwesenheit bemerkt? Falls ja, war das ein gutes oder schlechtes Zeichen?

»Hilfe! Kann mich jemand hören?«

Obwohl Finn keine Rückmeldung erhielt, gab er nicht auf. Dabei erschien es ihm geradezu albern, mit jemandem zu sprechen, wenn keiner zu sehen war. Doch schließlich tat sich etwas.

Finn probierte es auf die lockere Art, als er sah, dass sich in dem Objekt etwas zu bewegen schien: »Hallöchen?« Langsam ging er näher an den Quader heran und streckte seine Hand aus. Seltsamerweise fühlte er keinen Widerstand an der Oberfläche und so tauchte er fast bis zum Ellbogen in das weiße, pulsierende Licht.

Vielleicht lag im Inneren dieses Quaders des Rätsels Lösung? Was hatte er schon zu verlieren?

Finn holte kurz Luft und schritt mit einem mulmigen Gefühl in das helle Licht. Er war sprachlos, als er sich dahinter in einem dunklen, schier unendlichen Raum wiederfand. Sosehr er sich auch anstrengte, das Ende der Wände war nicht auszumachen. Aber da war etwas anderes, was viel interessanter war und seine volle Aufmerksamkeit in Anspruch nahm: eine runde Fläche grellen Lichts, in der sich riesige, zu Tropfen geschliffene Rubine über dem Boden im Kreis drehten. Woher das Licht kam, konnte Finn nicht ausmachen, es war einfach da. Aber das war bei Weitem nicht alles. In der Mitte der Edelsteine schwebte eine wunderschöne Frau, die ein lachsfarbenes, fast durchsichtiges Chiffonkleid trug. Es war leicht wie Seide, ein Hauch von nichts, und legte sich nur sporadisch an die Konturen ihres Körpers. Sie strahlte eine seltsame Anziehungskraft aus. Ihre langen, blonden Haare wirkten, als ob sie im Wind wehen würden, doch um Finn herum war nicht der geringste Hauch zu spüren. Mit den schwebenden Rubinen um sie herum gab sie ein faszinierendes Bild ab, das Finn stundenlang hätte betrachten können. Er kam sich neben ihr klein und unbedeutend vor.

So schön und anmutig die Frau war, sie wirkte im hellen Licht gefangen, umgeben von all den schwebenden Steinen. Dieses Licht, das im Nichts über ihr zu verschwinden schien. Hörte er Stimmen aus diesem Licht? Anaïs? War sie es etwa? Finn spürte seinen Puls schneller schlagen. Er konnte Anaïs riechen, fühlen, spürte, wie sehr er ihr fehlte. Sein Herz pochte wild, zerriss förmlich seine Brust. Finn sackte auf seine Knie und dann zu Boden. Auf dem Rücken liegend, sah er die schwebende Frau über sich. Das grelle Licht blendete ihn und es kam ihm vor, als ob er sich auflösen würde. Er sah seine Venen, seine Handflächen, die sich auflösten, transparent wurden und wie Feuer brannten. Alles um ihn leuchtete immer heller und heller, bevor das Licht im Bruchteil einer Sekunde erlosch und ihn ein dunkles, ihn verschluckendes Schwarz umgab.

Unweit des Waldes, am Fuße des Berges, kam Finn, auf der Seite liegend, zu sich, mit seinem Kopf neben einer stinkenden Kotzlache, in der er Stücke von Pilzen erkannte. Es war hell und die Sonne brannte vom Himmel.

Sein Freund hatte damals recht gehabt, ihm den Pilz aus der Hand zu schlagen und ihn anzuschreien, ob er noch ganz dicht wäre: »Spinnst du Finn, das ist doch kein fucking Spiel hier!« Später hatte er ihm erklärt, dass es sich um einen hochgiftigen Pilz gehandelt hatte und er sich zukünftig besser ein anderes Hobby suchen solle.

Finns Sicht war getrübt, sein Kopf dröhnte und sein Mund war so trocken, als ob er Gras geraucht hätte. Er versuchte, sich aufzurichten, doch er war noch zu groggy von den Pilzen und rutschte mit den Händen mehrfach im Erbrochenen aus, bevor er erneut ohnmächtig wurde.

Finn durchlebte alles noch einmal, vom Aufstieg zum Berg, über die Abfahrt mit dem improvisierten Cessna-Rodel bis zur schwebenden Frau im Quader. Doch diesmal ging die Geschichte an der Stelle weiter: Er stand vor der Frau, die ein paar Meter entfernt von ihm schwebte. Ihr dünnes, durchsichtiges Kleid wehte nicht mehr im Wind, obwohl er einen anhaltenden Windzug spüren konnte. Als sie ihre Handflächen nach oben drehte, spürte Finn, dass sich der Verschluss seines Overalls öffnete. Noch immer schwebte sie unverändert vor ihm, doch Finn spürte ihre Hände an seinem Körper. Erst streichelten sie ihn, dann streiften sie ihm die Fliegerjacke ab, halfen ihm aus dem Overall und lösten den Turban.

Schließlich stand er in Shorts und Stiefeln vor der mysteriösen Frau. Finn spürte, wie sich Cortez' Lederband mit dem Amulett wie durch Geisterhand von seinem Hals löste. Anschließend folgte die Kette, die er am Strand gefunden hatte. Zu guter Letzt bewegte sich, wie von einer fremden Macht gesteuert, der gelbe, leuchtende Kristall aus seiner Hosentasche. Die Gegenstände schwebten vor ihm durch die Luft und landeten schließlich sanft auf der Handfläche der Frau.

Sie sprach zu ihm: »Es kommt zusammen, was zusammen gehört. Mit dem Samen in der Kette und dem Amulett, das einst unter dem Banyanbaum vergraben lag, werden wir das Gleichgewicht wiederherstellen. Der gelbe Kristall wird unsere Reise ermöglichen. Es ist vollbracht, Finn. Wir danken dir, du hast den Bann gebrochen!«

Die Frau löste sich vor seinen Augen auf, dann sah Finn eine projizierte Umgebung vor sich. Es war der gleiche Ort, an dem Cortez den Banyanbaum hatte fällen lassen, ein entweihter Ort. Er sah Elefanten, die trabten und Cortez, der stolz seinen Fuß auf den gefällten Baum stellte. Die projizierte Vision war mit einer 360 Grad Aufnahme zu vergleichen. Er konnte sich in alle Richtungen drehen, konnte die Geschehnisse aus allen Perspektiven verfolgen, sogar in die Ferne blicken.

Finn sah Familien, die in der Umgebung wohnten. Sie und ihre Kinder wurden krank. Es folgten unzählige Bilder von Beerdigungen, von Begräbniszeremonien. Er sah Menschen, die nachdenklich über das Wasser blickten und sah, wie sie ihre Häuser, ihre Dörfer, in denen sie aufgewachsen waren, verließen. Über all diesen Bildern lag unsägliche Trauer. Nur einer von ihnen trauerte nicht. Es war Cortez. Er lachte laut und machte sich über alles und jedermann lustig. Sein großes, lachendes Maul, seine riesigen Zähne, Finn war, als könne er sogar seinen schlechten Atem riechen.

Die nächste Szene ließ nicht lange auf sich warten. Cortez grub unter den Wurzeln in der Erde, wo einst der mächtige Banyanbaum stand. Dreckig und irre grinsend hielt er etwas in den Himmel. Finn erkannte, was es war. Es war das smaragdgrüne Amulett des Banyanbaumes. Cortez hatte es später als Kette um seinen Hals getragen. Die Umgebung veränderte sich. Hotel- und Ausflugsschilder verblassten, manche fielen in den Dreck. Was Finn nun sah, musste sich später abgespielt haben.

Da war sie wieder, die Frau im lachsfarbenen Chiffonkleid. Sie hatte die Szene betreten, hielt den gelb leuchtenden Kristall mit beiden Händen in die Höhe. War sie mit seiner Hilfe an diesen Ort gereist? Alles direkt um sie herum wirkte freundlicher und heller. Sie stand jetzt am Ort, an dem sich einst der heilige Baum befunden und Elefanten um ihn versammelt hatten. Finn sah sich hinter ihr sitzend, wie er an ihrer Schulter vorbeiblickte. Die Frau breitete ein weißes Tuch aus und zündete Kräuter in Schalen an. Der Rauch hüllte sie ein, fremdartige Musik erklang. Sie kam von einer Gruppe von Männern links von ihnen. Sie trommelten, spielten Flöte und wiederholten einen sehr speziellen Gesang. Immer mehr Menschen fanden sich ein und begannen, zu beten. Mittlerweile waren Hunderte.

Die Frau stand auf, sie hielt ein schmales Bündel aus Fasern in der Hand. Immer wieder tauchte sie es in eine Wasserschale, bespritzte die Betenden und Finn damit. Dann platzierte sie das smaragdgrüne Amulett auf dem Tuch. Sie öffnete die Röhre von Finns Kette und ließ die Samen sowie die aus schwarzem Resin gefertigte Wespe neben das Amulett gleiten. Fein säuberlich faltete sie das Tuch zusammen und legte alles in eine Königskokosnuss, eine kleine Sorte, mit orangefarbener, fast rötlicher Schale. Sie begleitete alles mit speziellen Gebetsversen, die einem Mantra nahekamen. Der Gesang der Menschen, die sich eingefunden hatten, steigerte sich ins Unermessliche. Einige von ihnen verfielen in Trance. Plötzlich erschien eine Art Fabelwesen: Aus einem aufwendig bestickten, roten Kostüm ragten vier menschliche Beine heraus, die mit goldenen Ornamenten verziert waren. Anscheinend bildete eine Person die Hinterbeine und, im Kostüm nach vorn gebeugt, den Körper des Fabelwesens, die zweite Person die Vorderbeine und den Rest. Der Kopf des Fabeltieres war das Gesicht eines Mannes, das ebenfalls golden verziert war. Mit der Verkleidung sahen die beiden aus, wie ein zu Feierlichkeiten geschmückter Elefant.

Mittlerweile war die Musik ohrenbetäubend laut. Die Frau tanzte im Kreis und berührte dabei immer wieder den sandigen Boden. Dann näherte sie sich der Stelle, wo einst der Baum gestanden hatte. Sie kniete sich hin, grub mit den bloßen Händen in der Erde. Der Mann im Elefantenkostüm schrie, es ähnelte den Rufen eines Elefanten. Die Musik war ekstatisch, so laut, dass Finn das Gefühl hatte, sie würde ihn bewegen, jeden Teil seines Körpers zum Vibrieren bringen. Schließlich nahm die Frau die Kokosnuss behutsam auf und legte sie in ihr gerade gebuddeltes Loch. Erst als sie die Erde darüber kehrte, verstummte die Musik.

Alles war mit einem Schlag still. Nicht nur die Menschen und Instrumente, sondern einfach alles. Der dahinter liegende Dschungel, die ganze Welt schwieg. Es war so still, dass Finn seinen eigenen Herzschlag hören konnte. Es kam ihm vor, als ob die Zeit angehalten worden wäre. Niemand bewegte sich, nicht einmal die Palmenblätter im Wind. Dieser Zustand dauerte an, bis die Stille fast unerträglich wurde. Endlich, einer Erlösung gleichkommend, schien sich die Welt wieder zu drehen. Langsam kehrten alle Geräusche zurück. Hinzu kamen Rauchschwaden eines Feuers, sie formten eine Szene, legten sich über die komplette Umgebung. In diesem Rauch sah Finn den Baum wie im Zeitraffer wachsen. Dazu änderte sich das Wetter. Es wurde hell, wieder dunkel, abermals hell. Manche Bäume verloren ihre Blätter und bekamen gleich wieder neue. Vor seinen Augen raste die Zeit, wechselten sich binnen weniger Minuten die drei Jahreszeiten Thailands mehrfach ab. Schließlich liefen Kinder um den Baum herum, Elefanten und Greise ließen sich in seinem Schatten nieder. Sie lachten, freuten sich, waren glücklich und, wie es sein sollte, mit der Natur vereint.

Die Projektion, die Finn wie in einem begehbaren Film alles vor seinen Augen zeigte, verließ das schwarz-weiß. Die bewegten Bilder wurden farbig. Das ganze Dorf hatte sich um einen riesigen, alten Banyanbaum versammelt. Man hatte den Elefanten Strohballen und Früchte gebracht. Die Menschen aus dem Dorf standen im Schatten, blickten in das Blätterdach eines gigantischen Baumes. Sie waren zufrieden, alles war wieder so, wie es früher gewesen war. Als ob Cortez den Baum nie gefällt hätte.

Letztlich drehte sich die Frau zu Finn. Er schaute sie fragend an, doch sie sagte nichts. Stattdessen reichte sie ihm eine Schale, die aus einem Saft von Gewürzpflanzen wie Ingwer, Kurkuma, Kardamom und verschiedenen Kräutern bestand. Finn folgte ihrer Anweisung, den Saft zu trinken. Es dauerte nicht lange, bis sich eine warme Decke schützend über ihn legte. Als er sich umsah, befand er sich in einer Welt voll pulsierender Farben und Muster. Palmenblätter tanzten im Rhythmus des Windes, er konnte sogar eine Melodie heraushören. Oder sprachen die Pflanzen zu ihm? Die Geräusche der Tiere, jeden Schritt eines Käfers oder einer Ameise, konnte Finn deutlich wahrnehmen. Sie waren lauter als das Rauschen des Meeres. Er hatte das Gefühl, ein Teil von allen Lebewesen der Natur zu

sein. Alles um ihn herum war bunt, hatte Farben angenommen. Doch plötzlich stimmten die Farben nicht mehr. Der Boden war blau, die Stämme aller Palmen waren rot und Blätter leuchteten gelb. Auch seine Haut hatte sich verändert, sie war blau. Trotz allem spürte Finn keine Angst, er fühlte Frieden in sich. Es kam ihm vor, als könne er über den Boden schweben, als ob er sich von seiner menschlichen Hülle trennen könne. Der Wind, der über das Meer kam, strömte durch seinen Körper hindurch. Er hörte sein Herz ruhig schlagen, spürte sogar, wie das Blut langsam durch seine Adern floss. Finn meinte, es zu sehen, als ob er in einer seiner Venen stecken würde. Alles war intensiv und von unendlicher Güte; es entfesselte Euphorie. Finn war spirituell mit allem Leben verbunden. Das Meer rauschte in seinen Ohren, der Wind strömte durch seine Lungen. Er war ein Teil von allem.
In diesem Meer aus grellen Farben sah er plötzlich Anaïs. Sie lächelte, dann lief sie davon. Finn blieb anfangs gelassen, doch dann schrie er ihr hinterher: »Sieh doch, Anaïs, ich tanze mit meinem Schatten. Komm, tanz mit mir! Der Wind trägt dich, deine Seele, deine Stimme zu mir. Anaïs, siehst du das Meer? Es ruft nach mir. Bitte bleib. Nein, geh nicht. Warte, warte auf mich! Ich komme zu dir. Aber warte, bitte warte auf mich! Warte, warte doch, Anaïs, so warte auf mich! Warte, warte auf mich!«

Benommen und völlig erschöpft erwachte Finn wieder auf dem Boden vor den Hängen des Berges. Diesmal schaffte er es, sich aufzurappeln und schwankte verschwitzt auf seinen Beinen, als er in einiger Entfernung zwei Krieger mit weißen Strichen auf der Stirn entdeckte. Finn winkte ihnen zu, erhoffte sich Hilfe, war aber wie vor den Kopf getreten, als die Krieger ihre Bögen spannten und auf ihn schossen. Nur einen halben Meter neben ihm schlug einer der Pfeile ein.

»Hey, ich bin's doch!«, schrie er ihnen entgegen, doch es schien sie nicht zu interessieren. Mit lautem Geschrei rannten sie auf ihn zu. Anscheinend nahmen sie ihn nicht mehr als einen der Ihren wahr. Da dämmerte es Finn: »Das Wasser in der Grotte muss mir die Streifen von der Stirn gewaschen haben. Ich bin jetzt ein Eindringling für sie.«

Er sprintete los in Richtung des Palmenwaldes und wäre anfangs fast gefallen, doch seine Todesangst spornte ihn an. Keine Sekunde zu spät, denn wo er eben noch gestanden hatte, steckten zwei Pfeile im Boden. Als er in den Palmenwald hineinrannte, zischte ein weiterer Pfeil haarscharf an ihm vorbei. Finn schrie, hastete vorwärts, so schnell er konnte. Durch den Lärm aufgescheucht, rannte ihm eine Horde Wildschweine entgegen. Er konnte gerade noch hinter einer umgestürzten Palme in Deckung gehen, als sie über ihn hinweg sprangen. Seine Verfolger hatten weniger Glück. Finn konnte fast hören, wie sich die Hauer der Schweine in das Fleisch der Krieger bohrten und sich andere in ihnen verbissen. Ihre Schreie hallten durch den Wald, schienen von allen Seiten zu kommen.

Finn sprang aus seiner Deckung und rannte weiter, doch nach ein paar Metern blieb er mit seinem Fuß an einer Wurzel hängen. Er stürzte und fiel einen Abhang hinunter. Seine Versuche, sich festzuhalten, scheiterten kläglich; der Boden war einfach zu glatt. Er rutschte immer weiter und hörte plötzlich ein Rauschen. Bevor er begreifen konnte, was es war, klatschte er ins Wasser eines reißenden Flusses. Die Strömung zog ihn kurz unter Wasser, er knallte mit dem Körper gegen einen harten Stein, dann katapultierte es ihn wieder nach oben. Finn hatte gerade noch Zeit, nach Luft zu schnappen, da wurde er erneut in die Tiefe gezogen. Das Spiel wiederholte sich noch etliche Male, bis das Wasser ruhiger und schließlich fast glatt wurde. Müde ruderte er mit seinen Armen, doch die Strömung war stärker als zuvor und hinderte ihn, das rettende Ufer zu erreichen. Erschöpft ließ sich Finn auf dem Rücken treiben, füllte seine Lungen mit Luft und dachte über einen Ausweg nach. Das Ende des Flusses war nicht auszumachen. Es war, als ob er dem blauen Himmel entgegen fließen würde. Das Wasser war glatt, floss aber mit zunehmendem Tempo dahin. Ein entferntes, erst leises Rauschen wurde lauter und lauter, bis Finn erschreckt begriff, dass er auf einen Wasserfall zusteuerte. Mit schnellen Schwimmzügen versuchte er, sich an Land zu retten, doch gegen die Strömung kam er nicht an. Das Rauschen war allgegenwärtig, wurde zu einem Tosen. Sein Kopf glühte, er fühlte sich hilflos und klein. Das Donnern des Wasserfalls klang wie Trommelschläge in seinen Ohren. Finns Augen weiteten sich, als er die Kante des Abgrunds vor sich sah. Vor ihm

stürzte das Wasser in die endlose Weite des Meeres.
Sein Herz schien zu platzen, als er über die Kante glitt und das Blau des Ozeans unter ihm auftauchte. Ein tobender Vorhang aus Gischt verschlang ihn mit einem gewaltigen Brausen. Finn stürzte und stürzte, tauchte schließlich ins kalte Wasser ein. Mit aller Kraft wehrte er sich gegen die Wirbel im Wasser. Es kam ihm vor, als ob sie wie Kraken an seinen Beinen ziehen würden. Mit dem letzten bisschen Luft erreichte er die Wasseroberfläche, wo ihn eine Welle erfasste. Finn schluckte Wasser, musste mehrfach würgen.
Als er es endlich geschafft hatte, der Brandung zu entkommen, ließ er sich auf dem Rücken treiben und blickte zurück zum Wasserfall. Bei der Höhe grenzte es an ein Wunder, dass er noch lebte. Doch sein Kampf war längst nicht vorbei: Eine Strömung zog Finn auf das offene Meer. Immer weiter entfernte er sich von der Küste der Insel. Er war am Ende, halb tot, und trieb hinaus in ein schier endloses Meer.
Das leuchtende Blau des Himmels schien ihn zu verschlucken, und Finn hatte alle Hoffnung aufgegeben, als er plötzlich in ein besorgtes Gesicht blickte. Wie aus dem Nichts war ein Fischerboot aufgetaucht. Ein Mann, mit wettergegerbter Haut und tief im Schädel liegenden Augen, streckte seine zerfurchte Hand nach ihm aus und zog ihn an Bord. Erleichtert stöhnte Finn auf, als er das wärmende Holz des Bootes am Rücken spürte. Der Fischer beugte sich über ihn. Finn blickte in seine dunklen Augen und roch seinen Atem. Das war real, oder nicht?

Im Paradies

Immer wieder vernahm er dumpfe Laute und aufgeregte Stimmen, hörte seinen Namen rufen. Schatten liefen an ihm vorbei. Da war dieses helle Licht über ihm; dann wurde alles langsam schärfer. Eine der Stimmen kam ihm bekannt vor: »Finn, Finn, wach auf, verdammt!«

Er begriff überhaupt nichts mehr. Es war Anaïs, die über ihm kauerte. Wie war sie hierhergekommen? Und vor allem, wo war er?

»Mensch, Finn. Da bist du ja wieder!«, sagte Anaïs erleichtert, mit Tränen in den Augen.

»Ja, wie ... was, wo bin ich? Und wie bist du aus der Kabine entkommen?«

»Kabine? Was für eine Kabine meinst du?«

Finn starrte sie ungläubig an: »Na, die an Bord des alten Kreuzfahrtschiffes.«

»Meinst du das Wrack, zu dem Freitag dir gefolgt ist? Also, nachdem du das Zeug geschluckt hast? Du Arschloch, ich hab' mir echt Sorgen gemacht.«

»Meinst du, ich nicht? Die Eingeborenen, die Kannibalen, die Hängebrücke, der Berg und das Schneeparadies. Aber mein Cessna Rodel war einzigartig. Und erst die fliegende Frau. Wenn die nicht gewesen wäre, dann ...«

»Finn, wie viel hast du von dem Zeug genommen?«

»Die schwebende Frau, die mit den Rubinen. Die hat mir was zu trinken gegeben.«

»Rubine? Schwebende Frau? Und was soll sie dir zu trinken gegeben haben?«

»Das musst du sie selbst fragen.«

»Gut, wo ist die Schlampe?«

»Sie lebt in ihrem milchig leuchtenden Quader, im Berg auf der Insel der tausend Sterne. Den kletterst du hoch, lässt dich durch ein Sandloch fallen und kommst dann in einer verschneiten Bergwelt an. Eine Rodelpartie, etwas Laufen und schon bist du bei ihr. Die schwebt in dem Quader, voll mit Licht.«

»Du scheinst auch kräftig zu schweben. Mensch, Finn, warum machst du das alles? Warum wirfst du dir so ein Zeug ein?«

»Weil ich meiner Traumfrau helfen wollte?«

»Der schwebenden Tussi?«

»Nein, dir natürlich, Anaïs. Sonst würdest du immer noch in der Kabine des Kreuzfahrtschiffes deine Bestellungen mit einem Edding an die Wand schreiben.«

»Was würde ich?«

Finn sah sie missbilligend an. Er fühlte sich von ihren dauerhaften Fragen angemacht. Schließlich hatte er nicht nur einmal sein Leben für sie riskiert.

»Hier, trink! Du scheinst so dehydriert zu sein, dass du halluzinierst«, Anaïs reichte ihm eine Wasserflasche.

»Du glaubst mir nicht?«

»Ja, das könnte man so sagen.«

»Nichts von dem, was ich erlebt habe, wovon ich dir erzählt habe?«

»Offen gestanden, nein.«
»Aber ich kann's beweisen.«
Finns Kopf war mittlerweile etwas klarer. Während sie sich unterhielten, hatte er den Strand erkannt, von dem er mit dem Kreuzfahrtschiff in See gestochen war.
»Na, dann mal los, ich bin ganz gespannt.«
»Hinter dir müsste doch dieses alte Schiffswrack liegen. Und weißt du, warum es da nicht mehr liegt?«
»Nein, das weiß ich nicht, Finn.«
»Weil ich damit in See gestochen bin. Freitag war mir doch auf den Fersen.«
»Freitag? Du meinst den Freitag aus der Hotelbar oder aus dem bekannten Buch?«
»Natürlich Freitag, den Killer, von dem ich dir in der Kabine des Kreuzfahrtschiffes erzählt hab'. Erinnerst du dich nicht? Du warst.doch monatelang da eingesperrt.«
»What the fuck? Finn, Scheiße! Lass die Finger von den Drogen!«, sagte Anaïs ermahnend, »Komm, nimm meine Hand!«
Sie war besorgt um ihn, das konnte Finn spüren. Er erhob sich und merkte erst jetzt, dass er auf einer Strandliege lag. Ungeduldig zog Anaïs an seiner Hand und führte ihn ein paar Meter weg: »Meinst du vielleicht dieses Kreuzfahrtschiff?«
Anaïs machte einen Schritt zur Seite und gab Finn den Blick auf das Wrack frei. Entsetzt und mit weit aufgerissenen Augen starrte Finn auf die Überreste des verrosteten Kahns.
»Was, was hat das alles zu ...«
»Du kannst dich also an nichts mehr erinnern? Wir haben uns

in der Tiki Tiki Hotelbar kennengelernt, nicht weit von hier. Du hattest schon einiges intus, warst total drauf. Dann wolltest du in die Lobby, um Kippen zu holen und kamst nicht mehr wieder.«

»Ich kam vom Kippen holen nicht zurück? Ist jetzt nicht wahr, oder? Und was passierte dann?«

»Freitag, der Direktor und Aushilfs-Barkeeper hat sich auf die Suche nach dir gemacht. Du wurdest von der Überwachungskamera der Lobby aufgezeichnet, wo du irgendwas von einem üblen Typen gekauft hast. Freitag, übrigens dein bester Freund, hat gleich nachgeforscht. Es stellte sich heraus, dass du eine Droge, die sich aus LSD und Kokain zusammensetzt, gekauft und konsumiert hattest. Nicht sehr viel später hast du, völlig außer Kontrolle, Freitag vor deiner Hütte umgerannt und bist in den anliegenden Palmenwald gelaufen. Dein Freund Freitag ist dir gefolgt – bis hierher.«

»Mein Freund Freitag?«

»Ja, genau der Freitag.«

Finn versuchte, sein Gedächtnis zu ordnen. Was Anaïs ihm erzählte, stimmte nicht mit den Dingen überein, von denen er dachte, sie erlebt zu haben. Er war verunsichert, erinnerte sich an den Abend in der Bar und die Gespräche mit Freitag. Sie verstanden sich, als wenn sie sich schon jahrelang kennen würden. Freitag sah aus, wie der Freitag, der ihn verfolgt hatte, aber auch wie der Freitag von der Insel, der dort zu seinem besten Freund geworden war. In der Bar nannte ihn Finn seinen Freund. Freitag stieß immer wieder mit ihm an und sagte: »Auf unsere Freundschaft, Finn.«

Dann kam da noch die hübsche Frau in die Bar. Finn sah Fragmente der Bar, ihre smaragdgrünen Augen, ihr Gesicht. Es dämmerte ihm langsam, dass er Anaïs anscheinend nicht erst auf dem Schiff, sondern schon zuvor in der Bar kennengelernt hatte. Aber wie passten seine Eindrücke vom Kreuzfahrtschiff und der Insel der tausend Sterne mit alldem zusammen? Sollte das wirklich nur ein Drogenrausch gewesen sein? Dafür hatte es sich viel zu echt angefühlt.

»Aber das kann doch nicht sein, dass das alles nie stattgefunden hat, Anaïs. Ich kann das nicht glauben. Ich hab' das doch alles erlebt«, sprach Finn unsicher, »Wie ging es weiter, als ich in den Dschungel gerannt war? Erzähl, was war dann?«

»Freitag ist dir durch den Dschungel gefolgt. Er war es, der dich gefunden hat. Sonst war nicht viel mehr. Etwas später kam ich dazu. Du hattest Puls, hast aber auf nichts reagiert. Das war die Realität, Finn, und nichts Anderes. Aber auch, dass ich mir den Abend mit dir anders vorgestellt hatte.«

»Das kannst du so nicht sagen. Wir hatten Sex, atemberaubenden Sex. Es war der Beste, den ich in meinem Leben hatte.«

»Müsste ich dafür nicht dabei gewesen sein oder was gespürt haben?«

»Aber ich hab' dich berührt. Die Dusche, alles in der Kabine, das ist doch passiert.«

Anaïs sah ihn nachdenklich und verwirrt an: »Finn, du bist ein echt netter Typ, nur hat das alles ausnahmslos in deinem Kopf stattgefunden. Du hast dir alles eingebildet, das waren die Drogen.«

»Aber Freitag, der hat mir auf der Insel das Leben gerettet.«

»Das stimmt. Er hat dir das Leben gerettet, aber hier auf der Insel. Freitag ist dein Freund fürs Leben. Er meinte, dass du bei der hohen Dosierung durchaus hättest sterben können.«

»Aber ich war doch auf der Insel der tausend Sterne.«

»Das glaube ich dir gerne. So was wie Sterne hat das Zeug auf jeden Fall gezaubert.«

»Ich war mehrere Tage dort und habe um mein Leben gekämpft!«

»Kann sein, dass du um dein Leben gekämpft hast, aber es waren mehrere Stunden und nicht mehrere Tage, bis du wieder ansprechbar warst. Mensch, Finn, versprich mir, dass du das Zeug nie mehr nimmst, okay? Ich möchte dich auf keinen Fall verlieren, du Scheißkerl.«

Anaïs beugte sich zu ihm und küsste ihn. Finn umarmte sie, drückte sie so fest an sich, wie er konnte. Er wollte nie mehr ohne Anaïs sein.

»Du meinst also, die Passagiere, die Insel und alles drumherum, das gab es nicht?«

»Ganz genau.«

»Und was ist mit Freitags Waffe und den Leichen?«

»Meine Fresse, Finn. Welche Leichen?«

»Ach, vergiss es. Hat ohnehin keinen Sinn.«

»Na ja. Nur mit Freitags Waffe hast du recht.«

»Siehst du, hab' ich es dir nicht gesagt?«

»Freitag hat sie mir in der Hotelbar gezeigt. Es war eine einfache Gaspistole. Die musste er aus Sicherheitsgründen in der Bar aufbewahren. Er nahm sie mit, als er dich auf dem Überwachungsvideo gesehen hatte und nicht wusste, ob der zwielichtige, tätowierte Typ dir vielleicht Probleme machen würde.«

»Also ist alles meiner Fantasie entsprungen?«

»Ja, Finn. Nachdem ich hier angekommen war, hatte ich permanent deinen Kopf zwischen meinen Händen. Du warst auf keiner Insel außer dieser hier. Wenn du jetzt nicht aufgewacht wärst, hätten wir dich ins nächste Krankenhaus gebracht.«

Finn starrte nachdenklich Löcher in den Boden. Er hatte Schwierigkeiten, die Wahrheit zu akzeptieren: »Vielleicht gab es die Insel nie. Aber was man sich vorstellen kann, existiert doch oder nicht, Anaïs?«

»Wenigstens zu einem gewissen Maße. Ich wusste gar nicht, dass du so philosophisch veranlagt bist.«

»Anaïs?«

»Ja, Finn?«

»Du glaubst nicht, was ich alles erlebt habe. Ich hatte solche Angst, zu versagen, dich nie mehr wiederzusehen.«

Anaïs umarmte ihn, dann küssten sie sich so intensiv, als wenn es das letzte Mal wäre.

»Aber jetzt sollten wir zurück zur Anlage. Du wirst staunen, die haben jetzt sogar Personal eingestellt. Leider ist es nicht mehr so ruhig wie gestern Abend.«

Finn nickte, dann sah er zur Seite und entdeckte Freitag im

Schatten eines wunderschönen, riesigen Banyanbaumes.
»Freitag? Oh mein Gott, du lebst!«, rief Finn erleichtert, stürmte auf ihn zu und umarmte ihn, »Wie hast du das gemacht? Die Haie, der Kannibale, dein Sturz von der Brücke. Das Wasser war doch blutrot?«
»Alles gut, mein Freund. Das muss ein ziemlich krasser Trip gewesen sein«, antwortete Freitag lächelnd und klopfte Finn auf die Schulter, »Besser, du lässt zukünftig die Finger von dem Zeug!«
Finn nickte, er war immer noch verwirrt und konnte die Ereignisse nicht richtig einordnen. Aber das Wichtigste war, dass er wieder mit Anaïs und seinem Freund Freitag zusammen war.

Es war auch Freitag, der sie in einem Minibus zurück in die Hotelanlage brachte. In der Lobby war einiges los. Finn hatte den Ort kalt und menschenleer in Erinnerung. Er wusste nicht genau, was ihm besser gefiel.
An der Rezeption angekommen, verlangten sie den Schlüssel für Finns Hütte. Hinter dem Tresen lag ein offener Ordner mit Passkopien und Ankunftsinformationen der Gäste. Einige der Gesichter kamen Finn aus der Bar und vom Kreuzfahrtschiff sehr bekannt vor. Der Rezeptionist redete etwas von einem kostenlosen Upgrade und reichte ihnen den Schlüssel für die Suite am Strand mit eigenem Meerwasserpool. Finn bedankte sich, legte seinen Arm um Anaïs' Hüfte und küsste sie, bevor sie sich auf den Weg machten. Freitag begleitete sie mit einem

zufriedenen Grinsen.

Als sie durch die Lobby gingen, wurde Finn von einer Frau angerempelt. Er war überrascht, wer vor ihm stand: Elodie, die ihn verheißungsvoll angrinste, es aber sofort unterließ, als sie Anaïs' Blick bemerkte.

»Elodie?«

»Kennen wir uns?«

»Flüchtig«, antwortete Finn und grinste. Anaïs Stimmung veränderte sich schlagartig: »Können wir weiter, Finn?«

»Den Schlüssel bitte, Elodie.«

»Schlüssel? Was meinen Sie?«, fragte Elodie, bückte sich und tat, als ob sie etwas aufheben würde, »Meinen Sie diesen hier? Der muss Ihnen gerade runtergefallen sein.«

»Genau den, Elodie«, entgegnete Finn verschmitzt, während Anaïs an seinem Arm zog.

Beim Verlassen der Lobby traf Finn auf den Kontrolleur. Er arbeitete als Portier im Hotel. Als sie an der Tiki Tiki Bar vorbeikamen, saß der betrunkene Kapitän am Tresen, während Lys, die tätowierte Tänzerin, spärlich bekleidet durch die Bar tänzelte. Sie verdrehte den Männern in der Bar genauso den Kopf wie denen auf dem Kreuzfahrtschiff. Selbst den schmierigen Goldmann hörte er draußen am Pool schreien. Er beschwerte sich über den Service und den Zustand seiner Unterkunft. Des Weiteren liefen Klaus und Pierrot gänzlich wirr an ihm vorbei. Nur von Henry, Somchai und YinYin fehlte jede Spur. Doch Finn war sich sicher, dass wenigstens die beiden

Köche in der Hotelküche ihr Bestes gaben. Zukünftig würde er definitiv einen großen Bogen um Drogen machen.

Freitag begleitete sie von der Lobby zu ihrer neuen Unterkunft. Finn gingen so viele Gedanken durch den Kopf, dass er eine gewisse Zeit über schwieg. Es war Freitag, der die Ruhe zwischen ihnen brach: »Finn, Freunde sind das Wichtigste im Leben. Vergiss das nie!«
Finn nickte zustimmend: »Danke für alles, Freitag. Ich weiß, wie du tickst, da brauchst du nichts sagen. Auf der Insel, da hast du ...«
»Lass gut sein, Finn. Du siehst aus, als ob du etwas Ruhe vertragen könntest. Am Samstag geb' ich eine kleine Party. Ich würd' mich freuen, wenn ihr beide kommen könntet.«
»Das steht außer Frage, Freitag. Freunde fürs Leben.«
Finn umarmte Freitag, drückte ihn an sich, und Anaïs legte ihre Arme um die beiden.

Anaïs griff zum Hörer und bestellte verschiedene Speisen und Getränke, die das Personal kurze Zeit später auf einem Wagen in die Suite brachte. Mit einer Karte, die dem Essen beigefügt war, bedankte sich der Küchenchef für ihr Vertrauen. Finn grinste über beide Ohren, er hieß YinYin.
Er entschuldigte sich kurz, nahm eine Dusche und rasierte sich so schnell er konnte. Frisch gewaschen kam er im weißen Bademantel des Hotels aus dem Bad.
Draußen war es mittlerweile dunkel geworden und das blaue Licht des Pools erzeugte eine sehr spezielle Atmosphäre. Anaïs

hatte die Glasfront aufgezogen und stand, in einem dünnen Seidenbademantel, mit dem Rücken zu ihm, vor dem Pool. Ein leichter, kühler, aber angenehmer Wind war aufgekommen und im Hintergrund rauschte das Meer. Für einen Moment fühlte sich Finn an seine Zeit auf der Insel erinnert.

»Was steckst du denn da in deinen Mantel?«, fragte Anaïs, als sie sich zu ihm drehte.

»Ach, nur das Geld aus meinen Shorts.«

Finn war nicht aufgefallen, dass ein Foto zwischen die Scheine gerutscht war.

»Mein reicher, süßer Finn«, neckte ihn Anaïs, »und wie sieht es mit einem Apéro aus?«

»Ich glaube, den überspring' ich.«

»Soll mir recht sein, mein Held«, flüsterte Anaïs verführerisch und streifte ihren Seidenmantel ab. Dann öffnete sie Finns Gürtel und ließ seinen Bademantel zu Boden gleiten. Dabei rutschte das Foto aus der Tasche. Der Wind wirbelte es über den Boden und wehte es hinaus in die Nacht.

Es zeigte Cortez.

Impressum

1. Auflage Juli 2024

Hintergrundbild Vorder- und Rückseite:
Mikhail Nilov, Pexels.com

Printed in Poland
by Amazon Fulfillment
Poland Sp. z o.o., Wrocław

46664555R00197